Robin Stevens

Mord unterm Mistelzweig

EIN FALL FÜR
WELLS
& WONG

ROBIN STEVENS

MORD UNTERM MISTELZWEIG

Aus dem Englischen
von Nadine Mannchen

KNESEBECK

Titel der Originalausgabe: *Mistletoe and Murder*
Erschienen bei Random House Children's Publisher UK,
a division of The Random House Group Limited.

Diese Ausgabe wurde vermittelt durch die
Literarische Agentur Thomas Schlück GmbH, 30161 Hannover

4. Auflage 2023

Deutsche Erstausgabe

Ein Unternehmen der Média-Participations

Umschlagadaption: Leonore Höfer, Knesebeck Verlag
Übersetzung: Nadine Mannchen, Helmbrechts
Lektorat: Theresa Scholz, Knesebeck Verlag
Satz und Herstellung:
Arnold & Domnick, Leipzig
Druck: BALTO Print, Litauen
Printed in Lithuania

MIX
Papier aus verantwortungsvollen Quellen
FSC® C107574

ISBN 978-3-95728-125-8

www.knesebeck-verlag.de

Für meine Großmutter, Phyllis Booth,
eine wirklich beeindruckende Frau.

Mord unterm Mistelzweig

Ein Bericht über

den »Fall der Weihnachtsverbrechen«
im Rahmen der Ermittlungen
der Detektei Wells & Wong.

Aufgezeichnet von Hazel Wong
(Vizevorsitzende und Schriftführerin
der Detektei), 14 Jahre alt.

Begonnen am Montag, 23. Dezember 1935.

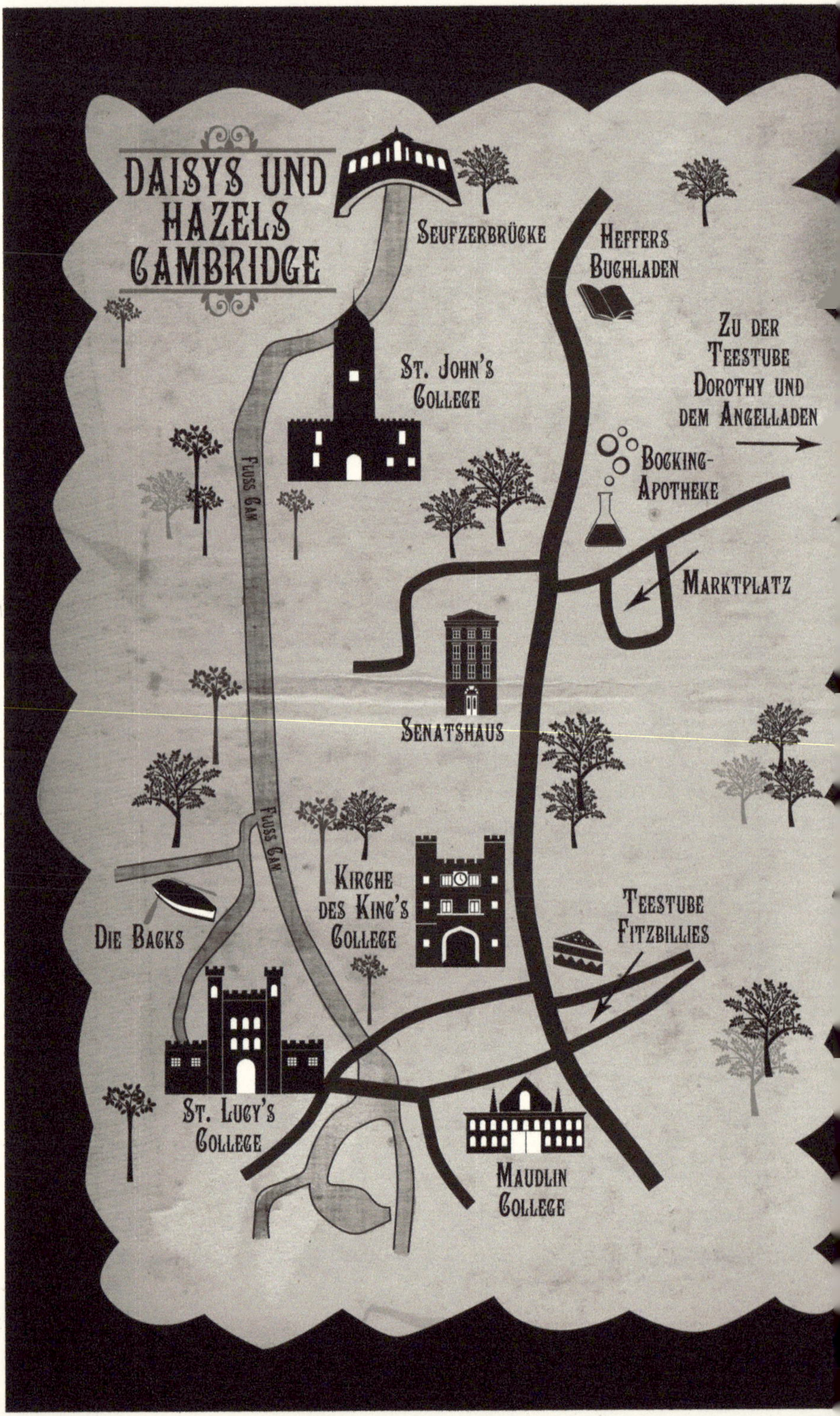
DAISYS UND HAZELS CAMBRIDGE
Seufzerbrücke
Heffers Buchladen
Zu der Teestube Dorothy und dem Angelladen
St. John's College
Bocking-Apotheke
Fluss Cam
Marktplatz
Senatshaus
Fluss Cam
Kirche des King's College
Teestube Fitzbillies
Die Backs
St. Lucy's College
Maudlin College

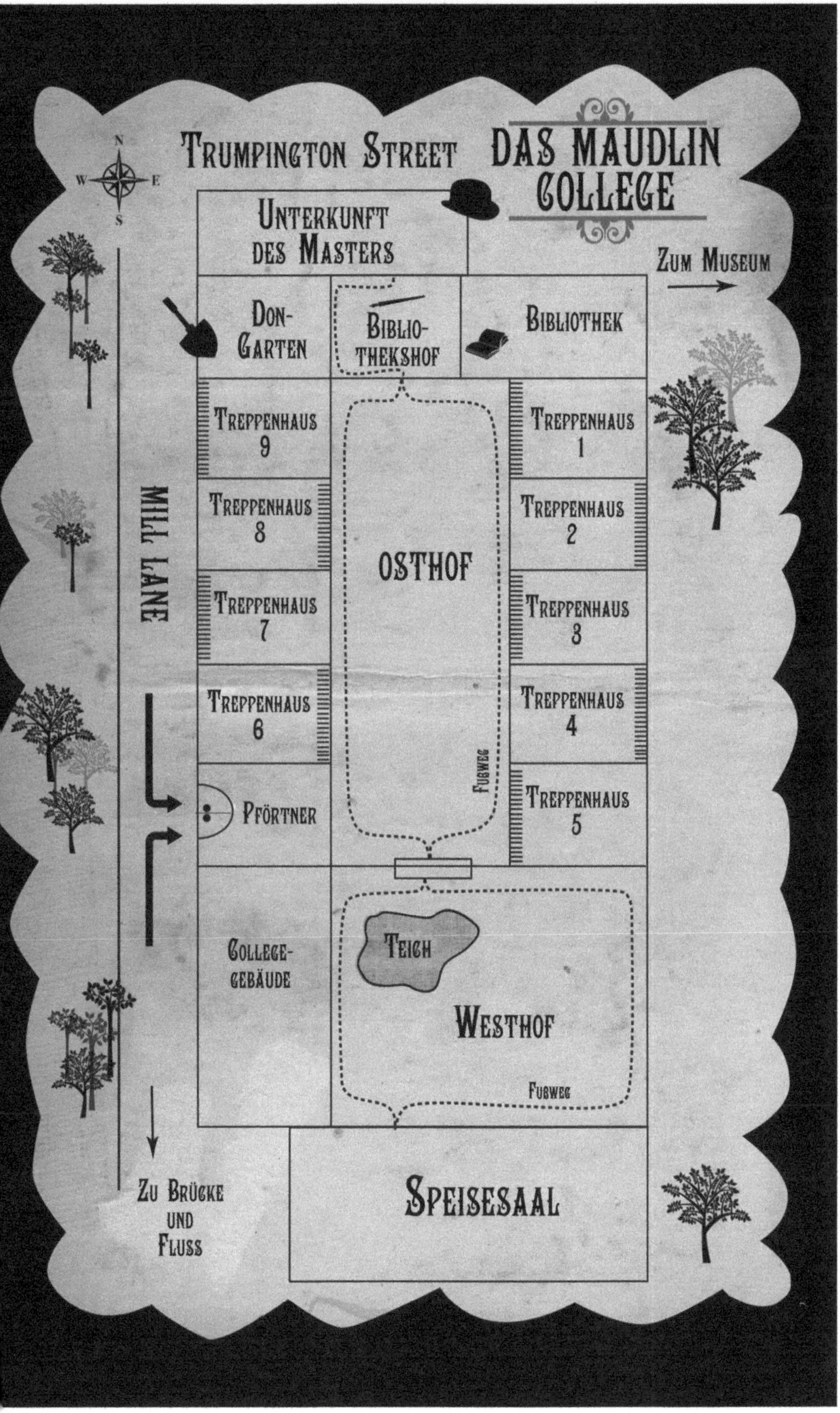

Trumpington Street
Das Maudlin College
N
W
E
S
Unterkunft des Masters
Zum Museum
Don-Garten
Bibliothekshof
Bibliothek
Treppenhaus 9
Treppenhaus 1
Treppenhaus 8
Treppenhaus 2
Mill Lane
Osthof
Treppenhaus 7
Treppenhaus 3
Treppenhaus 6
Treppenhaus 4
Fußweg
Pförtner
Treppenhaus 5
College-gebäude
Teich
Westhof
Fußweg
Zu Brücke und Fluss
Speisesaal

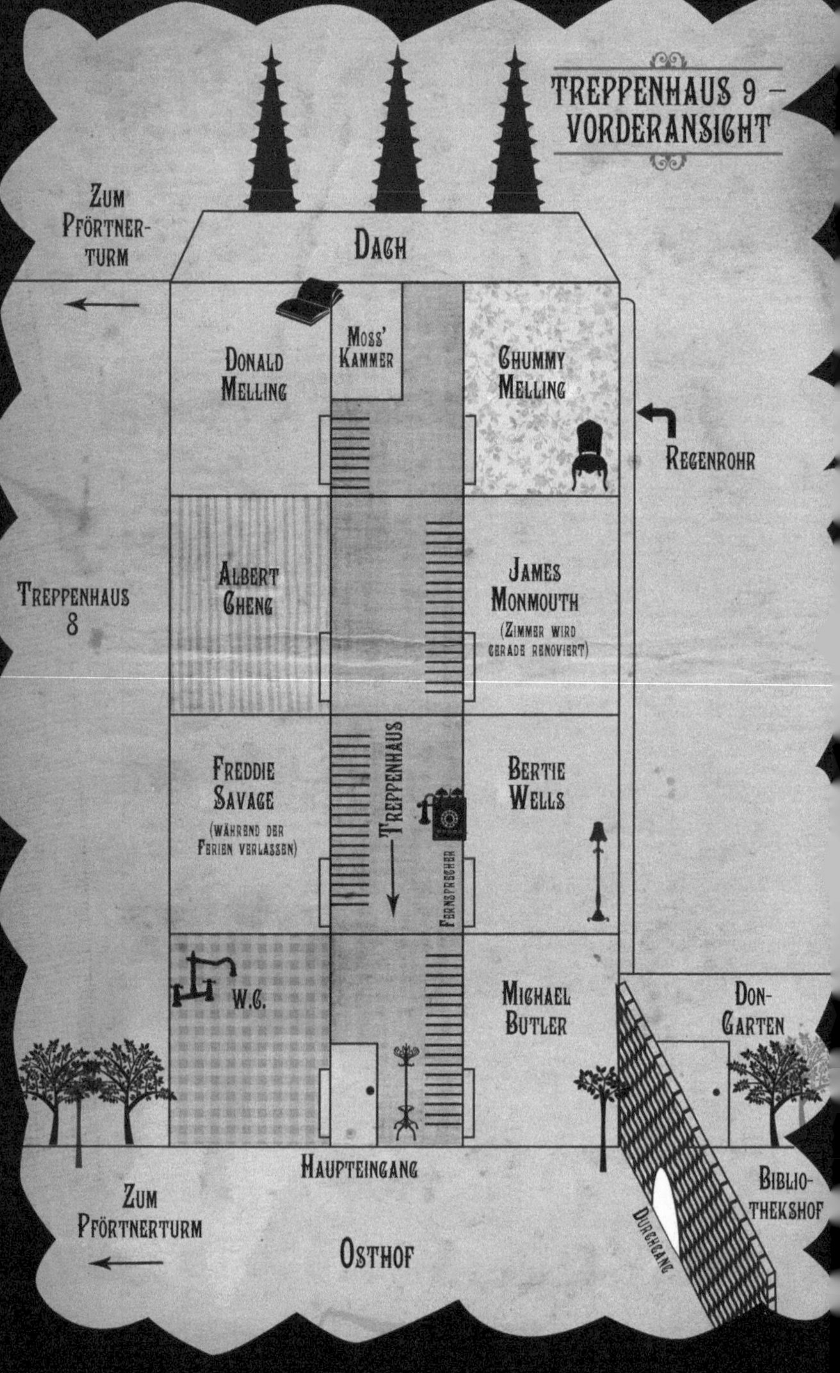
TREPPENHAUS 9 – VORDERANSICHT
ZUM PFÖRTNER-TURM
DACH
DONALD MELLING
MOSS' KAMMER
CHUMMY MELLING
REGENROHR
TREPPENHAUS 8
ALBERT CHENG
JAMES MONMOUTH
(ZIMMER WIRD GERADE RENOVIERT)
FREDDIE SAVAGE
(WÄHREND DER FERIEN VERLASSEN)
TREPPENHAUS
FERNSPRECHER
BERTIE WELLS
W.C.
MICHAEL BUTLER
DON-GARTEN
HAUPTEINGANG
ZUM PFÖRTNERTURM
OSTHOF
DURCHGANG
BIBLIO-THEKSHOF

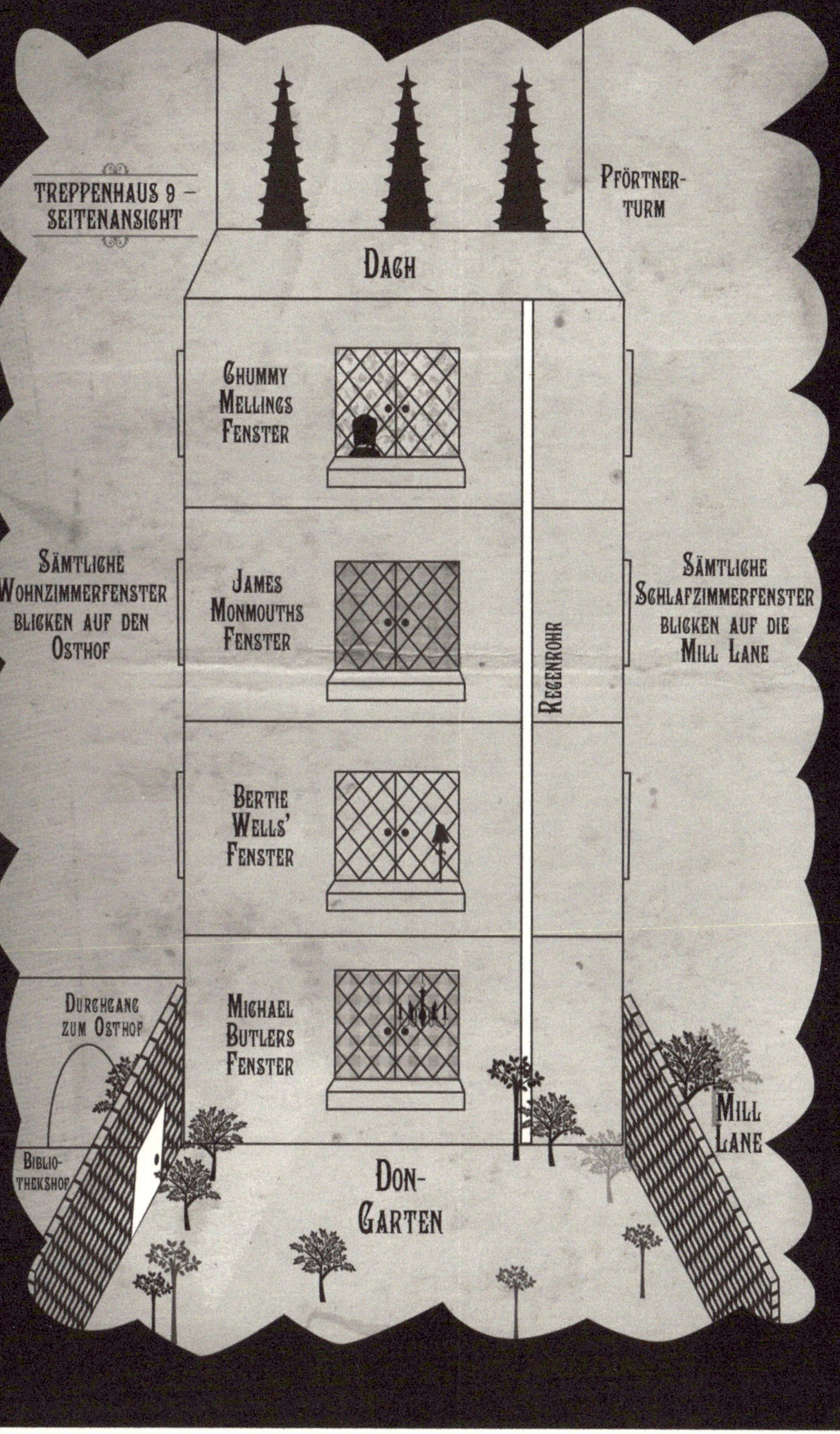

Treppenhaus 9 –
Seitenansicht
Pförtner-
turm
Dach
Chummy
Mellings
Fenster
James
Monmouths
Fenster
Bertie
Wells'
Fenster
Michael
Butlers
Fenster
Sämtliche
Wohnzimmerfenster
blicken auf den
Osthof
Sämtliche
Schlafzimmerfenster
blicken auf die
Mill Lane
Regenrohr
Durchgang
zum Osthof
Biblio-
thekshof
Don-
Garten
Mill
Lane

Universität Cambridge

St. Lucy's College

Daisy Wells – *Gast im St. Lucy's und Vorsitzende der Detektei Wells & Wong*
Hazel Wong – *Gast im St. Lucy's und Vizevorsitzende sowie Schriftführerin der Detektei Wells & Wong*
Eustacia Mountfitchet – *Don für Mathematik und Großtante von Daisy und Bertie Wells*
Amanda Price – *Geschichtsstudentin im ersten Jahr*

Maudlin College

Albert »Bertie« Wells – *Bruder von Daisy Wells und Geschichtsstudent im ersten Jahr*
Donald Melling – *Geschichtsstudent im ersten Jahr und großer Zwillingsbruder von Chummy Melling*
Charles »Chummy« Melling – *Geschichtsstudent im ersten Jahr und kleiner Zwillingsbruder von Donald Melling*
Alfred Cheng – *Geschichtsstudent im ersten Jahr*
Michael Butler – *Don für Geschichte*
Moss – *Bedder von Treppenhaus neun (so eine Art Butler für die Studenten)*
Mr Perkins – *Pförtner*

St. John's College

Alexander Arcady – *Gast im St. John's und Co-Vorsitzender der Junior Pinkertons*
George Mukherjee – *Gast im St. John's, Co-Vorsitzender der Junior Pinkertons und kleiner Bruder von Harold Mukherjee*
Harold Mukherjee – *Geschichtsstudent im ersten Jahr und großer Bruder von George Mukherjee*

Vorwort zu den Colleges in Cambridge

Das Maudlin College, Cambridge, gibt es nicht wirklich. Ich habe mich vom Klang des Namens des Magdalen College in Oxford inspirieren lassen – Magdalen wird »Maudlin« ausgesprochen, was ich schon immer sehr komisch fand. St. Lucy's ist ebenfalls nicht real, obwohl es auf den Frauen-Colleges basiert, die es damals in Oxford und Cambridge gegeben hat. Das St. John's College gibt es tatsächlich, genau wie die meisten anderen Orte, die in meinem Buch vorkommen. Nur die Morde sind von vorn bis hinten frei erfunden …

TEIL EINS

Die Detektei macht Ferien

1

»Niemand ist tot – *noch nicht*«, sagte Daisy unheilvoll.

Es war zwei Tage vor Weihnachten und wir saßen in der Teestube Fitzbillies in Cambridge, nur Daisy, Alexander, George und ich. Und während wir da saßen, überlegte ich, ob wir den Erwachsenen rings um uns herum irgendwie auffielen. Auch wenn Daisy inzwischen fast fünfzehn ist, hochgewachsen und schlank, und an diesem Tag in einem höchst modischen, nagelneuen Mantel mit Pelzkragen steckte, ist mein Gesicht noch immer rund und ich bin noch immer enttäuschend klein. Die Gäste an den anderen Tischen hielten uns vermutlich für Kinder, die erwachsen spielten – sie wären nicht wenig überrascht gewesen, hätten sie gehört, worüber wir uns wirklich unterhielten.

»Ich gebe zu, dass dieser Fall *bislang* keine Leiche beinhaltet«, fuhr Daisy fort. »Aber das könnte sich ändern. Und *wenn* es zu einem Mord kommt, sind Hazel und ich sicherlich im Vorteil. Zu unseren bisherigen Ermittlungen gehören –«

»Vier Mordfälle – *wissen* wir«, unterbrach George sie. »Das macht euch aber nicht zur besseren Detektei.«

»Das werden wir ja sehen.« Daisy funkelte ihn an. »Also. Zurück zu dieser Wette.«

Es ist nämlich so, dass wir erwachsener sind, als es den Anschein hat, da wir vier alle Detektive sind, Mitglieder von zwei streng geheimen Detekteien: Wells & Wong und den Junior Pinkertons. Daisy und ich haben bisher tatsächlich bereits vier Morde aufgeklärt – und nun schienen wir womöglich auf unseren fünften zuzusteuern.

Es stimmt, dass wir bisher nur wenige Informationen haben, doch, wie Daisy immer sagt, ist es für gute Detektive wichtig, jede Gelegenheit beim Schopf zu ergreifen. Seit Daisy und ich in Cambridge angekommen sind, haben wir Dinge gehört und gesehen, die im hohen Grad verdächtig sind. Der Umstand, dass Weihnachtsferien sind und wir in einem fremden College in einer fremden Stadt untergebracht sind, wird uns nicht vom Ermitteln abhalten. Immerhin sind wir daran gewöhnt, unter schwierigsten Umständen zu arbeiten – es wäre nicht das erste Mal. Im Ernst, das Ungewöhnlichste an diesem Fall ist, dass er nicht allein von unserer Detektei bearbeitet wird.

Wir haben nämlich beschlossen, unseren Verstand mit dem der Detektei von Alexander und George, den Junior Pinkertons, zu messen. Daisy fühlt sich überlegen, weil die beiden noch keinen Mordfall gelöst haben, aber ich weiß auch so, dass sie sehr gute Detektive sind. Alexander hat uns vergangenen Sommer bei dem Fall im Orientexpress geholfen und beide, Alexander und George, haben uns vor nur einem Monat beim Klären des Mords während der Guy-Fawkes-Feier unterstützt. Außerdem hat mir Alexander von einigen Fällen erzählt, die sie aufgeklärt haben: Allesamt waren sie recht haarsträubend und hätten Daisy und mich ernsthaft auf die Probe gestellt.

Selbstverständlich hatten wir es bei unseren Ermittlungen schon öfter mit Gegenspielern zu tun, aber die hatten nie *gewusst*, dass wir mit ihnen wetteiferten. Daisy und ich haben die feste Regel, Erwachsenen nichts von unserer Detektei zu verraten. Allerdings habe ich so eine Ahnung, gegen Alexander und George anzutreten, wird viel schwieriger, als etwa Dr. Sandwich auszutricksen, den albernen Amateurdetektiv, der ebenfalls versuchte (und versagte), den Fall im Orientexpress zu lösen. Erwachsene unterschätzen Kinder grundsätzlich. Kinder unterschätzen sich gegenseitig nie.

Wahrscheinlich sollte ich erklären, wie wir überhaupt an diesen Fall gekommen sind. Alles fing gestern an, als Daisy und ich in Cambridge ankamen und uns mit ihrem Bruder Bertie trafen.

2

Sonntagmorgen reisten wir von Deepdean aus mit dem Zug an. Wie ein Kindermädchen brachte uns unsere Hausmutter zum Bahnhof, wo sie uns zum Abschied winkte, nachdem sie uns in Wachspapier eingewickelte Sandwiches in die Hand gedrückt hatte (kaum war der Zug losgefahren, verputzten wir sie schon, was wir bitter bereuten, als es auf Mittag zuging). Als wir nach unserer Mahlzeit das Brotpapier entsorgten, räumten wir gleichzeitig auch irgendwie mit dem gesamten Schuljahr auf: dem Streit, den Rivalitäten und vor allem dem Rätsel, das wir nach der Guy-Fawkes-Nacht untersucht hatten. Beim Ausatmen spürte ich richtig, wie sich alle meine Schulsorgen in Luft auflösten.

Daisy nahm *Aufruhr in Oxford* aus ihrer Tasche und schlug es auf, sodass die linke Seite mein Knie berührte und die rechte ihres. Der Gedanke dahinter war, dass wir es gemeinsam lasen – in der Realität allerdings blätterte Daisy die ersten zwanzig Seiten so schnell um, dass ich kaum die Hälfte der Wörter entziffern konnte. Dann hielt sie inne und starrte aus dem Zugfenster auf die kargen, frostigen Hügel, die an uns vorbeirauschten. Natürlich hatte Daisy den Fensterplatz in Anspruch genommen.

Ich merkte ihr an, dass *Aufruhr in Oxford* so gar nicht dem entsprach, was sie sich von einem Krimi erwartete. Ich blätterte einige Seiten allein weiter – so gut es ging, denn sie nahm ihre Hand nicht vom Buch. Dann stieß ich sie an. Sie war auffällig still und ich fragte mich, ob sie über das Buch nachgrübelte.

»Bestimmt wird es noch besser!«, sagte ich.

Daisy drehte sich mit großen Augen zu mir um. »Ach, ich habe doch nicht *darüber* nachgedacht!«, meinte sie. »Cambridge beschäftigt mich. Stell dir nur vor, Hazel. Eine ganze Stadt allein für uns, ohne irgendwelche nervigen Erwachsenen, die uns vorschreiben, was wir zu tun und zu lassen haben!«

Ich lächelte sie an. Eine ganze Stadt für uns – eine Stadt (auch wenn ich es Daisy gegenüber niemals erwähnen würde) mit Alexander Arcady darin.

Daisy und ich haben Alexander im Sommer im Orientexpress kennengelernt. Seitdem sind Alexander und ich Brieffreunde und kennen uns inzwischen ziemlich gut. Seinen besten Freund, George, hatte ich zu diesem Zeitpunkt noch nicht persönlich getroffen, genauso wenig wie Daisy, doch wir wussten, dass er die zweite Hälfte der Junior Pinktertons bildete. Die Jungs hatten den Tatort unseres Guy-Fawkes-Falls nie betreten – sie waren an ihrer eigenen Schule gewesen, kilometerweit entfernt –, trotzdem hatten sie uns Vorschläge und Ideen geschickt, die in der Tat höchst sinnvoll gewesen waren.

Alexander war bereits in Cambridge, wo er Weihnachten mit George und dessen älterem Bruder, Harold – der aufs

St. John's College geht –, verbringen wollte. Ihre Väter hatten sie dorthin geschickt, damit sie sich ansahen, wo sie später zur Universität gehen würden, und am Ende des vergangenen Schultrimesters hatte Alexander vorgeschlagen, dass auch wir dazustoßen könnten.

Die Einladung kam zum perfekten Zeitpunkt. Ich hatte mir schon den Kopf zerbrochen, wo Daisy und ich dieses Jahr Weihnachten verbringen könnten. Nach Hause kann ich während der Ferien nicht, da meine Familie in Hongkong lebt und es drei Wochen und mehrere Schiffe brauchen würde, um sie zu erreichen. Letztes Jahr an Weihnachten bin ich mit zu Daisy auf Haus Fallingford gegangen – doch nachdem, was sich an Ostern zugetragen hat, ist mein Vater nicht davon begeistert, mich noch einmal dort hinzulassen. Außerdem wird Daisy allein beim Gedanken an einen Besuch zu Hause ganz still und kühl. Fallingford hat sich verändert, und das zu erkennen, fällt ihr schwer.

Ob Daisy Weihnachten in Cambridge verbringen könnte, stand nie wirklich zur Debatte. Ihr großer Bruder Bertie studiert am Maudlin College. Am Maudlin selbst durfte Daisy natürlich nicht wohnen – es ist ein Männer-College, an dem Damen strikt verboten sind, was selbst für kleine Schwestern gilt. Unterkommen konnte sie dafür bei ihrer alten Großtante Eustacia – sie ist ein Don, eine Mathematikprofessorin an einem der Frauen-Colleges, dem St. Lucy's. (Wie man schon sieht, ist Cambridge in viele verschiedene Colleges aufgeteilt, in denen die Studenten wohnen und lernen. *Don* ist so ein Universitätswort für die Lehrer, die sich an diesen Colleges um die Studenten kümmern – und Daisys Großtante scheint ein ziemlich wichtiger zu sein.)

Bei mir war die Sache weniger einfach. Mein Vater freut sich nicht gerade über die Anzahl von Morden, in die ich in letzter Zeit verwickelt war. Seiner Meinung nach hat daran vor allem Daisy schuld, weshalb ich schon befürchtet hatte, er würde mir verbieten, mit ihr in eine fremde Stadt voller männlicher Studenten zu reisen. Doch als ich den Mut aufbrachte, ihn zu fragen, stimmte er sofort zu. Mein Vater hat vor vielen Jahren nämlich selbst in Cambridge studiert, und in seiner Erinnerung geht es dort nur fröhlich und fleißig zu, kein bisschen gefährlich.

Schon am Telefon erzählte er mir alles darüber und dann wieder, in einem langen Brief, daher habe ich die Wochen vor unserer Zugreise damit verbracht, mir auszumalen, wie mein Leben wohl aussehen würde, sollte ich das Examen an der Deepdean bestehen und einen Studienplatz in Cambridge ergattern. Einen Abschluss könnte ich nicht machen, weil Cambridge das für Frauen nicht vorsieht (als ich das erfuhr, war ich ganz schön empört, aber wahrscheinlich ist es nur ein weiterer Punkt auf der langen Liste an Dingen, die Frauen nicht erlaubt sind), trotzdem könnte ich dieselben Kurse besuchen wie die Männer. Ich sah mich mit einer schwarzen Kappe und in einer schwarzen Robe über die begrasten Innenhöfe laufen, viel gelesene Bücher an mich drücken, an der Kapelle des King's College vorbeiradeln und mit meinen schlauen Universitätsfreunden Tee in einer der Teestuben Cambridges schlürfen. Hier könnte ich, endlich, eine echte Engländerin werden.

Zunächst ging ich davon aus, dass Hetty, Daisys Hausmädchen aus Fallingford, die schon im Orientexpress auf uns aufgepasst hatte, uns als Anstandsdame begleiten würde. Doch in Absprache mit Bertie hatte Daisy sich auch darum gekümmert.

»Wie wäre es mit meiner guten Freundin Amanda Price?«, hatte Bertie uns am Telefon vorgeschlagen. »Sie geht aufs St. Lucy's – ihr wisst schon, dem College von Tante E. Und sie bleibt in den Ferien hier. Wenn wir Tante E erzählen, dass sie auf euch aufpasst, lässt sie euch überall hin.«

»Aber *wird* sie auch auf uns aufpassen?«, fragte ich.

»*Soll* sie das denn?«, stellte Bertie am Telefon ironisch die Gegenfrage.

Ich begriff nicht, was er damit meinte, bis Daisy, die neben mir stand, mich anstieß und strahlte. »Oh!«, entfuhr es mir. »Dann werden wir ganz allein sein?«

»Du bist clever, Bertie«, sagte Daisy gut gelaunt. »Keiner, der uns am Rockzipfel hängt! So werden wir viel mehr Spaß haben!«

Der Gedanke an Hetty versetzte mir einen Stich – trotzdem fand ich die Vorstellung, ausnahmsweise einmal frei von Erwachsenen zu sein, natürlich famos. Selbst im Orientexpress hatte es sich angefühlt, als wären wir auf der Schule. Doch jetzt konnten wir tatsächlich fast fünfzehn *sein* – keiner, der uns ins Kinderzimmer verbannte. Es ist wirklich dämlich, wenn Erwachsene meinen, uns »Kinder« beschützen zu müssen – als wären wir nicht selbst so gut wie erwachsen. Wir müssen die Welt verstehen lernen, und wenn wir dazu heimlich vorgehen und sie anschwindeln müssen, sind sie selbst schuld.

Ich schaute an Daisys Schulter vorbei aus dem Zugfenster, und als die zarten Türmchen von Cambridge in Sicht kamen, die sich elegant vor dem blassen Himmel abzeichneten, als hätten Elfen sie erschaffen, spürte ich beinahe, wie ich älter wurde.

3

In Cambridge stiegen wir aus dem Zug. Der Schaffner half uns aus unserem Erste-Klasse-Wagen und organisierte Gepäckträger, die unsere Koffer ins St. Lucy's brachten. Es fühlte sich an wie der Beginn von etwas Wichtigem. Ich betrachtete Daisy, die in dem Mantel mit Pelzkragen anmutig neben ihrem Stapel Gepäck mit den goldenen Monogrammen darauf stand und begriff nach einem Moment, dass sie ihre Erwachsenen-Pose übte.

Auf dem Bahnhof herrschte hektischer Betrieb. Während wir uns zum Ausgang begaben, drängten sich die Menschen an uns vorbei, die Arme voller Päckchen und dicker Bücher. Ich freute mich, weil in Cambridge wirklich jeder schrecklich klug wirkte.

Dann schob sich Bertie durch die Menge. Sein blondes Haar war länger als bei unserem letzten Treffen und er trug eine neue Fliege. Davon abgesehen sah er Daisy noch immer so ähnlich, dass ich mich sofort wohlfühlte. Als er seine Schwester entdeckte, wedelte er mit den Armen und strahlte. Dabei sah er genauso aus wie sie, wenn sie sich über etwas besonders freute. Kurz vergaß Daisy sogar die Pose, die sie am Bahnsteig einstudiert hatte. Mit einem Sprung warf sie kreischend die Arme um Berties Hals, bevor sie sich wieder von ihm löste und die Haare unter dem Hut zurechtsteckte.

»Hallo, Schielauge. Wie ich sehe, hast du immer noch diese hässliche grüne Hose«, sagte sie liebevoll.

»Hallöchen, Kürbiskopf – Hazel«, begrüßte uns Bertie, zwinkerte Daisy zu und verbeugte sich höflich vor mir (ich errötete, weil es sich so schrecklich erwachsen anfühlte). »Na schön, dann kommt mal mit, ihr zwei!« Er führte uns aus dem Bahnhof, bis wir im schwachen Wintersonnenlicht standen und ganz schön bibberten. »Amanda hat sich verspätet – wir waren hier vor zehn Minuten verabredet, aber sie ist noch nicht aufgetaucht«, berichtete Bertie. »In letzter Zeit ist sie furchtbar zerstreut, also kann ich nur hoffen, dass sie es nicht vergessen hat!«

»Wie gefällt es dir in Cambridge?«, fragte ich, weil ich etwas Höfliches sagen wollte. Daisy musterte derweilen die vielen Radfahrer, die an uns vorbeidüsten, und riss die Augen immer weiter auf, um ja nichts zu versäumen. Es gab eine Menge Fahrräder, was mich richtig nervös machte – ihre Klingeln waren so schrecklich laut, außerdem kamen sie mir sehr gefährlich vor. Plötzlich überlegte ich, ob meine Vorstellung, durch Cambridge zu radeln, bloßes Wunschdenken war. Immerhin fällt es mir manchmal schon schwer genug, mich auf zwei Beinen zu halten. Auf zwei schmalen Rädern herumzuwackeln, kam mir im Vergleich grauenhaft fortgeschritten vor.

»Oh, es ist ein vortrefflicher Spaß!«, antwortete Bertie. »Grandioses Essen – fast jeden Nachmittag gibt es bei irgendjemandem Baiser und Schampus – und vergangene Woche hat jemand im Innenhof ein Schaf freigelassen.«

»Oh«, sagte ich. Die Süßen Pausen entsprachen absolut meiner Idee von Cambridge, das Schaf dagegen weniger. »Und wie ist der Geschichtsunterricht?«

»Ach, wen kümmert's?« Bertie zuckte mit den Schultern. »Ich war seit der ersten Woche in keiner Vorlesung mehr.«

Daisy riss sich von den Fahrrädern los. »Du gehst nicht in die Kurse?!«, fragte sie scharf.

»Wozu? Amanda geht für uns hin«, meinte Bertie. »Außerdem schert sich sowieso keiner um das erste Jahr.«

»Das stimmt nicht.« Daisy rollte mit den Augen.

»Das kannst du doch gar nicht wissen, Kürbiskopf!«, sagte Bertie schnell. »Ehrlich, es ist völlig normal. Alle Studenten machen es so. Sogar Chummy, und der ist einer von den Guten. Du brauchst dir keine Sorgen machen. Ich bin älter als du und ich weiß, was ich tue.«

»Hmmm.« Daisy sah noch immer skeptisch aus. »Wer ist Chummy?«

»Mein Freund!«, sagte Bertie. »Hör zu, wenn es sein muss, dann lerne ich. Aber ich wüsste nicht, warum ich im Moment nicht ein bisschen Spaß haben sollte, nachdem … was im Frühjahr passiert ist.«

Immer wenn er an Fallingford denkt, entstehen in Berties Sätzen Pausen. Der Mord, zu dem es in seinem eigenen Zuhause gekommen war, und der darauffolgende Prozess haben ihn schwer getroffen.

Ich drückte Daisys Arm. Ich merkte ihr an, dass sie die Einstellung ihres Bruders nicht gut fand, wollte aber nicht, dass sie und Bertie stritten. Ich wollte, dass es ein fröhliches Weihnachten wurde. »Na gut, was soll's«, sagte Daisy schließlich, atmete aus und entspannte sich an meiner Seite. »Du kannst tun, was dir passt. Na los, erzähl mir mehr von Chummy. Wer will denn bitte mit *dir* befreundet sein?«

»Vom Hörensagen kennst du ihn!«, sagte Bertie. »Er ist einer der Melling-Zwillinge Charles und Donald. Ihre Eltern sind bei einem Autounfall ums Leben gekommen, als sie noch klein waren, erinnerst du dich?«

»Ach!«, sagte Daisy. »Die *Shropshire*-Mellings.«

Nach fast zwei Jahren Freundschaft mit Daisy begriff ich sofort, dass sie in englischen Kurzformen sprach. Was sie meinte, war, dass die Mellings einen Landsitz besaßen, unfassbar reich und außerdem in jeder Hinsicht absolut englisch waren. Es verblüfft mich jedes Mal aufs Neue, dass sämtliche Engländer sämtliche ihrer Mitbürger kennen, ohne je auch nur nachschlagen zu müssen.

»Donald ist der ältere Zwilling, nicht?«, fuhr Daisy fort. »Junge! Eins habe ich mich schon immer gefragt: Ist Chummy sauer deswegen? Nur fünf Minuten zu spät, um das ganze Geld zu erben!«

»Du Scheusal«, sagte Bertie, sehr liebevoll. »Aber … naja, wahrscheinlich schon. Ist auch ein Jammer. Irgendwie *sollte* Chummy der Ältere sein. Er sieht besser aus und er *verhält* sich wie ein Erbe, weißt du, was ich meine? Er ist derjenige, der den Mund aufmacht und alle Entscheidungen trifft. Donald ist nur ein Mitläufer. Er hängt sich bloß an den Rest von uns ran.«

»Chummy klingt wie ich«, sagte Daisy grinsend. »Hat das gute Aussehen *und* den Verstand abgekriegt, während sein Bruder leer ausging. Armer alter Donald – armes, altes Schielauge.«

»Ich hab dich gar nicht gehört«, konterte Bertie. »Jedenfalls. Sie haben am ersten Weihnachtsfeiertag Geburtstag und feiern im Speisesaal eine Party – ich habe mit Chummy darüber geredet. Es spielen Jazzbands und Chummy hat sogar einen Schampusbrunnen geordert. Ich glaube, Donald ist verärgert, weil Chummy alles in die Hand nimmt, obwohl er versucht, es zu überspielen. Er zahlt für alle von Chummys Freunden. Aber mal unter uns: Wer will schon mit Donald befreundet sein, wenn es Chummy gibt? Donald gibt sich ja Mühe, aber er ist wie … eine schlechte Kopie. Mit ihm macht es nicht mal halb so viel Spaß. Obendrein ist er ein wahrer Pechvogel! Dauernd hat er die seltsamsten Unfälle.«

4

»Was meinst du damit, *Unfälle*?«, wollte Daisy wissen und kniff die Augen zusammen.

»Ach, da kommt Amanda ja endlich!«, rief Bertie und winkte. »Hey, Amanda!«

Ich hatte jemanden erwartet, der so modevernarrt war wie Bertie mit seiner grünen Hose und dem zurückgekämmten Haar mit der Pomade darin. Doch das Mädchen, das sich von einem rostgrünen Fahrrad schwang und auf uns zueilte, war alles andere als gut gekleidet. Sie war kräftig, hatte hochrote Wangen und fliegende krause braune Haare, die unter einer ausgeblichenen blauen Baskenmütze hervorwehten. Ein krasseres Gegenteil zu Bertie konnte man sich gar nicht vorstellen.

»Bertie!«, keuchte sie mit glühend rotem Gesicht. »Tut mir leid, dass ich zu spät komme. Ich war noch im St. Lucy's und habe an einem Aufsatz gearbeitet, und dabei habe ich ganz die Zeit vergessen. Und dann hat das Pferd auch noch Öl gebraucht.«

Ich schaute mich nach einem Pferd um, konnte aber nichts dergleichen sehen.

»Sie meint ihr Rad«, erklärte Bertie und grinste mich an. »Manda, das hier sind meine kleine Schwester Daisy und ihre Freundin Hazel. Beide sind viel schlauer, als gut für sie ist.«

»So ein Blödsinn!«, rief Daisy affektiert. Sie hasst es, anderen zu verraten, wie klug sie ist, solange sie nicht sicher ist, dass man ihnen vertrauen kann.

»Hallo«, sagte Amanda, die inzwischen wieder bei Atem war und uns beide musterte.

»Daisy, Hazel, das ist Amanda«, fuhr Bertie fort. »Sie ist eine brillante Historikerin. Ohne sie wären wir alle verloren.«

Er schenkte ihr ein durch und durch Daisy-mäßiges Lächeln, das Amanda sichtlich zum Schmelzen brachte – derselbe Einfluss, den Daisy auf die Shrimps hat. Mir wurde klar, warum sie Bertie ihre Vorlesungsnotizen nur zu gern gab.

»Na gut«, sagte Amanda. »Hast du ihnen schon erklärt, wie die Sache laufen wird?«

»Wollte ich gerade machen«, antwortete Bertie. »Aber wenn du möchtest, kannst du gerne übernehmen.«

Als Amanda sich uns zuwandte, sah ich, dass die Augen unter dem weichen, krausen Haar entschlossen und durchdringend blickten, wenn auch müde. »In Ordnung«, sagte sie. »Hört zu. Miss Mountfitchet hat mich gebeten, auf euch aufzupassen, solange ihr in Cambridge seid. Ich soll euch auf Schritt und Tritt begleiten, aber ich habe viel zu viel zu tun. Also schließen wir einen Pakt: Ich bringe euch ins St. Lucy's und geleite euch nach draußen, danach könnt ihr hin, wohin ihr wollt, solange ihr jedem, der fragt, sagt, dass ich bei euch war. Einverstanden?«

»Einverstanden«, sagte Daisy schnell. Ich hatte ja gewusst, dass es so laufen würde, doch nachdem ich Amanda nun gesehen hatte, wurde ich neugierig.

»Was tust *du*, solange wir unterwegs sind?«, fragte ich.

»Aufsätze schreiben«, antwortete Amanda. »Ich muss bis zum Ende der Ferien noch einen ganzen Stapel abarbeiten.«

»Manda ist ein Arbeitstier«, erklärte Bertie grinsend. Es hätte aufbauend klingen sollen, doch etwas an der Art, wie Bertie es sagte, gefiel mir nicht.

»Bertie wird euch jetzt eine Stadtführung geben, damit ich ein bisschen büffeln kann«, sagte Amanda. Sie schob sich schon wieder das Haar aus dem Gesicht – es schien wie eine

Wolke um ihre Wangen und ihre Stirn zu wabern und immer wieder zurückzukommen, egal, wie sie es hochsteckte oder unter ihre Mütze klemmte. »Er zeigt euch Cambridge und das Maudlin. Falls jemand fragt: Ich war dabei. In einer Stunde treffen wir uns vor dem St. Lucy's – wir sollen alle mit Miss Mountfitchet Tee trinken, bevor ihr im Maudlin zu Abend esst.«

»*Ihr?*«, wiederholte Daisy. »Dann kommst du nicht mit uns ins Maudlin?«

»Nein«, antwortete Amanda knapp.

»Warum -?«, fing Daisy an, doch Bertie stieß sie mit dem Ellbogen an.

»Lass es gut sein«, sagte er. »Wir sehen dich um vier, Manda, kurz vor der Brücke zum Lucy's.«

»Bis dann.« Amanda nickte erst Bertie zu, dann uns und schwang sich anschließend auf ihr Pferd, um davonzuradeln. Sie fuhr sehr schnell und schwenkte mal hierhin, mal dahin, um andere Radfahrer zu überholen. Während ich ihr so nachsah, machte sie mich immer neugieriger.

»Was ist los mit ihr?«, fragte Daisy.

»Unwichtig«, antwortete Bertie. »Sie hält sich in diesen Ferien vom Maudlin fern. Mehr müsst ihr nicht wissen.«

Daisy drehte sich zu mir um und schnitt eine Grimasse. Ich begriff sofort. Etwas Merkwürdiges ging hier vor – etwas, dem ich ebenso dringend auf den Grund gehen wollte wie Daisy.

»Kommt schon, ihr beiden«, sagte Bertie. »Ich will euch alles gründlich zeigen, bevor es Tee und Abendessen gibt.«

»Kommen Chummy und Donald auch zum Abendessen?«, wollte Daisy wissen. »Verbringen sie die Ferien im Maudlin?«

Bertie nickte. »Ja. Habe doch vorhin gesagt, dass sie am ersten Weihnachtsfeiertag Geburtstag feiern. Sie werden einundzwanzig – sie sind schon ein bisschen älter als der Rest von uns – und Donald bekommt endlich sein Erbe. Sie werden beim Abendessen da sein, genau wie Alexander und George – Georges Bruder, mein Freund Harold vom St. John's College, bringt sie mit. Übrigens, Kürbiskopf, ich wusste, dass Harold einen kleinen Bruder namens George hat, aber mir war nicht klar, dass es *dein* George ist!«

»Es ist nicht *mein* George! Ich habe ihn noch nie getroffen«, erklärte Daisy. »Genauso wenig wie Hazel. Befreundet ist sie mit Alexander.«

»Dem Amerikaner?«, fragte Bertie.

»Dem *Lästigen*«, meinte Daisy.

Ich verzog das Gesicht. Vergangenes Trimester war Alexander tatsächlich der Grund für eine Menge lästigem Ärger zwischen Daisy und mir gewesen und hatte unseren beinahe schlimmsten Streit überhaupt ausgelöst, aber ich hatte gehofft, das alles würde der Vergangenheit angehören. Plötzlich war ich wie elektrisiert beim Gedanken, Alexander schon so bald zu sehen. Heute! Ich war nicht sicher, ob ich dafür bereit war.

5

Wir liefen durch eine lange Straße, die vom Bahnhof wegführte. Links und rechts standen weiße Häuser mit breiten Fenstern, die von wunderschönen, kahlen Bäumen eingerahmt wurden. Im Laufen deutete Bertie auf verschiedene Sehenswürdigkeiten.

»Schaut mal, da drüben: Der Park dort heißt Parker's Piece! Dort wird im Sommer Kricket gespielt. Es ist schrecklich schön da.«

Ich schaute und schaute – und wurde den Drang nicht los, vor Entzücken aufzuschreien. Vor uns lag ganz Cambridge, überall steinerne Mauern, Gras und Statuen. Alles war alt und so wunderschön, dass ich ganz überwältigt war. Immer wieder kamen wir an Rundbögen vorbei, die aussahen wie Tore in eine geheime andere Welt – ich erhaschte Blicke auf herrliche Rasenflächen mit Brunnen und Wegen, auf denen Männer mit schwarzen Hauben und Roben spazierten.

Es hatte den Anschein, als hätte Bertie uns zu jedem Fleck, an dem wir vorbeikamen, eine Geschichte zu erzählen: Eine alte Eichentür hatte einem Studenten im zweiten Semester als Versteck vor einem Polizisten gedient; eine hohe Mauer war der Ort, an dem Harold seine Kappe verloren hatte, weshalb er darüber klettern und sie wiederholen musste, während die übrigen Schmiere standen; eine gewundene Pflastersteinstraße, in die sich tief die Äste der Bäume neigten, war die Abkürzung zu einem *famosen* Wirtshaus. Wir mussten uns fast zehn Minuten gedulden, bis wir vor einem irrsinnig hohen Steingebäude standen, das mit Gittern umzäunt war, um schlagartig zurück zum Thema Unfälle zu kommen.

»Mist!«, schimpfte Bertie, als er nach oben spähte. »Purer Leichtsinn! Jemand hat einen Schuh auf dem Senatshaus verloren.«

Ich dachte schon, er hätte den Verstand verloren, sollte mich aber täuschen. Auf einem Vorsprung knapp sieben Meter über uns lag tatsächlich etwas, das verdächtig nach einem Turnschuh aussah.

»Wie kommt der da hin?«, fragte ich.

Bertie wirkte verlegen. »Kürbiskopf, Hazel, versprecht ihr, keinem zu verraten, was ich euch jetzt sage?«

»Natürlich«, versicherte Daisy und rollte mit den Augen. »Wir halten immer dicht!«

»Bestimmt? Es ist nämlich wichtig«, bekräftigte Bertie. »Schwört, dass ihr nichts ausplaudert! Wenn doch, sorge ich dafür, dass ihr auf direktem Weg zurück ins Internat wandert!«

Die Drohung war ganz schön schlimm – Daisy wurde blassrot und weiß. Sie verzog die Nase. »Ja, ja, ist gut«, sagte sie. »Ich bin keine Petze. Ist keine von uns.«

»Ich sage keinem was«, versprach ich. »Ehrenwort.«

»In Ordnung«, meinte Bertie und sprach leiser. »Also. Ein paar von uns … klettern.«

»Weiß ich doch!«, sagte Daisy. »Das hast du mir längst erzählt.«

»Psst! Ich habe doch gesagt, es ist ein *Geheimnis*!«, zischte Bertie und fuhr noch leiser fort. »Na schön. Ich bin ein Nachtkletterer. Wir sind eine Gruppe – eine streng *geheime* Gruppe – von Studenten, die nachts auf Gebäude klettert.«

Ich betrachtete staunend die Türmchen, Wasserspeier und hohen Steintürme von Cambridge. Sie befanden sich so hoch über uns. Ich konnte mir gar nicht vorstellen, wie jemand so weit hinauf gelangen konnte, ohne sich den Hals zu brechen.

»Es sind alles Nacht-und-Nebel-Aktionen«, erzählte Bertie weiter. »Wenn man erwischt wird, fliegt man. Das heißt, man wird rausgeworfen, Hazel. Man erfährt niemals mehr als, wer in der eigenen Gruppe des Clubs ist – so kann man nicht zu viele andere mit reinreißen, wenn sie einen ertappen. In unserem Verband sind wir zu fünft: Chummy, Donald, noch ein Kerl namens Alfred und ich, alle aus demselben Haus am Maudlin, und dann noch Harold aus dem John's. Wir haben alle Geschichte belegt, so haben wir uns kennengelernt. Wir treffen uns nach Mitternacht auf dem Dach vom Maudlin und planen unsere Routen. Es ist schrecklich aufregend – spannender als Bergsteigen. Man benutzt nur Hände und Füße, nur manchmal, wenn es gar nicht anders geht, auch Draht und Seil. Was mich glatt an Donalds letzten Unfall erinnert – sein bisher schlimmster, wenn ich so darüber nachdenke.«

»Ach ja?«, hakte Daisy nach. »Erzähl!«

»Tja, wir alle klettern, aber irgendwie ist es immer Donald, der dabei was abkriegt. Immer ist es sein Seil, das reißt, oder seine Mauer, die abbröckelt. Inzwischen machen wir schon Witze darüber. Letzte Woche sind wir alle hier aufs Senatsgebäude geklettert – eine ziemlich knifflige Strecke, aber gut bekannt. Jeder hat sie schon Dutzende Male mitgemacht. Es gibt da eine Stelle, an der man an einem Regenrohr hochklettert und sich nach einem Vorsprung ausstrecken muss. Chummy war vorne und Donald unter ihm – und plötzlich, einfach so, ist ein ganzer Teil aus dem Steinvorsprung rausgebrochen und auf Donald gestürzt.

Zum Glück hatte er gerade die Arme nach oben ausgestreckt, sodass sie den Großteil der Wucht abgeschmettert haben, aber es hat ihn mehrere Meter bis zum nächsten Sims mitgerissen. Wir sind sofort zu ihm – sein Mantel war zerrissen und seine Arme völlig zerkratzt. Auch sein Kopf hatte einiges abbekommen – er hat sein ganzes Hemd vollgeblutet. Als er es Moss zum Waschen gab, musste er so tun, als wäre er mit dem Rad gegen eine Mauer gefahren. Moss ist unser Bedder – so eine Art Butler. Er betreut das ganze Haus neun, räumt unsere Zimmer auf und so. Ihr lernt ihn später noch kennen. Aber wie gesagt, das war der bisher schlimmste Unfall, den Donald hatte.«

»Und ist Chummy immer dabei, wenn so was passiert?«, wollte Daisy wissen. Worauf sie hinaus wollte, war klar. Donald war der Erbe eines enormen Vermögens, während sein Bruder Chummy vollkommen leer ausgehen würde. Sollte Donald etwas zustoßen, würde an seiner Stelle Chummy der Melling-Besitz zustehen. Es schien höchst interessant, dass Donald immer wieder in Gefahr geriet, so kurz vor seinem einundzwanzigsten Geburtstag.

»Wie?« Bertie runzelte die Stirn. »Tja … schätze schon. Aber ihr habt das falsch verstanden. *Das* ist nicht Chummys Schuld. Er spielt Donald ganz andere Streiche.«

Daisy und ich wechselten einen ungläubigen Blick.

»Er spielt Streiche?«, wiederholte Daisy.

»Und ob«, bestätigte Bertie. »Habe ich noch nicht erwähnt, dass Chummy gerne Streiche ausheckt? Er ist ein echter Scherzbold – nimmt uns ständig aufs Korn, vor allem Donald. Bestimmt steckt *er* hinter dem Schaf, das im Innenhof frei herumlief, auch wenn er es noch nicht zugegeben hat. Er vertauscht unsere Kappen, sodass keine mehr passt, und klebt den Dons irgendwelche Frechheiten auf den Rücken. Aber Donald kriegt am meisten ab. Chummy klettert über die Dächer vom Maudlin und versteckt zum Beispiel Donalds Sachen da. Oder er näht die Säume seiner Ärmel zusammen oder legt ihm Frösche ins Bett. Junge, vor ein paar Tagen hat er Donald einen Eimer Eiswasser auf die Tür gestellt. Am Ende ist Donald allerdings der ganze Eimer auf den Kopf gefallen, nicht nur das Wasser, und Moss musste ihn schon wieder verbinden! Chummy hat es abgestritten, aber wir wissen natürlich alle, dass es auf sein Konto geht. Donald hat ganz schön belämmert aus der Wäsche geguckt!«

In meinem Nacken begann es zu prickeln. Etwas an all dem klang wesentlich ernster als dumme Streiche es für gewöhnlich tun.

»Jetzt seht euch zwei an, Kürbiskopf!« Bertie lachte. »Kommt schon, es ist Weihnachten! In dieser Woche dreht sich alles um Nüsse, Orangen, Marzipan und Geschenke. Sucht ja nicht nach Ärger, wo es keinen gibt!«

»Tue ich nie!«, verteidigte Daisy sich. »Ich kann doch nichts dafür, wenn der Ärger *nach mir* sucht. Und überhaupt, warum tadelt nie jemand Hazel? Sie hat schon genauso viel mitgemacht wie ich.«

»Nicht absichtlich!«, sagte ich. Es stimmt, dass der Ärger uns auf Schritt und Tritt folgt, aber nicht, weil wir ihn einladen – glaube ich zumindest. Hatten die Schwierigkeiten aufs Neue begonnen, hier in Cambridge?

»Jetzt zieht nicht so ein Gesicht!«, sagte Bertie. »Schaut mal hinter euch – seht euch den Ausblick an!«

Wir drehten uns um. Rechts von uns erhob sich die massige Kapelle des King's College. Umgeben von Türmen wuchs sie aus dem Gras; das Mauerwerk wirkte so fein wie Spitze. Es fühlte sich irgendwie unecht an, dass ich auf einmal so dicht davor stand, nachdem ich so viele Bilder davon gesehen hatte. Als wäre ich unverhofft über einen Drachen gestolpert oder die Pyramiden. Ich war hingerissen.

»Nicht schlecht, was?«, meinte Bertie. »Ihr solltet sie mal bei Nacht sehen, vom Dach des Senatsgebäudes aus! Man kann über ganz Cambridge blicken und die King's Chapel von Nahem sehen. Von so weit oben ist sie wirklich prächtig. Mit den Wolken dahinter, wisst ihr? Und den ganzen Türmchen.«

Er klang so entspannt, als hätte ihm allein das Reden übers Klettern gut getan. Ich glaube, ich weiß, warum. So hoch oben zu sein, muss einem eine völlig neue Sicht auf die Dinge ermöglichen. Während Bertie die Kapelle betrachtete, erinnerte er sich an seinen eigenen geheimen Ausblick darauf – ein Geheimnis, das er auch noch lange nach dem gefährlichen Klettern bewahren konnte.

Cambridge war wirklich schön, unfassbar schön. Beinahe zu schön, um es zu begreifen. Ich versuchte, mich von dem schwindelerregenden Bild der King's Chapel bei Mondschein loszureißen und auf die Dinge vor meiner Nase zu konzentrieren: die Fahrräder, die vorbeisausten, die warm erleuchteten kleinen Läden im Schein der Laternen, die Süßigkeiten, Kuchen und Studentenroben verkauften. Und die Gruppe Weihnachtssänger, die *Wir drei Könige aus dem Morgenland* anstimmten.

Bertie trat vor, um dem Chor einige Münzen in den umgestülpten Zylinder zu werfen, und während er abgelenkt war, griff Daisy mich am Arm. »Da ist was faul!«, zischte sie. »Glaubst du nicht auch, Hazel? Etwas zwischen Chummy und Donald!«

»Du meinst ... die Unfälle?«, fragte ich.

Daisy nickte. »Ich habe das schreckliche Gefühl, dass Donald schon bald etwas wirklich Furchtbares zustoßen könnte«, sagte sie unheilvoll.

6

Sobald wir an der Kapelle vorüber waren, wurde die Straße schmaler. Von beiden Seiten umschlossen uns hohe Mauern. Die Gebäude bestanden alle aus Ziegeln und Steinen, waren wunderschön und alt.

Ich war so damit beschäftigt, sie zu bestaunen, dass ich nicht darauf achtete, wohin ich trat. Ich rutschte auf einem losen Pflasterstein aus und stolperte auf die Straße. »Hey!«, brüllte jemand. Daisy konnte mich gerade noch rechtzeitig zurück auf den Gehsteig reißen, als rechts von mir auch schon ein Mann auf einem Fahrrad vorbeischoss, genau dort, wo ich eben noch gestanden hatte. Er war tief über den Lenker gebeugt, trug eine Kappe, unter der braune Haare hervorlugten, und eine Robe, die hinter ihm herwehte, und während ich mit offenem Mund keuchend dastand, drehte er sich mit wütender Miene zu mir um. Sein Gesicht war ziemlich rund und er hatte eine Stupsnase – an sich nette Züge, doch seine Art machte ihn irgendwie unfreundlich.

»Pass auf, Wells!«, rief er, hielt an und stellte einen Fuß auf den Boden. Dann erst begriff ich, dass er mit Bertie redete. »Sorg dafür, dass deine Gäste sich benehmen, sonst lasse ich dich aufschreiben! Ich hab sie fast überfahren!« Dann stieß er sich ab und verschwand, wild in die Pedale tretend, in einer Gasse zu unserer Rechten.

»Was für ein Ekel! Kennst du ihn?«, fragte Daisy ihren Bruder, nachdem der Mann weg war.

»Das ist Michael Butler«, erklärte Bertie. »Ein Geschichts-Don, noch ziemlich jung. Er kann sich keine vernünftige Unterkunft leisten, also wohnt er unten im Treppenhaus und verdient sich was dazu, indem er uns herumkommandiert. Er kann ganz in Ordnung sein, bis ihm einfällt, dass er eigentlich die Verantwortung für uns hat. Dann wird er schlagartig schrecklich langweilig und regt sich wegen der kleinsten Kleinigkeiten auf. Er ist nicht ganz unschuldig daran, dass wir alle klettern – das Regenrohr ist einfach der einzige Weg, nach Anbruch der Dunkelheit noch rauszukommen, solange Butler den unteren Ausgang bewacht. Jeden Abend sperrt er die Haustür um Punkt elf zu, und wehe dem, der zu spät kommt!« Bertie wechselte das Thema.

»Also da vor uns liegt das Museum.« Er zeigte darauf. »Sieht ein bisschen aus wie ein griechischer Tempel. Ich war noch nicht drin – dafür war ich einmal obendrauf. Und da drüben links, das ist das Fitzbillies. Dort gibt es die absolut besten Chelseaschnecken in ganz Cambridge. Ihr müsst da unbedingt mal hin.«

Im Vorbeigehen blickte ich staunend in das leuchtende Schaufenster des kleinen Ziegelgebäudes. Es war voll von den herrlichsten Köstlichkeiten: ganze Berge von rosa-weißen Leckerbissen, Küchlein mit Sahnehauben und besprenkelt mit Nüssen und ein Gebirge aus gedrehten goldbraunen Gebäckteilchen. Sie strotzten vor Rosinen und trieften vor Sirup. Mir lief das Wasser im Mund zusammen. Seit den Sandwiches im Zug mit dem zerlaufenen Käse und dem klebrigen Chutney waren inzwischen Stunden vergangen. Hinter dem Gebäck sah ich Tische mit Gästen, die ausgezeichnete Teegedecke genossen. Mein Magen knurrte.

Doch wir wandten uns ab und der schmalen Gasse mit dem Kopfsteinpflaster zu, in der Michael Butler verschwunden war. Womöglich lag es nur an den hohen Mauern ringsum, doch der Tag schien schlagartig düsterer zu werden, die Schatten uns einzuhüllen. Die Luft war eisig und unser Atem hing als weißer Dampf vor uns.

»Gleich kommen wir am Maudlin vorbei, aber da bringe ich euch erst später hin. Wir müssen zum St. Lucy's. Hier entlang.«

Ich schaute nach links auf hohe Ziegelmauern und eine schwere Holztür, eingelassen in den Fuß eines schmalen

Turms. Dann hatten wir die Pflasterstraße auf einmal hinter uns gelassen und standen im Freien. Vor uns lag eine gewölbte steinerne Brücke, unter der ein glänzender dunkler Fluss hindurchfloss. Dies waren die berühmten Backs, die ich aus den Geschichten meines Vaters kannte. Hier schwammen im Sommer die Flussboote, faulenzten die Studenten, machten Picknick oder lernten für ihre Examen. Ich staunte. Alles war wie im Bilderbuch und so englisch. Auf unserer Uferseite erhoben sich die Steingebäude der Colleges, geschmückt von hellen Fenstern, Schnörkeln und Säulen. Es fühlte sich an, als würden ihre Lichter mich willkommen heißen.

»Amanda sollte bald hier sein«, sagte Bertie. »Sie hat in der Stadt gearbeitet. Ach, da kommt sie ja! Ausnahmsweise einmal pünktlich. Hallo, Manda!« Und da war Amanda, die hinter uns aus dem Schatten glitt, ihr Pferd neben sich. Sie nickte uns dreien zu und verfiel dann mit uns in einen Gleichmarsch, als wäre sie die ganze Zeit über dabei gewesen. »Und jetzt laufen wir über die Brücke da.«

Ich schaute über den Fluss zur anderen Seite – und hatte ein ganz anderes Bild vor Augen. Die Gebäude dort waren grobe Neubauten, sehr eckig und unromantisch. Gehörten sie auch zur Universität von Cambridge? Das konnte nicht sein. Sicher wohnten hier Leute aus der Stadt, keine Studenten! Doch Bertie zeigte unmissverständlich auf das schlimmste Gebäude von allen, einen schwerfälligen niedrigen Klotz mit mehreren roten Ausläufern. »Das ist das St. Lucy's, das College von Manda und Tante E. Sie wartet schon auf uns. Ach, da ist sie!«

Der Haupteingang des Gebäudes war nun sichtbar und davor stand eine Person. Sie war wie ein Strich in der Landschaft mit einem weißen Haarschopf. In ihrer schwarzen

Robe, die sie um sich gewickelt hatte, sah sie wie ein Vogel oder eine Fledermaus aus. Genauso ruckartig wie ein Vogel drehte sie auch den Kopf.

»Tante E!«, rief Bertie. »Ich habe sie!«

»Beeilung, du dummer Junge!«, schrie die alte Dame. Als wir näher kamen, sah ich, dass sie dieselben feinen Gesichtszüge und die kleine Nase wie Daisy und Bertie hatte, nur dass durch ihr Alter alles kantiger wirkte. »Euch muss kalt sein. Daisy, mein Liebling! Und Sie müssen Hazel sein. Willkommen im St. Lucy's College! Ich hoffe, es gefällt euch hier. Euer Gepäck ist schon vor einer ganzen Weile angekommen – man hat es bereits auf euer Zimmer gebracht. Herein, nur herein. Darf ich euch Tee anbieten?«

7

Eine der goldenen Regeln unserer Detektei ist es, niemals eine Einladung zum Tee auszuschlagen.

Man führte uns in einen Raum, der mit hellem Holz getäfelt war, eine nackte weiße Decke und einen Holzboden mit einem zerschlissenen Teppich darauf hatte. Alles wirkte abgegriffen und gebraucht. Das hier war ganz und gar nicht die Pracht, die ich mir aufgrund der Geschichten meines Vaters erwartet hatte.

»Das ist der Gemeinschaftsraum der Älteren«, erklärte Tante Eustacia, während ein Hausmädchen in einer oft geflickten Schürze eine Kanne Tee und einen Teller mit Rosinenbrötchen brachte. »Ich weiß, es ist ein bisschen frostig. Ich würde euch ja in mein Büro bringen, in dem es wesentlich angenehmer ist, aber dort wird gerade sauber gemacht.

Morgens werden die Heizungen von acht bis neun angestellt und abends von sechs bis sieben, daher dauert es noch ein wenig bis zum nächsten Wärmeausbruch. Angeblich ist das gut für unsere Gesundheit. Gut fürs Budget, trifft es wohl besser. Ihr werdet bald merken, dass die Frauen-Colleges zwar die Hälfte des gesamten Verstands in Cambridge ausmachen, allerdings keinen Penny des Vermögens. Aber trinkt euren Tee, dann wird euch im Handumdrehen warm.«

Sie setzte sich in einen abgenutzten grünen Lehnsessel, während wir übrigen um sie herum auf Korbstühlen Platz nahmen. Amanda, aus deren Robenaufschlag Stift und Notizbuch spitzten und deren Hände verschmiert von Tinte waren, nahm den Stuhl neben Bertie, ohne Daisy oder mir Beachtung zu schenken. Ich schlürfte meinen Tee, schlang elegant die Finger um meine Tasse und nahm mir dann ein Rosinenbrötchen. Dazu gab es nur Marmelade, keine Sahnecreme, dafür war das Brötchen noch warm, und als ich es aufschnitt, duftete es herrlich.

»Über Weihnachten sind nicht besonders viele Studentinnen bei uns geblieben, daher habt ihr das Haus fast für euch allein«, erzählte Tante Eustacia. »Ich habe euch im Zimmer einer unserer Erstsemester untergebracht. Trilling – ich glaube, ihr kennt sie? – hat selbst vorgeschlagen, euch in ihrem Zimmer wohnen zu lassen, solange sie die Ferien zu Hause verbringt. Sie dachte, ihr würdet euch darüber freuen. Freut ihr euch?«

Erst war ich verwirrt – dann fiel der Groschen. Henrietta Trilling war der eigentliche Name von König Henry, unserer Schulsprecherin vom Vorjahr. König Henry! Sie war Teil unseres ersten echten Falls gewesen, des Rätsels um den Mord an Miss Bell, unserer Naturkundelehrerin.

»Aber ja doch, Tante E!«, antwortete Daisy. »Selbstverständlich!« Wir strahlten uns gegenseitig an.

»Bitte nenn mich nicht bei diesem lächerlichen Namen«, meinte Tante Eustacia. »Vermutlich hast du dir das von Bertie abgeschaut. Bertie, du bist ein wirklich schlechter Einfluss. Wie auch immer. Mein Neffe Felix hat mir berichtet, dass ihr im vergangenen Trimester gewisse Schwierigkeiten an eurer Schule hattet. Zutiefst schockierend. Erzählt mir alles!«

In nur fünf Minuten hatte Tante Eustacia aus Daisy sämtliche Details über den Guy-Fawkes-Feier-Mord herausgekitzelt (abgesehen natürlich von unserer Beteiligung). Sie wirkte völlig fasziniert. Sollte Daisys Onkel Felix sich je in eine alte Frau verwandeln, wäre er genau wie sie. Auch Amanda hörte neugierig zu und schob sich blinzelnd mehrere Haarsträhnen aus den Augen. Sie sah müde aus, sogar noch erschöpfter als am Nachmittag.

»Nun, Price!«, wandte Tanta Eustacia sich an Amanda, als wir fertig waren. »Ich hoffe, Sie geben gut auf die Mädchen acht.« Sie betrachtete uns der Reihe nach mit Argusaugen. »Und dass ihr euch ja ordentlich benehmt und der Familie keine Schande macht!« Ich nickte nur, während mir die Röte in die Wangen stieg.

»Ja, Tante Eustacia«, sagte Daisy.

»Ich hoffe, du hast vor, mir zu gehorchen, Daisy«, fuhr Tante Eustacia fort. »Ich kann nämlich durchaus sehen, dass du die Finger über Kreuz hast. Jetzt könnt ihr euch umziehen und zum Abendessen ins Maudlin begeben. Price, passen Sie auf sie auf. Ich erwarte die Mädchen ohne größere Verletzungen oder Defekte zurück. Auf Wiedersehen.«

Damit waren wir entlassen.

»Na schön«, sagte Bertie zu uns. »Ich muss los, mich umziehen und die Jungs treffen.«

»Die Jungs sind mir egal«, meinte Daisy seufzend.

»*Natürlich*«, sagte Bertie. »Und Hazels Gesicht hat *immer* diese Farbe.«

Ich legte verlegen die Hände an die Wangen.

»Wie auch immer, beeilt euch und zieht euch um – Manda, bringst du sie nachher ins Maudlin?«

Amanda nickte knapp. »Dann los auf euer Zimmer«, sagte sie zu mir und Daisy. »Beeilung!«

Während wir ihr nacheilten, fragte ich mich einmal mehr, was mit ihr los war. Was es auch sein mochte, ich wurde das Gefühl nicht los, dass der Grund dafür im Maudlin lag.

8

Das Apartment von König Henry lag im selben kalten Beton-und-Holz-Treppenhaus wie das von Amanda, nur ein Stockwerk tiefer. Es war klein und fast ebenso abgenutzt wie der Gemeinschaftsraum der Älteren – aber immerhin fühlte es sich vertraut an, als wären wir auf der Deepdean. König Henrys Deepdean-Pokale und -Trophäen standen auf einem Regal im Wohnraum und um einen kleinen Spiegel, der mit Winterbeeren und Efeu umwickelt war, hatte sie ihren Hockeyschal drapiert. Im Schlafzimmer war neben dem Einzelbett von König Henry ein Ausziehbett aufgebaut worden (ich bekam das Ausziehbett und Daisy das richtige).

Auf dem Bettüberwurf lag eine Nachricht. *An Daisy Wells und Hazel Wong*, stand darauf. Daisy stürzte sich darauf und ich linste über ihre Schulter, um mitzulesen.

Liebe Daisy, liebe Hazel,
willkommen in Cambridge und am St. Lucy's! Ich hoffe, ihr habt es hier über Weihnachten gemütlich – es erinnert mich an die gute alte Deepdean! Sie ist eine wirklich prima Schule, müsst ihr wissen, und ich vermisse sie, sogar nach allem, was dort passiert ist.
Es tut mir so leid, dass ich euch nicht persönlich begrüßen kann, aber Weihnachten mit Mami und Papa konnte ich schlicht nicht versäumen. Aber eins will ich euch mit auf den Weg geben. Diese Jungs, mit denen dein Bruder im Maudlin zusammenwohnt, Chummy und Donald Melling ... Bertie ist mit Chummy befreundet, aber die Zwillinge haben beide einen schlechten Ruf. Sie verbringen viel zu viel Zeit damit, es sich gut gehen zu lassen. Ich glaube, sie haben seit ihrer ersten Woche keine einzige Vorlesung mehr besucht. In den Ferien werden sie einundzwanzig, am ersten Weihnachtsfeiertag, und dafür soll eine wirklich alberne Feier stattfinden. Ich bin eingeladen worden, wollte aber nicht hin. Mir ist zu Ohren gekommen, dass Donald vorhat, Chummy zu ignorieren – zum ersten Mal in seinem Leben – und das ganze Geld ausgerechnet für eine Diamantmine zu verprassen. Chummy hat davon Wind gekriegt und schäumt jetzt vor Wut – vor ein paar Wochen ist er in der Butterstube vom Maudlin richtig ausgerastet und hat einem Bekannten von mir erzählt, dass er sich das nicht bieten lassen will. Dass er Donald zwingen will, ihm das Geld zu geben.
Ihr solltet auf der Hut sein – behaltet sie im Auge, ja? Ich will nicht, dass ihr ebenfalls mit in diese Sache hineingezogen werdet.
In der Dose unter dem Bett gibt es Plätzchen und Kakao.
Ich wünsche euch von ganzem Herzen fröhliche Weihnachten,

König Henry

Daisy ließ den Brief fallen wie eine heiße Kartoffel.

»Hazel!«, sagte sie. »*Hazel!*«

All die Gedanken, die ich mir über Donald und Chummy gemacht hatte (und Daisy war es nicht anders ergangen, das wusste ich), waren auf einmal mit Beweisen gefüttert worden, noch dazu aus einer Quelle, der wir vertrauten.

»Was machen wir jetzt?«, fragte ich. »Uns umziehen?«

»Umziehen!«, wiederholte Daisy. »Wie bitte kann ich auch nur einen Gedanken *daran* verschwenden, wenn es ein Rätsel zu lösen gilt!«

»Aber wenn wir nicht zum Essen gehen, sehen wir Chummy und Donald nicht«, gab ich zu bedenken, holte ihr rosa Taftkleid aus dem Schrank, wo man es bereits aufgehängt hatte, und reichte es ihr.

Daisy seufzte, zog es aber gehorsam an – bevor sie das Interesse an Kleidern vollkommen verlor und sich wuchtig auf ihr Bett sinken ließ, den Blick nachdenklich in die Ferne gerichtet. Ich streifte mein grünes Samtkleid über und betrachtete mich unglücklich im Spiegel. Neben Daisy kam ich mir wie eine Enttäuschung vor.

»Hazel!«, meldete sich Daisy vom Bett aus zu Wort. »Oh, Hazel, ein neues Rätsel!«

»Chummy und Donald!«, gab ich ihr recht und war froh, nicht mehr über mich selbst nachdenken zu müssen.

»Genau! Ein Erbe, der einen Unfall nach dem anderen hat und das Opfer von sogenannten Streichen ist, ist *höchst* verdächtig, auch wenn mein dämlicher Bruder das nicht wahrhaben will. Und der Brief von König Henry beweist es. Chummy will unbedingt das Geld, das Donald erben soll, und bis zu ihrem Geburtstag sind es nur noch ein paar Tage. Hazel, ich glaube, es wird bald etwas passieren!«

»Ich weiß!«, sagte ich. »Und was ist mit Amanda? Warum will sie nicht mit ins Maudlin? Was für Aufsätze schreibt sie – in den Ferien –, die Bertie nicht schreiben muss?«

»Bertie«, Daisy runzelte plötzlich die Stirn, »studiert nicht so fleißig, wie er sollte. Ich weiß, er hat nicht mein angeborenes Genie, aber völlig dumm ist er nicht. Er darf Cambridge nicht einfach so wegschmeißen. Ich muss noch einmal vernünftig mit ihm reden. Aber ja, Amandas Verhalten … es ist komisch und verdächtig. Hat es irgendetwas mit Chummy und Donald zu tun? Heute Abend ist die perfekte Gelegenheit, die Zwillinge kennenzulernen und zu beobachten, wie sie sich verhalten. Vor den Pinkertons müssen wir das alles allerdings verbergen.«

»Warum?«, wollte ich wissen. »Alexander hat uns im Orientexpress-Fall geholfen und den Mord in der Guy-Fawkes-Nacht hätten wir ohne die Hilfe der Pinkertons auch nicht gelöst. Wenn wir etwas bemerkt haben, könnte ihnen ebenfalls etwas aufgefallen sein. Möglich, dass sie helfen wollen.«

»Tja, können sie aber nicht und damit basta!«, sagte Daisy verärgert. »Bist du denn noch nicht fertig?«

Ich band meine Schärpe (sie saß leicht schief, aber es hätte keinen Sinn gehabt, Daisy in ihrer Laune darum zu bitten, sie für mich zu binden). Auf meinem Schuh war ein Fleck, der nur schlimmer wurde, als ich ihn wegschrubben wollte. Ich konnte es nicht erwarten, Alexander zu sehen, gleichzeitig wusste ich nicht, ob ich es ertragen konnte.

9

Laut klopfte es an unserer Tür – es war Amanda, die reichlich abgespannt aussah. Ich zog meinen Mantel an und folgte ihr und Daisy die Treppe hinunter in die beißende Kälte des Abends.

Am schwarzen Himmel wirkten die Sterne wie Nadelstiche und unser Atem bildete in der Luft kleine Wölkchen. Wir gingen durchs Pförtnerhäuschen hinaus und überquerten das ruhige Wasser des Cam, über dem ein ungeheuer feiner Nebel hing – genau genommen über allem, sodass die Lichter der Straßenlaternen ebenso schwammig erschienen wie die Menschen, die auf ihren Rädern an uns vorbeifuhren und über das Kopfsteinpflaster wackelten.

Amanda schlang ihren Mantel fester um sich und zog sich die Mütze über die Ohren. »Eisig!«, sagte sie. »Nicht mehr lange und es schneit.«

Ich stellte mir Cambridge im Schnee vor, ein Bild wie von einer Ansichtskarte oder einem der Gemälde im Haus meines Vaters. Es war ein herrlicher Gedanke: warm und weiß. Mein Herz schlug schneller.

»Na schön«, meinte Amanda. »Wie besprochen, bringe ich euch bis zum Eingang, aber nicht weiter. Wenn ihr fertig seid, hole ich euch wieder ab, um euch zurück ins Lucy's zu bringen.«

»Warum –?«, fing Daisy an, doch Amanda brachte sie mit einem vernichtenden Blick zum Schweigen.

»Wie gesagt, ich muss noch einige Aufsätze schreiben«, sagte sie. »In Ordnung – das da vorne, das ist der Pförtnerturm des Maudlin.«

Ich spähte ins Zwielicht. Zuerst konnte ich nur die hohen Backsteinmauern sehen. Cambridge war wirklich schummrig – es kam einem vor, als hätten die Schatten ein Eigengewicht, oder vielleicht lag es auch daran, dass die Straßen alle so schmal und die Mauern so überaus hoch waren. Aber ja, da stand der Turm, der mir bereits vorhin aufgefallen war, und an seinem Fuß gab es eine massive Holztür wie der Eingang zu einem Schloss, nur ohne Burggraben und Zugbrücke.

In diesem prächtigen, riesigen Tor war eine mannshohe Tür eingelassen, durch die helles Licht schien und auf die Amanda uns nun zuscheuchte. Sie selbst blieb zurück, wandte sich schließlich zum Gehen und verschmolz mit den Schatten wie Nebel.

Gemeinsam betraten Daisy und ich den Turm. Wir fanden uns in einem gewölbten Raum aus Stein wieder, der von mehreren Lampen erhellt wurde. Auf der einen Seite gab es eine Reihe von Postfächern und auf der anderen eine Art Lukentür. Ein kahlköpfiger Mann mit einem dicken Walross-Schnurrbart lehnte sich heraus – er saß in einem kleinen, hellen und gemütlichen Nebenzimmer. »Meine Güte!«, sagte er, als er Daisy entdeckte. »Wer hier ankommt, ist klar! Sie müssen Wells' Schwester sein!«

Daisy machte sich so groß wie möglich – was zurzeit wirklich sehr groß ist. »Ich bin die Ehrenwerte Daisy Wells«, teilte sie ihm mit.

Der Mann gluckste erfreut. »Und ob Sie das sind!«, rief er. »Ich würde Sie überall erkennen! Sie sind Ihrem Bruder wie aus dem Gesicht geschnitten.«

»Wie grauenhaft!«, meinte Daisy, obwohl ich ihr anmerkte, dass sie sich freute. »Ich sehe *viel* besser aus als er.«

»Ich bin Mr Perkins«, stellte der Mann sich vor. »Ich bin hier im Maudlin der Pförtner. Schon seit über dreißig Jahren, müssen Sie wissen – länger als jeder der Dons, sogar länger als der Master. Ohne mich würde das ganze College zusammenbrechen! Ich bin jeden Morgen ab sechs hier, bis ich um elf das Tor absperre. Ohne mich, kommt man hier weder rein noch raus. An mir kommt nichts und niemand unbemerkt vorbei!«

»Es freut mich, Ihre Bekanntschaft zu machen«, sagte Daisy. »Sie scheinen einen äußerst wichtigen Posten zu haben. Das hier ist meine Freundin, Hazel Wong.«

Als Mr Perkins mich anschaute, stellte ich mich schon auf die üblichen Reaktionen ein: Glotzen, Schnauben oder gereizte Blicke – ganz, wie sich die Engländer normalerweise verhalten, wenn sie mich zum ersten Mal sehen. Doch ich sollte überrascht werden. Mr Perkins betrachtete mein braunes Haar, meine dunklen Augen, das runde Gesicht und nickte mir zum Gruß zu, als wäre an mir rein gar nichts Ungewöhnliches.

»Freut mich, Sie kennenzulernen, Miss Wong. Also, man hat mir mitgeteilt, dass man Sie im Haus von Mr Wells erwartet, Treppenhaus neun wäre das, und zwar in der Wohnung von Mr Donald Melling. Wenn Sie hier rausgehen und sich dann links halten, ist es das letzte Haus zur Linken, vor dem Bibliothekshof. Die Gentlemen haben sich dort bereits versammelt: die Mellings, Mr Wells und deren Gäste. Miss Wells, ein gewisser Mr Arcady hat sich bei seiner Ankunft ausdrücklich nach Ihnen erkundigt. Ich glaube, Sie könnten einen bleibenden Eindruck hinterlassen haben.«

Er zwinkerte ihr zu und plötzlich fühlte ich mich, als hätte ich einen Frosch verschluckt. Warum erkundigte Alexander sich nach Daisy und nicht nach mir? Nicht Daisy hatte Alexander das ganze Schuljahr geschrieben. Nicht Daisy war mit Alexander befreundet. Wieder einmal erinnerte es mich daran, wie zartrosa, blass und hübsch Daisy ist und wie unfair das sein kann. Ich rieb über den Pickel auf meiner Wange und wünschte mir sehnlichst, nicht so klein zu sein.

Als wir den Pförtnerturm verließen, gelangten wir auf einen grasbewachsenen runden Hof, der von hohen Steingebäuden umschlossen war. Es war schlicht und ergreifend schön. Das hier, dachte ich, entsprach viel eher meiner Vorstellung von Cambridge – der Art von Pracht und Besonderem, die in all den Geschichten meines Vaters vorkam. Ich verliebte mich schlagartig.

Nur wenige der Fenster ringsum waren erleuchtet. Während der Ferien ging es im College ruhig zu. Wir wandten uns nach links und liefen über den steinernen Weg am Rand des grünen Rasens, vorbei an mehreren dunklen Durchgängen. Treppenhaus sechs, Treppenhaus sieben, Treppenhaus acht – und dort, ganz hinten, war der Zugang zu Haus neun.

Das Tor stand offen, war von Lampen erhellt und wirkte höchst einladend. Wir traten ein. Mein Blick fiel auf eine schmale Treppe aus Stein, die sich in schwindelerregende Höhen schraubte und nur von einem dünnen Metallgeländer entlang der Außenkante begrenzt wurde. Auf der untersten Etage gab es zwei Türen, eine links, auf der *WC* stand, und eine rechts, die sich unter die Treppe zwängte und an der ein Schild mit der Aufschrift *Michael Butler* prangte. Neben dieser Tür befand sich ein großes Schwarzes Brett voller Zettel, die Werbung für Theaterstücke, Vorlesungen und vergnügliche Veranstaltungen machten.

IMPERIUMS-PARTY!
Verkleide dich als deine liebste unterworfene Nation!

MAUDLIN WINTERBALL: Karten fürs Abendessen ab sofort erhältlich

DAS OLEANDER-QUARTETT SPIELT BEETHOVEN: 13 Uhr im Frühstückssaal

ÜBER ALLE BERGE UND WEIT WEG: nächstes Treffen zur üblichen Zeit am üblichen Ort

Von weiter oben konnte ich Stimmen hören, laute Männerstimmen. »Komm mit!«, sagte Daisy aufgeregt und zog mich am Ärmel. Plötzlich war ich so nervös wie noch nie. In meinem Kopf hatte ich Alexander jeden Tag gesehen, eingefroren in dem Moment, als er sich aus dem Zug gelehnt hatte, nachdem der Orientexpress in Istanbul eingefahren war: die Hemdsärmel über den Handgelenken hochgeschlagen und das Haar verstrubbelt über einer Augenbraue. Würde er noch genauso sein? Was, wenn er sich verändert hatte?

Wir stiegen die Treppe hoch. Jeder Abschnitt erstreckte sich über zwanzig enge, steile Stufen, die zu einem Absatz führten mit einem Zimmer zur Linken und einem zur Rechten. Als wir den dritten Treppenabsatz erreichten, von dem die Geräusche einer Feier drangen, war ich außer Puste. Aber immerhin gab es hier endlich eine offene Tür und dahinter lag ein Zimmer, das hell und voller Weihnachtsschmuck war: Stechpalmenzweige, Efeu, Mistelzweige und ein bisschen Lametta.

Inmitten all dieser Pracht standen mehrere Grüppchen von Männern, die allesamt in schwarze Abendanzüge und weiße Hemden gekleidet waren. Sie lachten und scherzten, während ich den Augenblick brauchte, den wir auf der

Schwelle zögerten, um zu sortieren, wen genau ich vor mir hatte.

Als Erstes erkannte ich Bertie. Er sah in seinem Abendanzug sehr charmant aus. Er trug ein türkisfarbenes Halstuch, das seine Haare wie aus hellem Gold strahlen ließ. Kurz erinnerte er mich stark an Onkel Felix. Neben ihm stand Alexander. Mein Herz setzte einen Schlag aus. Wie gebannt starrte ich ihn an, ich konnte nicht anders. Er war schon wieder gewachsen, sein blondes Haar war überraschend dunkler und kürzer, aber er war noch immer Alexander.

Neben ihm waren zwei andere junge Männer, denen ich zunächst kaum Beachtung schenkte. Als ich es doch tat, stutzte alles in mir verwirrt.

Bisher hatte ich über Alexanders Freund George kaum nachgedacht. Ich hatte erwartet, dass er ein kleiner, runder englischer Junge mit hellen Haaren sein würde, wie sein älterer, aber nicht weniger runder und englischer Bruder – doch die Jungen vor mir waren alles andere als das. Beide waren relativ dünn, hatten große braune Augen, schwarze Haarschöpfe und braune Haut. Sie waren nicht klein und rund, und ganz sicher nicht blond. Sie sahen kein bisschen englisch aus.

10

»Daisy!«, rief Bertie, als er uns sah. »Hazel! Hallo! Kommt rein! Alexander kennt ihr ja – und das hier ist mein Freund Harold Mukherjee, und sein Bruder George.«

Mir blieb der Mund offen stehen. Es ist nämlich so, dass es Monate her ist, seit ich in ein Gesicht blickte, das nicht blass und rosa ist. Und nun waren da gleich zwei. Es fühlte sich fast schon unartig an, wie aufgeregt ich deshalb war. Es versetzte mir einen sehnsüchtigen Stich, allerdings nicht so, wie es mir manchmal bei Essen geht. Als mir klar wurde, dass mein Mund offen stand, klappte ich ihn schnell zu – trotzdem sah ich noch den verlegenen Ausdruck in Georges Gesicht. Er blickte genauso drein wie ich, wenn jemand mich anstarrt.

Doch dann lächelte George. »Du dachtest, ich würde wie Alex aussehen«, sagte er zu mir. »Das denken alle. Er vergisst gerne zu erwähnen, dass unser Vater Inder ist.«

»Das habe ich bestimmt erzählt!«, protestierte Alexander und drehte sich zu ihm um. »Oder nicht?«

»Nein!«, sagte ich. »Ich … hat er nicht …« Ich hätte gerne erklärt, dass ich alles andere als verärgert darüber war, fand aber nicht die richtigen Worte.

»Tja«, meinte Bertie. »Bringen wir die Förmlichkeiten hinter uns: Daisy, Hazel, darf ich euch Harold Mukherjee und George Mukherjee, Söhne von Sir Mangaldas Mukherjee, dem berühmten Arzt, vorstellen? Alexander Arcadys Bekanntschaft habt ihr meines Wissens bereits gemacht.«

»Freut mich sehr, euch kennenzulernen«, sagte Daisy gelassen und ergriff erst Harolds, dann Georges Hand, als wäre sie kein bisschen überrascht – obwohl ich genau gemerkt hatte, dass sie bei ihrem Anblick ins Stutzen geraten war, und wusste, dass sie ebenso baff war wie ich.

Harold schüttelte ihr lächelnd die Hand, bevor er sich wieder Bertie zuwandte. Doch bei George lief es ganz anders. Er nahm Daisys Hand und schaute ihr in die Augen – ein direkter Blick, unhöflich, gewagt und prüfend bis aufs Mark.

»Hallo«, sagte George ernst. »Du musst Daisy Wells sein.«

Beide ließen die Hände sinken und traten gleichzeitig einen Schritt zurück. Daisy atmete stoßartig ein, bevor die Falte über ihrer Nase erschien.

Etwas höchst Ungewöhnliches war geschehen. Wenn Daisy jemanden kennenlernt, nimmt sie zuallererst einmal eine Einschätzung vor, und innerhalb von Sekunden hat sie ihn fast vollständig durchschaut – was für eine Sorte Mensch er ist, was er will und wie er sich verhalten könnte, um es zu erreichen. Ich habe mich daran gewöhnt. Völlig ungewohnt ist allerdings, dass ihr Gegenüber mit ihr dasselbe tut. Doch – ich schaute George an – genau das war passiert. George sah *sie*, nicht die hübsche und törichte Daisy, die sie der Welt gerne vorspielte, sondern die geheime, schlaue, aufmerksame Daisy. Es war verblüffend.

Besorgt überlegte ich, wie Daisy reagieren würde. Dermaßen bloßgestellt zu werden, kennt sie nicht. Doch kurz darauf verschwand die Falte über ihrer Nase. Ihre Augenbrauen hoben sich wieder und auf ihren Lippen erschien ein feines Lächeln. »Hallo, George Mukherjee«, sagte sie. »Ich glaube, ich werde es sehr genießen, dich besser kennenzulernen.«

Dann war ich an der Reihe. Auf einmal blickte ich in Georges Augen, während seine Hand in meiner lag. »Hallo, Hazel Wong«, sagte er zu mir. »Freut mich, dich endlich persönlich zu treffen. Ich glaube, ich werde dich genauso mögen wie Alexander.«

Ich wurde rot.

Dann wandte Alexander sich mir zu. Ich stand Höllenqualen aus beim Versuch, ihn nicht zu direkt anzuglotzen. Ich erwartete eine höfliche Begrüßung oder gar nichts – doch plötzlich packte er mich an den Schultern, zog mich an sich und drückte mich gegen die Hemdsknöpfe an seiner Brust.

Meine Stirn wurde von seiner Fliege gekitzelt und meine Nase war erfüllt von Jungengeruch, der gleichzeitig schön und sehr fremd war. Mein ganzer Körper lief vor Schreck rot an. Alexander hatte mich umarmt! »Hazel!«, brüllte er mir ins Ohr. »Mensch, Hazel, hallo!« Dann schob er mich genauso heftig, wie er mich an sich gezogen hatte, wieder weg und lächelte mich freudig an. Sein Gesicht strahlte vor Glück und mir wurde klar, dass ich mir absolut keine Sorgen darüber hätte machen müssen, ob er sich freuen würde, mich zu sehen. »Du hast dich kein Stück verändert – nein, stimmt nicht. Ich glaube, du bist größer geworden!«

»Du auch«, sagte ich, während es in meinen Ohren rauschte. »Du ... Hallo.«

Dann wandte Alexander sich von mir ab. »Hallo, Daisy«, sagte er. »Du siehst hübsch aus.«

Mein Bauch tat weh. Alexander mochte froh sein, mich zu sehen – aber Daisy war es, die er hübsch nannte, die er bewunderte. Ich wusste, dass mein grünes Kleid neben Daisys rosa Taft zu grell und mein Haar neben ihren blonden Locken langweilig dunkel wirkte. Es ist unfair, dass ich immer neben ihr stehen muss. Würde die ganze Welt ertrinken, wäre sie diejenige, der ich eine rettende Hand hinstrecken würde, aber das heißt nicht, dass ich mir nicht manchmal wünschte, sie wäre weniger perfekt.

»Alexander«, erwiderte Daisy – und in ihrer Stimme lag etwas, das mir verriet, dass sie unseren Briefwechsel im vergangenen Trimester keineswegs vergessen hatte. »Welche Freude, dich zu sehen. Seid ihr schon lange hier?«

»Fast eine Woche«, antwortete Alexander mit seiner angeborenen sprudelnden Fröhlichkeit, die alle Peinlichkeit verjagte. »An der Weston war schon vor Ewigkeiten Unterrichtsschluss. Es war ein Mordsspaß – wir haben klasse Zimmer neben denen von Harold im St. John's und alle sind so schrecklich nett.«

»Alex ist mal wieder optimistisch, was die menschliche Natur betrifft, wie immer«, meinte George. »Sie sind nur deshalb so freundlich, weil sie hoffen, unser Vater könnte dem St. John's Geld für ein Stipendium zur Verfügung stellen, wenn seine *beiden* Söhne dort zur Uni gehen. Sie haben also allen Grund, nett zu uns zu sein.«

»Ja, aber auch weil sie dich mögen!«, rief Alexander, als Daisy ein kleines zustimmendes Schnauben ausstieß, das sie schnell mit einer Hand abschottete.

»Klar doch, Arcady«, sagte Harold, der sich umdrehte und ihm den Rücken tätschelte.

Der Ton seiner Stimme verriet mir, dass es Dinge gab, die der blonde, liebenswürdige Alexander niemals richtig verstehen würde. Es kam mir wie ein Witz vor, den nur George, Harold und ich begreifen konnten.

Plötzlich wurde es laut am anderen Ende des Raums. Ich hatte mich so sehr auf George, Harold und Alexander konzentriert, dass ich die anderen Gäste der Party fast vergessen hatte – aber natürlich waren wir bei Donald. Neben dem Getränketisch stand der Mann, der mich am Nachmittag vom Rad aus angebrüllt hatte, Michael Butler – und neben *ihm* zwei junge Männer, die Donald und Chummy sein mussten.

Beide waren klein und hatten braune Haare, kurze Nasen, blaue Augen und ziemlich rote Wangen. Eineiige Zwillinge waren es nicht: Der eine hatte ein schmaleres Gesicht und der andere viel volleres braunes Haar. Und der Ausdruck in ihren Gesichtern ließ sie umso verschiedener wirken. Der mit dem schmalen Gesicht und den mattbraunen Haaren zog eine griesgrämige Miene und verkniff den Mund. Sein Bruder mit den runderen Wangen und dem kastanienbraunen Haar neben ihm strahlte. Er stand mit vorgereckter Brust da, die orangefarbene Fliege wie eine Flamme vorgebunden und im Gesicht einen selbstbewussten, verwegenen Blick. Ich verstand, was Bertie gemeint hatte. Wenn das Chummy war, dann sah er tatsächlich so aus, wie man sich einen Erben vorstellte.

»Noch drei Tage, Donald!«, sagte er zu seinem Bruder. »Aber du hast nicht genug Champagner. Ich habe in deinem Namen Nachschub bestellt. Und die Musik – hab ich dir nicht gesagt, dass Leslie Thompson nicht infrage kommt?«

»*Ich* mag ihn«, sagte Donald und verschränkte trotzig die Arme. Auf seiner Stirn prangten zwei erst kürzlich verheilte Narben – dort mussten ihn der Eimer und der Stein getroffen haben. Dem Anschein nach war er wirklich schwer verletzt worden.

»Was du denkst, ist mir egal. Ich werde ganz bestimmt keinen Ausländer auf unserer Feier Trompete spielen lassen. Also habe ich stattdessen Nat Gonella gebucht. Einen Engländer!«

»Das kannst du nicht machen! Es ist *mein* Geld!«, rief Donald.

»Nein, noch nicht. Außerdem, hätte es nicht diesen Unfall von fünf Minuten gegeben, würdest du es gar nicht bekommen.«

»Das war kein Unfall! Ich *wurde* zuerst geboren!«, widersprach Donald. Seine Stimme klang schrill und wütend. »Am fünfundzwanzigsten wird das ganze Geld mir gehören und du kannst nichts dagegen tun. Du wirst schon sehen – die Dinge werden sich ändern. Ich bin genauso gut wie du, und alle werden es begreifen!«

»Ach ja?«, meinte Chummy. »Das sehe ich anders. Ohne mich bringst du nichts auf die Reihe und das weißt du auch. Außerdem … tja, wart's einfach ab.«

Daisy trat mich heftig mit der Schuhspitze.

»Oh«, sagte George, der uns fest anschaute. »Dann glaubt ihr also auch, dass hier etwas im Gange ist.«

11

Daisy wurde kalkweiß und die Falte über ihrer Nase kehrte umso deutlicher zurück. »Was redest du da?«, sagte sie zu George.

»Ist ziemlich offensichtlich, nicht?«, antwortete er leise, während er zu Bertie und Harold linste. »Zwischen Chummy und Donald geht etwas vor. Hat Bertie euch nicht von Donalds *Unfällen* erzählt?«

»Wir haben schon fast die ganze Woche über ein Auge auf die Zwillinge«, erzählte Alexander, der uns beide gespannt ansah. »Ich bin so froh, dass es euch auch aufgefallen ist. So langsam dachten wir schon, wir seien verrückt.«

»Oh, es ist uns aufgefallen«, bekräftigte ich und fing mir einen wütenden Blick von Daisy ein.

»George und ich haben beschlossen, der Sache nachzugehen und zu ermitteln«, berichtete Alexander. »Wollt ihr euch anschließen?«

»Nein!«, antwortete Daisy schroff. »Ich meine … es gibt nichts zu ermitteln.«

»Moment. Das sagst du doch nur, weil *ihr* ermitteln wollt!«

»Natürlich nicht!«, stotterte Daisy überrumpelt. »So was würden wir nie tun!«

»Alex hat mir erzählt, wie du dich anfangs im Orientexpress benommen hast – als du versucht hast, ihn auszuschließen. Noch mal schaffst du das nicht.«

»Ach, jetzt komm schon!«, mischte Alexander sich ein und zupfte verlegen an seinen Hemdaufschlägen. »Daisy ist in Ordnung.«

»Hört zu, bei eurem letzten Fall haben wir euch geholfen«, sagte George und reckte das Kinn vor. Er war nicht nur aufmerksam, er war auch geradeheraus, selbstsicher und konnte sich durchsetzen. »Jetzt müsst ihr uns helfen. Fair ist fair.«

»Ihr habt *Hazel* geholfen«, sagte Daisy spitz. Ich trat nervös von einem Fuß auf den anderen und gab mir Mühe, sie nicht anzusehen. Es stimmt, dass Alexanders Briefe mir geholfen haben – und auch, dass sie einen Keil zwischen Daisy und mich getrieben haben, dessen Splitter ich zum Teil noch immer spüre. »Wenn hier überhaupt irgendjemand irgendetwas ermittelt, dann sollten *wir* es sein. Wir haben bereits *vier* Morde aufgeklärt, also ist das hier logischerweise *unser* Rätsel!«

»*Euer* Rätsel? Wir waren zuerst hier!« George verschränkte die Arme. Er gab kein Stückchen klein bei, was mich ehrlich beeindruckte. Daisy zählt nicht zu den Menschen, denen man leicht etwas abschlägt.

»Wir sind die besseren Detektive!«, rief Daisy. »Habt *ihr* schon einmal einen Mord aufgeklärt?«

»Einmal –«, begann Alexander fröhlich, doch George schnitt ihm das Wort ab.

»Nein, aber das spielt wohl kaum eine Rolle, da es sich hierbei nicht um einen Mord handelt. Und sprich nicht so laut! Die anderen merken noch was! Hör zu. Es gibt einen Ausweg – einen höchst einfachen. Wir können *alle* ermitteln.«

»Aber –«, setzte Daisy an. Ich wusste, was sie sagen wollte: *Aber es ist trotzdem unser Fall.* Doch noch bevor sie dazu kam, betrat hinter uns jemand das Zimmer. Wir verstummten und taten so, als würden wir uns unsere Gläser mit Fruchtbowle schmecken lassen.

»Ihr feiert eine Party, was?«, ertönte eine Stimme. »Seid so gut und gebt mir ein Glas.«

Ich zuckte zusammen. Etwas an diesen Worten war gleichzeitig schrecklich vertraut und völlig fehl am Platz. Es lag weniger an den eigentlichen Worten, sondern viel mehr an dem *Akzent*. Ich kam mir vor wie ein Stein, den man in die Vergangenheit geschleudert hatte, zurück nach Hongkong auf eine völlig andere Feier.

Dann drehte ich mich um und mein Herz schlug schneller. Der Gedanke an Hongkong war nicht verkehrt gewesen, denn der gut aussehende und gut gekleidete junge Mann, der auf der Türschwelle erschienen war, hatte schwarzes Haar, blasse Haut und Augen, die so dunkel waren wie meine eigenen. Bestimmt hätten die meisten Engländer behauptet, dass er und ich völlig identisch aussahen – das ist immer so, wenn Briten mehr als einen Chinesen am selben Ort vor sich haben. Plötzlich begriff ich, warum Mr Perkins so ungerührt geblieben war, als er mir vorgestellt wurde. Am Maudlin war ich kein Unikat.

12

Noch dazu war das hier nicht irgendein Chinese. Ich *kannte* ihn.

Sein Name lautete Alfred Cheng und er war der Cousin von Victoria Cheng, dem Mädchen, das von ihrem Vater auf eine höchst angesehene Mädchenschule in Kairo geschickt worden war – was meinen eigenen Vater (einem Geschäftsrivalen von Mr Cheng) dazu gebracht hatte, mich vor zwei Jahren in der Deepdean einzuschulen. Höchst unerwartet war ein Teil meines Hongkong-Lebens mitten im höflichen, englischen Cambridge aufgetaucht.

Ich erinnerte mich daran, wie ich ihm vor Jahren zum ersten Mal begegnet war. Ich, noch sehr klein und schüchtern, hatte eine Feier besucht und Alfred war in seinem gepolsterten Seidenanzug zu mir gekommen, um zu verlangen: »Gib mir deinen Kuchen.«

Höflich hatte ich das auch getan – man hatte mir beigebracht, Jungen niemals zu widersprechen, vor allem älteren nicht – und dann zugesehen, wie Alfred eine Runde durchs ganze Zimmer gedreht hatte, um jedem den Kuchen vom Teller zu stibitzen. So ein Junge war er gewesen. Ich fragte mich, ob er noch immer gewohnt war, zu bekommen, was er wollte.

»Hazel, Daisy, das hier ist Alfred Cheng«, stellte Bertie ihn vor, während er erneut zu uns trat. »Wohnt auch hier im Haus. Sag mal, Hazel, ihr seid nicht rein zufällig irgendwie verwandt? Cheng, kennst du Hazel Wong?«

»Ich kenne ihren Vater«, sagte er, zur selben Zeit, als ich sagte: »Ich kenne seine Cousine.«

»Wir sind nicht verwandt«, fügte ich hastig hinzu. Eigentlich hätte ich mir die Bemerkung sparen können – Alfred ist ziemlich groß und gut gebaut, außerdem ist sein Gesicht viel eckiger als meins.

Chummy schaute zu uns herüber und entdeckte Alfred – dann fiel sein Blick auf mich. »Was haben wir denn hier?«, fragte er laut. »Noch ein Chinese? Wird das nicht ein bisschen viel? Himmel, wir Engländer sind bald in der Unterzahl!«

Ich erstarrte.

»Hazel ist die Freundin meiner Schwester«, sagte Bertie.

Chummy starrte Alfred, Harold, George und mich regelrecht vorwurfsvoll an, als wäre es unvernünftig von uns, überhaupt am Leben zu sein, noch dazu auf so engem Raum. Ich wurde ganz verlegen, als hätte ich, ohne es zu merken, einen Fehler gemacht – wie mit der falschen Gabel zu essen oder die falsche Art von Hut zu tragen.

Dann bemerkte ich, wie George erneut das Kinn vorreckte, und sah ein, dass ich rein gar nichts falsch gemacht hatte. Zu existieren ist entschieden nicht rüpelhaft, egal, was andere dazu sagen. In diesem Moment beschloss ich, dass ich Chummy so überhaupt nicht leiden konnte.

»Halt die Klappe, Chummy, du Riesenidiot«, fuhr Alfred ihn schroff an. Als mein Blick auf seine Hände fiel, sah ich, dass sie zitterten. Chummys Worte hatten ihn getroffen, genau wie mich. »Dein Bruder kommt vielleicht bald an Geld, aber mein Vater könnte euch noch immer alle beide kaufen und wieder verscherbeln.«

Chummy sah wütend aus. »Was für eine Frechheit!«, keifte er. »Du emporgekommener –«

»Lass gut sein, Chummy«, mischte Bertie sich schnell ein. »Sei nicht so. Komm schon. Wir feiern eine Party.« Ich merkte ihm an, dass er sich schämte, und überlegte, wie er sich so für Chummy stark machen konnte, wenn der mit anderen so umsprang. Mir wurde schlecht.

»Ja, vermutlich hast du recht«, sagte Chummy, noch immer gereizt. »Portwein! Wie wäre es mit Portwein? Donald, du bunkerst doch irgendwo eine Karaffe, nicht? Trinken wir sie!«

»Nein, das ist mein bester Jahrgang!«, rief Donald, doch Chummy ignorierte ihn. Er schob ihn beiseite und griff sich eine Dekantierkaraffe aus Kristallglas, die er mit großem Tamtam entkorkte, sodass der Verschluss im Licht funkelte. Während Donald grummelnd und hilflos zusah, goss Chummy die dunkelrote, süß duftende Flüssigkeit in winzig kleine Gläser, die mich an das Teeservice einer Puppenstube erinnerten.

»Nicht für die Kinder«, sagte Michael Butler streng.

»Ach, lassen Sie sie doch!«, meinte Harold. »Vater gönnt George immer ein Glas.«

»Gewiss *nicht*«, blieb Michael eisern – und ich verstand, was Bertie gemeint hatte, als er sagte, Butler würde seine Rolle als Don ernst nehmen. Alle anderen waren Schüler, laut und albern, doch er verhielt sich wie ein richtiger Erwachsener.

Daisy, George und Alexander seufzten – und auch ich stellte sicher, hörbar zu seufzen, obwohl mein Vater mir niemals Alkohol erlauben würde und schon völlig in Rage geraten wäre, hätte er gewusst, dass man es mir auch nur angeboten hatte.

Dann erhoben Chummy, Donald, Alfred, Michael, Harold und Bertie ihre Gläser. »Auf Weihnachten!«, sagte Bertie. »Auf die Ferien!«, sagte Harold. »Auf Geburtstage«, sagte Chummy, während er Donald anfunkelte. Als alle tranken, verzog Chummy das Gesicht. »Sauer«, meinte er. »Der schmeckt korkig, Donnie. Das Zeug kannst du allein trinken.«

»Der ist völlig in Ordnung«, widersprach Donald, obwohl er sichtlich den Mund verzog. Auch ihm hatte der Geschmack nicht zugesagt. Die übrigen leerten höflich ihre

Gläser, aber nur Donald schenkte sich nach, sobald er ausgetrunken hatte. Es war, als wollte er Chummy eins auswischen und ihm beweisen, dass er nichts auf seine Meinung gab. Allerdings gelang ihm das nicht sonderlich gut.

Donald leerte sein zweites Glas, als in der Ferne eine Glocke läutete.

»Ah!«, sagte Bertie und richtete seine Fliege. »Zeit fürs Abendessen! Kommt mit, ich bin am Verhungern!«

Er stürzte sich förmlich aus dem Zimmer und die Treppe hinunter, und der Rest von uns folgte ihm. Ich war erleichtert – ich hatte mich auf dieser seltsamen Feier richtig unwohl gefühlt.

Irgendwie schaffte es Alexander, direkt hinter Daisy zu laufen. Mein Magen verkrampfte sich. Dann tauchte George an meinem Ellbogen auf, und dankbar für die Ablenkung wandte ich mich ihm zu. »Hallo noch mal!«, sagte ich.

»Gleichfalls hallo«, sagte George. »Es ist wirklich schön, dich endlich kennenzulernen. Alexander hat mir eine Menge von dir erzählt. Er findet dich schrecklich nett.«

Schrecklich nett hörte sich in diesem Moment nicht gut genug an, also sagte ich matt: *»Oh?«*

»Ja«, bestätigte George. »Selbstverständlich hält Alexander jeden für schrecklich nett. Von Daisy sagt er dasselbe, obwohl sie eindeutig gar nicht nett ist.«

Ich lachte.

»Ich merke, dass sie viel schlauer ist, als sie zugibt«, fuhr George fort. »Ich glaube, sie könnte sogar schlauer sein als ich. Was guckst du denn so? Mir macht das nichts aus. Die wenigsten sind es, sie schon.«

Er sagte das so beiläufig, als würde er eine offensichtliche Tatsache feststellen. Mit jeder Minute fand ich ihn faszinierender. Wie Alexander hielt er mit seiner Meinung nicht hinterm Berg, allerdings war er dabei forscher – mehr wie Daisy.

»Sie ist meine beste Freundin«, sagte ich.

»Die Glückliche«, meinte George lächelnd. »Also, ich habe da so eine Idee, wie man in dem Fall ermitteln könnte.«

»Hat es damit zu tun, dass wir zusammenarbeiten sollten?«, fragte ich unsicher. »Das wird Daisy nicht gefallen.«

»Solange du zustimmst, lässt sie sich umstimmen«, sagte George. »Pass auf. Warum machen wir es nicht einfa–«

Plötzlich polterte Chummy hinter uns die Treppe herunter und wir konnten unsere Unterhaltung nicht weiterführen.

»Hier ist es ungünstig«, sagte George. »Morgen. Treffen wir uns mittags im Fitzbillies zur Besprechung?«

Als ich nickte, kam ich mir sehr mutig und erwachsen vor. Ich hatte im Namen der Detektei eine Entscheidung gefällt und wusste, dass sie gut war. Diese Ferien könnten tatsächlich höchst interessant werden.

13

Wir traten in die blaue Dunkelheit hinaus und nahmen den Weg zurück in Richtung Pförtnerturm, bogen jedoch durch einen Torbogen in einen weiteren, größeren Innenhof ab. Hier gab es nicht nur eine viereckige Rasenfläche, sondern auch einen großen schwarzen und reglosen Teich mit einer kleinen Metallstatue in der Mitte. Vor einer Reihe herrschaftlicher erhellter Fenster wirkte sie wie ein Scherenschnitt.

»Das ist der Speisesaal«, raunte Bertie mir ins Ohr. Staunend atmete ich aus. Das Maudlin war wirklich wie ein

Schloss; ein Schloss wie aus einem Roman. Hier war die Pracht von Cambridge, die mein Vater mir beschrieben hatte, sogar noch deutlicher. Ich stellte mir das Essen vor, die Wärme, die Abendgarderobe und die silbernen Teller. Fröhlich trat ich vor.

Plötzlich rutschte ich auf einer vereisten Stelle aus. Keuchend geriet ich ins Taumeln, als zwei Paar Hände mich festhielten. Links von mir war Daisy und rechts von mir Alexander. »Vorsichtig«, sagte er.

Ich war so froh und verlegen, dass ich ihn abschüttelte und mich stattdessen fester an Daisy klammerte. Als wir den Speisesaal des Maudlin betraten, herrschte in mir ein Wirrwarr der Gefühle.

Selbst aus der Nähe war der Saal atemberaubend. Noch nie war ich in einem so ungeheuer großen Raum, mit so viel Eichenholz und Stein gewesen. Es fühlte sich wie das pure England an, das mit all seinen Privilegien und seiner Geschichte auf uns eindrang. Wäre mir nicht schon aufgefallen, wie viel besser gestellt das Maudlin im Vergleich zum St. Lucy's war, spätestens jetzt hätte kein Zweifel mehr bestanden. Die Fenster waren aus hohem Bleiglas im Rot und Gelb des Maudlin. Außerdem gab es glänzende Holztische, auf denen Tafelsilber schimmerte und um die sich kleine Grüppchen von Studenten scharten. Der Saal war halbvoll – viele der Studierenden schienen für die Feier am fünfundzwanzigsten zu bleiben. Auf einem Podest am hinteren Ende, unter dem größten der Bleiglasfenster, stand ein weiterer Tisch, beladen mit noch prächtigerem Silber und Glas.

»Dort sitzen die Dons«, erklärte Bertie Daisy und mir. »An der Hohen Tafel. Da sind der Schatzmeister und daneben der

Master persönlich – der Master ist derjenige, der das College leitet, so eine Art Direktor. Er ist immer wahnsinnig distanziert – wenn ihr Glück habt, spricht er euch nicht einmal an.«

Michael Butler löste sich aus der Gruppe, um sich zu den übrigen Dons und dem Master zu setzen, während wir von Männern in rot-goldener Livree zu unseren Plätzen geführt wurden. Um ein Haar hätte ich mich gesetzt, bis mir auffiel, dass sonst alle standen – anscheinend warteten wir auf irgendein Zeichen. Ich stand im Kerzenschein hinter dem mir zugewiesenen Stuhl und schaute mich in unserer Gruppe um. Ich war neben Alexander, stellte ich erfreut fest. Mir gegenüber standen Daisy und George. Bertie war neben Daisy und hatte auf seiner anderen Seite Alfred neben sich. Ihm gegenüber stand Harold, während neben mir und George sich Chummy und Donald gegenübersitzen würden. Ich überlegte, ob Alfred und Chummy absichtlich so viel Abstand wie nur möglich zwischen sich hielten.

Eine Glocke ertönte, woraufhin der Master oben an der Hohen Tafel etwas auf Latein donnerte. Dann wurden geräuschvoll Stühle gerückt. Ich musste mich regelrecht auf meinen Stuhl drängeln, wobei ich gegen Alexander stieß. Offenbar verwandelte ich mich in seiner Nähe automatisch in einen Tollpatsch.

Während die Getränke serviert wurden, unterhielten sich Chummy und Donald erneut über die Party. Es war deutlich, dass sie sehr unterschiedliche Vorstellungen hatten – und auch sehr unterschiedliche Ideen, was mit dem Geld geschehen sollte, das Donald erben würde.

»Ich wollte schon immer ein Rennpferd«, sagte Chummy. »Und eine Jacht – oder zwei. Ich glaube, im neuen Jahr kaufe ich mir eine.«

»Tja, also ich will kein Boot«, meinte Donald wütend. »Es ist *mein* Geld, also entscheide ich, was damit passiert. Dir gebe ich keinen Cent ab. Ich verstehe nicht, warum das einfach nicht in deinen Kopf geht. Ich investiere in eine Diamantmine, das habe ich dir doch schon gesagt.«

»Das machst du nicht!«, sagte Chummy in tyrannischem Tonfall.

»Oh doch!«, widersprach Donald. »Am Tag nach Weihnachten!« Er gab sich Mühe, fest entschlossen zu klingen, doch sein Kinn zitterte. Offensichtlich hatte er Probleme damit, sich gegen seinen Bruder zu behaupten.

Vor mir erschien eine Vorspeise, angemachtes Krebsfleisch, die von einer Hand abgestellt wurde, die im Kerzenschein körperlos erschien. Ich aß, registrierte aber nicht einmal, wie es schmeckte. Daisy, George, Alexander und ich saßen alle nach vorn gebeugt, um Chummy und Donald zu beobachten – ich glaube, deshalb waren wir auch die Ersten, die merkten, was passierte.

Donald traf es als Ersten. Er begann zu blinzeln und fasste sich an die Stirn, als hätte er Kopfschmerzen. Er spießte mit der Gabel einen Bissen Krebsfleisch an, der es nicht bis zu seinem Mund schaffte. Seine Hand schlingerte davon, während er verständnislos seine Gabel anstarrte, als hätte er Probleme, sie koordiniert zu bewegen. Dann legte er sein Besteck auf den Teller.

»Ziemlich düster hier drin, findet ihr nicht?«, fragte Bertie.

»*Ja*, oder?«, stimmte Harold ihm zu, der ganz blass geworden war. »Und ich habe grässliche Kopfschmerzen.«

»Was ist denn nur los mit euch?«, wollte Chummy wissen und schaute sich um. Ihm schien es als Einzigem gut zu gehen – selbst Alfred hielt sich den Kopf und wurde ganz grün im Gesicht. Von der Hohen Tafel ertönte ein Ächzen, und als ich mich umdrehte, sah ich Michael Butler, dem eindeutig schlecht war.

»Weiß der Himmel, warum«, keuchte Bertie. »Aber mir ist schrecklich schwummerig und komisch. Haben wir alle was Falsches gegessen, oben bei Donald?«

Alexander stieß mich an. Ich zuckte zusammen. »Geht es dir gut?«, wisperte er. Die Welt schrumpfte zu dem winzigen Abstand von nicht einmal zehn Zentimetern zwischen unseren Wangen zusammen.

»Ja«, hauchte ich. »Mir geht es bestens!«

»Mir auch!«, sagte Alexander. »Glaubst du … jemand hat da nachgeholfen?«

»Ich weiß es nicht!«, raunte ich. »Aber falls ja … Sie alle haben von dem Portwein getrunken, nicht? Dieser besondere Port, den Donald extra aufgehoben hatte.«

»Alle, außer Chummy!«, flüsterte Alexander. »Er hat nur kurz daran genippt, stimmt's?! Meinst du, das ist wichtig?«

Meinte ich. Ich war sicher, dass wir ein neues Puzzlestück zu unserem Rätsel gefunden hatten – und wieder deutete es auf Chummy hin.

Unter dem Tisch trat mich jemand, und als ich aufblickte, sah ich, wie Daisy mich mit vor Aufregung aufgerissenen Augen ansah. Sie brannte darauf, mir etwas mitzuteilen – etwas, was mit Ermitteln zu tun hatte. Doch natürlich blieb ihr nichts anderes übrig als den Mund zu halten. Es würde warten müssen.

14

Die Männer ließen zwei weitere Gänge über sich ergehen, nahmen aber kaum einen Bissen von dem Rinderbraten oder dem Birnenkuchen in einem See aus Vanillesoße, der anschließend serviert wurde. Erst als endlich ein Gong ertönte, stand jeder vom Tisch auf. Was auch im Portwein gewesen sein mochte, zum Glück schien es nicht stark genug, ernsthaften Schaden anzurichten, auch wenn sie alle schwach und elend aussahen.

»Ich bringe euch raus«, sagte Bertie wacklig, während er sich über die Lippen wischte. Sein Essen hatte er kaum angerührt – in Deepdean hätte ich ihn gebeten, seinen Nachtisch aufzuteilen, aber ich war nicht sicher, ob in Cambridge dieselben Regeln galten. »Na kommt. Daisy, Hazel, Manda wartet bestimmt schon.«

Chummy, der gerade an uns vorbeilief, klopfte ihm auf den Rücken. »Gut, dass du sie fernhältst«, sagte er. »Ich gehe der Sache auf den Grund!«

Ich fühlte mich unwohl. Wovon redete Chummy? Es hörte sich ganz so an, als wüsste er, warum Amanda das Maudlin mied – was hatten er und Bertie damit zu tun? Daisy funkelte ihren Bruder an, doch er wich ihrem Blick aus und scheuchte uns aus dem Speisesaal auf den Innenhof.

Als wir in der Kälte standen, atmete Bertie ein paarmal gierig die frische Luft ein. Ihm war immer noch unwohl, möglich, dass hinter seiner Schweigsamkeit nur das und nichts anderes steckte. Hinter ihm torkelten Alfred und Donald ins Freie, die keine gerade Linie zustande brachten. Alle stemmten sich schlotternd gegen den Wind. Es war komisch, wie die schwarzen Kappen und Roben der Studenten und Dons einen großen Schwarm Krähen aus ihnen zu machen schien. Um uns herrschte Dunkelheit – Daisys rosa Taft und mein grüner Samt waren das einzig Helle, das ich sehen konnte.

Meine Augen hatten sich noch nicht an die Nacht gewöhnt, sodass die Lampen vor den Gebäuden in der Ferne nur schwach zu leuchten schienen. Ich hatte angenommen, dass Bertie direkt vor uns lief, doch irgendwie hatten wir ihn verloren. Ich drückte Daisys Hand. Plötzlich waren wir allein, um uns nur der Widerhall von Stimmen. Als wir aus dem Westhof traten, rempelte mich jemand an, sodass ich strauchelte. Aber als ich mich umschaute, konnte ich niemanden entdecken.

Dann hörte ich hinter uns einen Schrei, gefolgt von einem Klatschen. Der Schrei war so leise und halb erstickt gewesen, fast schon meinte ich, es mir eingebildet zu haben. Doch als ich mich umdrehte, sah ich, wie die Oberfläche des Teichs glitzernde Wellen schlug.

»Daisy!«, sagte ich. »Ich glaube, da ist jemand in den Teich gefallen! Schnell – Hilfe!«

Aus sämtlichen Richtungen kamen Menschen herbeigeeilt.

»Wer ist das?«

»Chummy!«

»Nein, es ist Donald! Hey, Donald!«

Doch eine Antwort blieb aus. Mir fiel Donalds blasses Gesicht beim Abendessen ein und wie seine Hände gezittert hatten, als er einen Schluck Wasser nahm. Er war kränklich und benebelt gewesen – zu schwach, um aus eigener Kraft aus einem Teich zu krabbeln.

War das etwa schon wieder ein »Unfall«?

»Er kommt nicht raus!«, rief Bertie. »Er könnte ertrinken!« Mit einem lauten Platschen sprang er in den Teich. Das Wasser reichte ihm bis an die Brust – es war wirklich ziemlich tief. Dann stolperte er, immerhin war er selbst nicht auf der Höhe. Ein zweites Platschen ertönte und ließ eisige Tropfen auf mich regnen, als ein blasser, doch entschlossener Michael Butler in den Teich sprang. Daisy kreischte auf (wir alle knieten am Rand des Teichs und beobachteten gebannt das Geschehen). Mit vereinten Kräften zerrten Bertie und Michael Donald an die Oberfläche und schmissen ihn mehr oder weniger auf den Kies im Hof. Donald gab ein *Umpf* von sich, bevor er sich heftig auf den Boden übergab.

»Igitt!«, stieß Chummy aus. »Donald, du Hornochse! Du hast beinahe meinen Schuh getroffen!«

Er benahm sich, als wäre alles nur ein Witz, obwohl es alles andere als das war – Donald hätte wirklich in ernsten Schwierigkeiten stecken können. Ging es den anderen zu schlecht, um zu begreifen, was geschehen war? Für meinen Geschmack waren das zu viel unglückliche Zufälle auf einmal. Mir fiel der Unbekannte ein, der in der Dunkelheit gegen mich geprallt war. Hatte das etwas zu bedeuten? War Donald *gestoßen* worden?

»Ich bringe ihn auf sein Zimmer«, sagte Michael. »Wells, geleiten Sie die Gäste aus dem College. Stehen Sie nicht nur rum! Beeilung!«

Wir Detektive brannten selbstverständlich darauf, ihnen zu folgen und mehr herauszufinden, aber einem Don konnten wir nicht widersprechen. Bertie winkte uns durch den Pförtnerturm, und während Harold, Alexander und George in Richtung St. John's liefen, entdeckte ich Amanda. Mit verschränkten Armen wartete sie auf Daisy und mich in der Mill Lane. Gerne hätte ich mit Daisy über das, was eben passiert war, geredet – und Amanda gefragt, was Chummys Kommentar gegenüber Bertie zu bedeuten hatte –, doch

Amanda sah so müde und schlecht gelaunt aus, dass ich mich nicht traute. Sie führte uns über die Brücke zum St. Lucy's und brachte uns in unser Haus. Als sich die Tür zu unserem Zimmer schloss, waren wir endlich allein.

Es war kalt im Raum – die Heizungsregelung im St. Lucy's wurde offensichtlich radikal eingehalten –, sodass ich bibberte, als wir uns umzogen. Ich kuschelte mich in meinen Morgenmantel und drehte mich zu Daisy um.

Sie hatte nur darauf gewartet. »Na gut!«, sagte sie. »Zwei Dinge stehen an. Zuerst sollten wir uns heißen Kakao machen. Und zweitens müssen wir eine Detektei-Sitzung abhalten.«

Ich hatte schon Angst, dass der Wasserkocher nicht funktionieren würde, aber wundersamerweise tat er es und schon bald hatten wir heißes Wasser für unseren Kakao. Ich goss zwei dampfende Tassen ein und genehmigte mir anschließend mit Daisy einige Kekse aus der Dose von König Henry: gefüllte Schokokekse für mich und für Daisy Zermatschte Fliegen. Dann waren wir gerüstet.

Wir setzten uns im Schneidersitz auf den Teppich. Daisy beugte sich über ihren Kakao, die Wangen vom Dampf gerötet, und sagte: »Aufgepasst, Hazel. In unserem Fall hat es mehrere wichtige Entwicklungen gegeben!«

15

»Ich weiß!«, sagte ich. »Wir haben einen von Donalds Unfällen miterlebt, und er schien mir alles andere als ein unglückliches Missgeschick. Daisy, ich glaube, jemand hat Donalds Portwein vergiftet und ihn dann in den Teich gestoßen, als er geschwächt war!«

»Sehe ich genauso«, stimmte Daisy mir zu. »Und das ist noch nicht alles. Ich habe geschlussfolgert, was man in den Portwein gemischt hat. Weißt du, die Dekoration in Donalds Zimmer hat mich an etwas erinnert, was Weihnachten einmal auf Fallingford passiert ist, als ich noch ganz klein war. Hast du den Weihnachtsschmuck noch vor Augen, der an Donalds Wänden hing?«

Ich überlegte. »Stechpalme und Efeu. Misteln und Lametta.«

»Stimmt!«, sagte Daisy. »*Misteln*. Also damals auf Fallingford hatte Mrs D den Mistelzweig zu tief gehängt. Ich fand die Beeren hübsch und habe sie gegessen. Mistelbeeren sind aber leider giftig und mir ist schrecklich schlecht geworden, weil ich ja noch so klein war – sie musste mir Brechwurzel geben, damit ich mich übergeben konnte. Jedenfalls kann ich mich noch genau an die Symptome erinnern. Mir war schwindelig und ich konnte alles nur noch verschwommen sehen. Es war genau wie bei den Jungs beim Abendessen. Und falls das noch nicht überzeugt: Vorher im Apartment ist mir zufällig aufgefallen, dass an einem Mistelzweig mehrere Beeren fehlten. Natürlich habe ich mir nichts dabei gedacht – aber es passt zu meiner Theorie. Hazel, ich glaube, dass jemand *Mistelbeeren* in die Portweinkaraffe getan hat! Und wer war derjenige, der kaum etwas getrunken hat und fast völlig verschont geblieben ist?«

»Chummy!«, antwortete ich. »Genau, wie wir vermutet haben, nicht? Aber ... Warte! Chummy hat doch allen eingeschenkt! Allen wurde schlecht, nicht nur Donald. Warum sollte er das tun, wenn er es nur auf seinen Bruder abgesehen hat?«

»Möglicherweise ein Ablenkungsmanöver, um zu *vermeiden*, dass es so aussieht, als hätte er es auf Donald abgesehen«, meinte Daisy. »Und weißt du noch? Es war Donalds besonderer Vorrat, weshalb er meinte, mehr trinken zu müssen als die anderen. Deshalb ging es ihm auch viel schlechter als dem Rest. Als man ihn in den Teich schubste, war er das perfekte Opfer.«

»Erinnerst du dich, als sich dieser Fremde an uns vorbeigedrängelt hat?«, fragte ich. »Was, wenn das Chummy war?« Ich schauderte. Der Fall wirkte mit einem Mal glasklar.

»Ich finde das eine sehr wahrscheinliche Annahme«, sagte Daisy. »Chummy ist der jüngere Sohn, aber wir wissen, dass er dauernd erzählt, er hätte das Erbe verdient und nicht Donald. Man merkt, dass Chummy es gewohnt ist, Donald herumzukommandieren – er drängt ihn dazu, ihm einen Teil des Geldes abzugeben. Nun stell dir mal vor, Donald würde innerhalb der nächsten zwei Tage sterben! Chummy würde alles bekommen! Er müsste sich nicht mit dem, was Donald für ihn übrig lässt, abfinden. Was, wenn das der Plan ist? Donald umbringen und es wie einen Unfall aussehen lassen?«

»Und was, wenn? Können wir ihn aufhalten?«, fragte ich.

»Selbstverständlich! Wenn wir solide Beweise für seine Machenschaften finden, können wir sie dem Master zeigen und dafür sorgen, dass Chummy ins Gefängnis wandert. Donald wäre in Sicherheit und die Detektei Wells & Wong hätte einen weiteren Fall gelöst!«

Bei ihren Worten fiel mir George ein. »Daisy«, sagte ich. »Die Pinkertons haben sich von dir nicht abschrecken lassen. Sie ermitteln weiter – sie wollen, dass wir in diesem Fall zusammenarbeiten.«

Daisy stieß einen genervten Laut aus.

»Aber *warum* denn nicht?«, wollte ich wissen. »Sie haben uns doch schon öfter geholfen! Außerdem … ich habe mit

George und Alexander abgemacht, dass wir uns morgen mit ihnen im Fitzbillies treffen, um alles zu besprechen.«

Ich presste die Worte so schnell wie möglich heraus und biss dann großzügig von meinem Keks ab.

»Hazel!«, rief Daisy. »Es ist wirklich unfair, wie dreist du geworden bist! Keinen Gedanken daran verschwendet, was deine Vorsitzende vielleicht will! Wir sind viel besser als die doofen *Pinkertons*.«

»Wenn das so ist, verstehe ich das Problem nicht. Wir werden den Fall sowieso vor ihnen aufklären.«

»Das stimmt«, sagte Daisy widerstrebend. »Immerhin wissen wir Dinge, die sie nicht wissen. Was, zum Beispiel, ist mit Amanda los? Sie benimmt sich schrecklich verdächtig. Ständig arbeitet sie und kommt dem Maudlin ja nicht zu nah – ich bin ziemlich sicher, dass das mit Chummy und meinem idiotischen Bruder zu tun hat. Hast du nicht auch gehört, was Chummy vorhin gesagt hat?«

»Was, wenn sie etwas über diese Unfälle weiß?«, überlegte ich. »Was, wenn Chummy sie bestochen hat? Und Bertie weiß davon?«

»Nein, das schließe ich aus«, meinte Daisy. »Bertie ist Chummys Kumpel, aber er ist nicht dumm genug, sich in ein Mordkomplott verwickeln zu lassen. Außerdem würde es das Problem mit Amandas Aufsätzen nicht lösen. Nein, da ist etwas anderes im Busch. Wir müssen sie weiter beobachten.

Was uns ganz praktisch zu einem Schlachtplan bringt! Selbstverständlich müssen wir uns morgen mit den Jungs treffen – schönen Dank auch, Hazel! Trotzdem können wir auch interessanteren Hinweisen folgen. Ich würde gerne noch einmal in Donalds Zimmer, um diese Karaffe zu untersuchen. Schließlich weiß ich, wie Mistelbeeren aussehen.

Außerdem möchte ich Amanda befragen. Was treibt sie den ganzen Tag und was hält sie von Chummy und Donald?«

»Und wir sollten mehr über Chummys und Donalds Geburtstag herausfinden«, sagte ich. »Wir müssen wissen, was genau Donald erben wird und was genau passiert, sobald er einundzwanzig ist.«

»Ja!«, stimmte Daisy zu. »Tja, ich finde, das ist eine gute Liste. Schreib schon auf, Hazel! Und dann sollten wir uns etwas Schlaf gönnen. Morgen wird ein ausgesprochen wichtiger Tag für die Detektei!«

Schlachtplan

1. Die Junior Pinkertons treffen
2. Amanda Price befragen
3. Dem Verdacht mit der Karaffe nachgehen
4. Mehr über Chummy und Donald sowie ihre Geburtstagsvorbereitungen herausfinden

TEIL ZWEI

Detektei Wells & Wong nimmt eine Wette an

I

Montagmorgen frühstückten wir in dem ziemlich schlichten Speiseraum vom St. Lucy's. Er erinnerte mich an den Speisesaal im Wohnheim der Deepdean, nur größer, mit angebranntem Toast und glibbrigen Eiern. Amanda wirkte tatsächlich noch erschöpfter als bisher. Nach dem Frühstück brachte sie uns hastig aus dem St. Lucy's und über die Brücke in die Innenstadt von Cambridge. »Benehmt euch«, sagte sie knapp, bevor sie sich abwandte und auf ihr Pferd schwang. »Ich fahre ins Zentrum, um ein bisschen Arbeit zu erledigen. Um vier treffen wir uns hier.«

Und einfach so waren Daisy und ich allein in Cambridge, ohne Anstandsdame, und konnten gehen, wohin wir wollten.

Im weißen Winterlicht des Morgens lag die Stadt vor uns und war gerammelt voll mit Menschen. Wir wurden von Leuten angerempelt, die mit hektischer Miene Berge von Einkäufen schleppten, und das Klingeln von Fahrradglocken war beinahe ohne Unterbrechung zu hören. Daisy hatte nach einer Weile den Dreh ganz gut heraus, allen aus dem Weg zu gehen, damit sie vorbeidüsen konnten, doch ich erstarrte jedes Mal aufs Neue.

Cambridge bestand aus komischen, gewundenen kleinen Passagen und winzigen Gassen, in denen sich auf beiden Seiten hell erleuchtete Läden drängten. Überall hingen Stechpalmenzweige und die Schaufenster waren übervoll von Spielzeugen und Süßigkeiten. Es war der perfekte Ort, um vor dem Treffen mit den Pinkertons unsere Weihnachtseinkäufe zu erledigen.

Für Daisy hatte ich bereits eine prächtige goldene Puderdose mit einer großen breiten Puderquaste, die mich beim ersten Öffnen von oben bis unten eingestaubt hatte. Kombiniert mit einer Rolle Klebeband, die ich in Deepdean in einer Drogerie gekauft hatte, gab sie ein absolut geniales Set zum Nehmen von Fingerabdrücken ab.

Heute kaufte ich eine große hübsch verpackte Schachtel Pralinen für Tante Eustacia, ein hübsches Notizbuch für Alexander, eine Schachtel Karamelltoffee für George und Harold und einen roten Schal für Amanda. In Heffers Buchladen besorgte ich für meinen Vater einen herrlichen Fotoband von Gebäuden aus Cambridge, und Daisy kaufte Bertie ein Buch über George III.

»Er sollte so oder so was über ihn lernen«, sagte sie ernst, als ich stutzig die Augenbrauen hob.

Aber natürlich war Daisy nicht damit zufrieden, einfach nur Geschenke zu kaufen und die Weihnachtsatmosphäre zu genießen – nicht, wenn es einen Fall zu lösen galt. Wohin wir auch gingen, Daisy fand eine Gelegenheit, die Sprache auf die Melling-Zwillinge zu bringen.

Von der Dame aus dem Süßwarenladen erfuhren wir etwas über die Vorbereitungen zur Geburtstagsfeier: »Mr Charles Melling hat natürlich von allem nur das Beste bestellt: feine Pralinen, einen fünfstöckigen Kuchen – die Hälfte aller Studenten aus Cambridge ist eingeladen! Es werden keine Kosten gescheut. Donald Melling wird dieses Jahr am ersten Weihnachtsfeiertag einer der reichsten Männer Großbritanniens werden. Soweit ich weiß, stellt sich nur die Frage, ob er auch derjenige sein wird, der das viele Geld ausgibt!«

Von dem Buchhändler bei Heffers erfuhren wir etwas über den Stammbaum der Familie Melling und das sogenannte Fideikommiss. »Angeblich handelt es sich um mehrere Hunderttausend. Das Geld wurde als Treuhandfonds verwaltet, bis der älteste Nachkomme, also Mr Donald, einundzwanzig wird. Er erbt alles. Ein Jammer, wirklich – fair kann man diese Regelung nicht nennen, oder? Dabei sind sich alle einig, dass Mr Charles der Erbe sein sollte.«

Und das Mädchen in dem Schalladen erzählte uns mehr darüber, was Donald mit dem Geld anfangen wollte. »Wenn doch nur Chummy das Erbe kassieren würde! Chummy ist wirklich ein spaßiger Kerl – einmal hat er mich mit zum Pferderennen genommen. Er wollte seinen Bruder überreden, ihm einen Teil vom Erbe abzugeben, aber der ist ein echter Spielverderber. Dieser Donald will dafür sorgen, dass Chummy keinen Cent sieht. Will alles gleich verplempern für irgendeine Mine in Afrika – oder Südamerika? Was für eine Verschwendung! Fair ist das nicht! Aber auf die Party gehe ich trotzdem – wenigstens die wird lustig!«

Als wir den Schalladen verließen, stießen wir beinahe schon wieder mit Michael Butler zusammen. Er düste auf seinem Rad an uns vorbei, sodass wir beide im Eingang des Geschäfts in Deckung gehen mussten, um nicht von ihm gesehen zu werden. Wir taten das rein instinktiv – eigentlich untersuchten wir ja die Mellings und nicht Michael, aber wir hatten beschlossen, dass es am besten wäre, wenn keiner aus dem Maudlin etwas davon mitbekam.

Nachdem er die Straße hinuntergeradelt war, stieß Daisy mich an. »Es ist zehn vor zwölf«, sagte sie. »Zeit, zum Fitzbillies zu gehen.«

»Willst du denn?«, fragte ich vorsichtig. Bisher hatte ich die Frage vermieden.

»Ich weiß, dass *du* willst!«, antwortete Daisy. »Außerdem: Hast du nach diesem grauenhaften Frühstück nicht auch Hunger?«

Und ob. Der Gedanke an das Gebäck im Fitzbillies ließ mir das Wasser im Mund zusammenlaufen. Sogar die kalten Finger in meinen Handschuhen fingen an zu prickeln.

Wir hasteten durch die Straßen von Cambridge, bis wir das Fitzbillies erreichten, das sich vor Gästen kaum retten konnte. Und da waren auch Alexander und George, die an einem eckigen Tisch saßen. Als Daisy nach ihnen rief, hob Alexander den Kopf und sein Gesichtsausdruck änderte sich schlagartig, als er sie sah: grenzenlose Freude. Alexander kann seine Gefühle grundsätzlich nicht verbergen – weshalb er auch so schlecht darin ist, inkognito zu ermitteln. Plötzlich war ich mir gar nicht mehr so sicher, ob dieses Treffen eine gute Idee war.

Dann sahen Daisy und George sich an, und einmal mehr verblüffte mich die Verbindung, die nach so kurzer Zeit zwischen den beiden entstanden war. Daisy kann mit Menschen sehr gut umgehen. Sie begreift, wie sie ticken, genau wie ein Mechaniker bei einem Automobil, aber ich habe noch nie erlebt, dass sie jemanden *mag*. Auf der ganzen Welt mag sie nur mich, ihren Vater, ihren Onkel Felix, Hetty, Mrs D und natürlich Bertie, sonst niemanden – zumindest, bis sie George kennenlernte. Was mich vor allem deshalb überraschte, weil Jungen für sie schlicht eine weniger interessante Version von Mädchen sind. Wie ich für Alexander empfinde, kann sie nicht im Ansatz nachvollziehen – trotzdem schien sie von George Mukherjee außergewöhnlich hingerissen.

2

Zwei Minuten später saßen wir im hellen Glanz und Trubel der Teestube Fitzbillies, die mit Christbaumkugeln und Girlanden aus Papierringen geschmückt war, und die Bedienung nahm unsere Bestellung auf. Es war komisch, dass wir vier so ganz ohne Erwachsene hier saßen. Auf einmal wusste ich nicht einmal mehr genau, wie ich mich hinsetzen sollte – saßen Erwachsene zurückgelehnt oder legten sie die Ellbogen auf den Tisch? Was stellten sie mit ihren Händen und Füßen an? Ich wartete darauf, dass die Bedienung mit ihrem Stift auf uns deuten und uns ausschimpfen würde, weil wir so taten, als wären wir erwachsen. Doch sie notierte sich lediglich geistesabwesend unsere Bestellung (heißer Kakao, Chelseaschnecken, vier verschiedene Sandwiches und Zitronenkuchen) und eilte davon.

Ich schaute mich um. In jeder Ecke stapelten sich Weihnachtspakete und weitere waren neben müden Füßen unter die Tische gestopft. Über dem Dampf aus den Teekannen und dem Duft von frischem Gebäck hing ein durchdringender Geruch nach Kiefernnadeln, den in den Nischen aufgehängte Zweige verströmten – es war herrlich festlich und ich fand es wunderschön.

»Na gut«, fing George an. »Hört euch meine Idee an.« Alexander zog an seinen Hemdsärmeln (irgendwie waren sie noch immer zu kurz) und grinste uns an.

»Zunächst einmal«, sagte Daisy und setzte eine arrogante Miene auf, »möchte ich klarstellen, dass ich alles andere als einverstanden damit bin, dass ihr euch in unseren Fall drängelt. Immerhin sind wir die beste Detektei, die je gegründet wurde, und –«

»Eine von den *zwei* besten, wirst du zugeben müssen«, unterbrach George sie, kein bisschen verärgert. »Die Junior Pinkertons haben schon zahlreiche Fälle gelöst, das wisst ihr.«

»Hmpf!«, stieß Daisy aus und kniff die Lippen zusammen. »*Ich* weiß nur von unseren Fällen. Und sie beweisen, dass die Junior Pinkertons der Detektei Wells & Wong eindeutig unterlegen sind und es immer sein werden.«

Alexander wirkte ziemlich verletzt, doch George hob lediglich die Augenbrauen.

Dann kam unsere Bestellung und wir begannen zu essen. Ich sah zu, wie George Gurkensandwiches in sich hineinstopfte. Für jemanden, der so dünn war, verdrückte er beeindruckend viel.

»Ich nehme dein Rinderbraten-Sandwich«, sagte Alexander mit vollem Mund zu George.

»Schmeckt es dir nicht?«, fragte ich George. Es erschien mir eine völlig rücksichtslose, Daisy-mäßige Anmaßung von dem sonst so liebenswürdigen Alexander, die mich überraschte.

»Ich kann das nicht essen«, sagte George. »Hindu, weißt du? Ich bin Vegetarier.«

Verblüfft schluckte ich einen großen Bissen Sandwich hinunter – entweder Krebsfleisch oder Lachs, die beiden verwechsle ich immer. Ich bin es gewohnt, alles Unenglische an mir unter den Teppich zu kehren und so zu tun, als würde es nicht existieren. Die Religion meiner Großeltern bleibt in Hongkong, gemeinsam mit meinen Seidenkleidern und meinen kleinen Halbschwestern. Doch George hier erzählte ganz gelassen, dass er kein Christ war, als wäre das etwas ganz Selbstverständliches.

»Er kann nicht mal mit in die Kirche«, erzählte Alexander. »An der Schule hat er dafür anfangs noch Prügel kassiert, bis sein Vater einen bösen Brief geschrieben hat.«

»*Er* hat jedes Mal geheult, wenn ich bestraft wurde«, berichtete George und rollte mit den Augen. »Am Ende musste ich mich um *ihn* kümmern.«

Kleinlaut zupfte Alexander an seinen Ärmeln. »Das hätten sie nicht tun dürfen«, sagte er.

»Ganz recht«, stimmte George zu. »Aber darüber zu jammern, hat es auch nicht besser gemacht. Egal – wollt ihr euch gar nicht meine Idee anhören? Immerhin sind wir deswegen hier.«

»Was ist es denn?«, fragte ich.

»Ganz einfach«, meinte George. »Wir alle wollen den Fall bearbeiten und herausfinden, was hinter Donalds Unfällen steckt. Doch Daisy will mit den Pinkertons nicht zusammenarbeiten. Wie wäre es also mit einer Wette? Er schaute mit leuchtenden Augen in die Runde. »Die Junior Pinkertons gegen die Detektei Wells & Wong. Ihr haltet euch für die besseren Detektive und wir behaupten, dass ihr falsch liegt. Finden wir es heraus!«

Ich wurde ganz aufgeregt. Das war wirklich eine ganz ausgezeichnete Idee. Immerhin war ausnahmsweise einmal niemand ermordet worden. Wir konnten ein Spiel spielen, ohne uns Sorgen machen zu müssen. In der festlichen Wärme der Teestube kamen mir unsere Ferien sehr fröhlich vor. »Ja!«, sagte ich.

»Hmm«, machte Daisy stirnrunzelnd, während sie an ihrem Kuchenstück knabberte. Ich wusste, dass sie nur so tat. Und tatsächlich: »Ach, von mir aus! Aber nur, weil ich *weiß*, dass wir besser sind und die Wahrheit vor euch herausfinden werden.«

Alexander strahlte. Auf seiner linken Wange war ein Pickel. »Ich sehe das wie Daisy und Hazel«, sagte er. »Das wird richtig lustig!«

»Gut!«, sagte George. »Nachdem das geklärt ist, müssen wir die praktische Seite der Wette besprechen. Was genau wollen wir beweisen?«

»Dass es wirklich und wahrhaftig *jemand* auf Donald abgesehen hat«, sagte Daisy sofort. »Die Angriffe auf ihn sind keine bloßen Streiche oder zufällige Unfälle. Es steckt böse Absicht dahinter – und es wird ernster. Ich glaube, dass noch vor dem ersten Weihnachtsfeiertag, also vor Donalds Geburtstag, etwas richtig Schreckliches geschehen wird.«

»Ja«, sagte George. »Das glauben wir auch. Und wir denken, dass wir wissen, wer dieser *Jemand* ist. Bisher sind wir einer Meinung. Dann brauchen wir also … mal sehen … eindeutige Beweise für *seine* Absicht, Donald ernsthaft zu verletzen. Es muss etwas sein, das gut genug ist, es dem Master oder der Polizei zu zeigen.«

»Genau.« Daisy nickte zustimmend.

»Und kein Schummeln dabei, diese Informationen zu bekommen.«

»Damen schummeln nie!«, keuchte Daisy. »Kein Raten, kein Frisieren von Antworten und keine erpressten Geständnisse. Ordentliche Befragungen von Zeugen und rigoroses Untersuchen von Spuren. Einverstanden?«

»Einverstanden.« George nickte. »Nun zum Preis. Was haltet ihr davon? Die Verlierer müssen in aller Öffentlichkeit zugeben, dass sie falsch lagen. Sie müssen jedem erzählen, dass sie von einer konkurrierenden Detektei übertrumpft wurden – dass sie nicht gut genug waren, um zu gewinnen. Wie wäre das?«

Das war ein wahrhaft ernster Einsatz. Es wussten ohnehin schon mehr Menschen von unserer Detektei, als uns strikt genommen lieb war, vor allem Daisy, trotzdem galten wir noch als *geheim*. Uns der Öffentlichkeit zu präsentieren, würde ruinieren, wofür unsere Detektei stand. Es könnte sogar verhindern, dass wir weiterhin Fälle aufklären, denn sollten die Erwachsenen erst einmal wissen, was wir tun, würden sie es wahrscheinlich verhindern wollen. Könnte Daisy je auf so einen möglichen Gesichtsverlust eingehen?

Doch sie streckte bereits die Hand aus, die vor Georges dunkler Haut äußerst blass wirkte. Entschlossen schlugen die beiden ein und musterten sich gegenseitig mit dieser gewissen Aufregung, die Daisy zu Beginn eines Falls immer an den Tag legt.

»Und schließlich: Unsere Wette beginnt jetzt, Montag, den 23. Dezember 1935 und endet … am ersten Weihnachtsfeiertag zur Geburtstagsfeier von Chummy und Donald?«

Das gefiel mir. Es verlieh den Dingen eine hübsche Symmetrie. Ich nickte, ebenso wie Alexander. Selbst Daisy schien zufrieden.

»Dann wollen wir es alle mit einem Handschlag besiegeln«, sagte George. Und so schüttelten wir vier die Hände und stießen mit unseren weidenmusterverzierten Teetassen an, bevor George und Alexander sich zueinander umwandten und den ausgetüftelsten Handschlag tauschten, den ich je erlebt hatte.

»Was um alles in der Welt war das?«, fragte ich neugierig.

»Der Junior-Pinkerton-Handschlag«, antwortete Alexander. »Schrecklich gut, was? Hat Ewigkeiten gedauert, bis wir ihn so hinbekommen haben.«

»Hm!«, machte Daisy. »Der ist nicht mal halb so gut wie der unserer Detektei. Komm, Hazel, wir zeigen's ihnen!«

Wir streckten *unsere* Hände aus und legten los. Inzwischen bekomme ich sämtliche Bewegungen mit verschlossenen Augen hin – es fühlt sich so selbstverständlich an wie blinzeln. Ich schielte zu Alexander. War er beeindruckt?

»Nicht schlecht«, meinte George. »Nun gut. Die Wette läuft, sobald wir vom Tisch aufstehen. Seid ihr bereit? Hier ist unser Anteil für die Rechnung. Auf die Plätze, Alex, LOS!«

Schnell wie der Wind warf er eine Handvoll Münzen auf die Tischdecke und sprang, gefolgt von Alexander, auf, um aus dem Fitzbillies zu stürmen.

3

Daisys Gesicht leuchtete.

»Hazel, wir müssen schnell handeln! Iss auf und lass uns unsere nächsten Aktionen überlegen, damit wir gestärkt von Wissen und der Süßen Pause ans Werk gehen können. Die Jungs mögen einen Vorsprung haben, aber du wirst sehen: Uns schlägt man nicht. Wir müssen sofort ins Maudlin.«

»Bist du sicher, dass die uns reinlassen?«, gab ich zu bedenken. Plötzlich machte ich mir ziemliche Sorgen. Am Vorabend durften wir das Maudlin betreten, weil wir Berties Gäste waren – aber wie sollten wir allein in einem Männer-College herumrennen und Informationen sammeln, ohne uns einen Tadel einzuhandeln? In Deepdean waren wir zu Hause, auf Fallingford galt das zumindest für Daisy, doch im Maudlin waren wir Außenseiter.

»Selbstverständlich!«, antwortete Daisy. »Wir überwinden jedes Hindernis. Wir haben bereits *vier* Mordfälle aufgeklärt, Hazel, wie oft muss ich dich daran erinnern? Also, sobald wir an Mr Perkins im Pförtnerturm vorbei sind, wo wollen wir hin?«

»In Donalds Zimmer«, sagte ich.

»So ist es. Die Karaffe wird noch da sein – außerdem war das auch der Ort mit dem Eimervorfall. Allerdings müssen wir das gesamte Haus durchsuchen, nicht nur sein Zimmer. Und wir müssen uns beeilen! Bis zum ersten Feiertag und dem Ende der Wette sind es nur noch zwei Tage. Ah, gut, da kommt die Kellnerin. Schnell, leg dein Geld auf den Tisch! Wir müssen los!«

Wir rasten die Straße zum Maudlin entlang. Als wir durch die Tür zum Pförtner traten, bestätigten sich meine Befürchtungen.

»Hey!«, rief Mr Perkins. »Mädchen! Was haben Sie denn hier zu suchen?«

»Wir wollen zu Bertie!«, erklärte Daisy. »Dürfen wir rein?«

»Ich fürchte, Mr Wells ist nicht da«, meinte Mr Perkins und zupfte an seinem Schnurrbart. »Diese beiden Jungen, Alexander und George, waren eben mit einer Nachricht von ihm hier. Er hat ausdrücklich angewiesen, Sie beide nicht ins Haus zu lassen – ich glaube, in seinem Zimmer sind *Geschenke* für Sie versteckt.« Er betonte *Geschenke* ganz leise, als wäre selbst das Wort ein Geheimnis. »Sie müssen wohl hier warten, bis er zurückkommt. Es sollte höchstens zwanzig Minuten oder so dauern.«

Neben mir zischte Daisy. Die Pinkertons tricksten uns bereits aus. Wie sollten wir aus dieser Zwickmühle herauskommen?

Doch Daisy war der Situation gewachsen. Sie trat zu Mr Perkins und lehnte die Ellbogen auf den Tresen, an dem er saß.

»Oh, aber genau deshalb sind wir jetzt hier. Wir wollen uns einschleichen, solange er weg ist!«, sagte sie mit dem Gesicht eines Unschuldsengels. »Wir haben Weihnachtsschmuck besorgt, den wir als Überraschung an seine Tür hängen wollen. Können Sie uns nicht durchlassen? Wir gehen auch nicht *in* sein Zimmer – und wir sind zurück, bevor er kommt, versprochen!« Sie ließ die Wimpern flattern und blinzelte ihn wie eine dümmliche Debütantin an – Daisy, die in völliger Dunkelheit aufs Dach unseres Wohnheims geklettert ist und in zwei Wochen *Krieg und Frieden* komplett gelesen hat.

Mr Perkins schmolz höchst zufriedenstellend dahin. »Oh! Nun ja … Ich drücke ein Auge zu. Aber beeilen Sie sich!«

»Danke«, sagte Daisy. »Ach, eins noch: Auf dem Weg hierher haben wir Georges Bruder Harold getroffen. Er sucht nach seinem Bruder und Alexander. Ich weiß nicht, worum es geht, aber es schien eilig zu sein. Falls Sie die beiden sehen, richten Sie ihnen doch bitte aus, dass er sie sehen will, wären Sie so lieb?«

»Natürlich«, antwortete Mr Perkins. »Nun laufen Sie schon!«

Er zwinkerte uns verschwörerisch zu, als wir hinaus auf den Innenhof liefen. Wir eilten über den Weg bis zum Tor von Haus Nummer neun. Die Tür zu Michaels Zimmer stand offen und wir hörten, wie sich darin drei Männer unterhielten. Michael schien aus der Stadt zurück – es waren Alexander und George, die mit ihm redeten.

»Sie befragen schon die ersten Zeugen!«, wisperte Daisy. »Die meinen, sie könnten uns schlagen, aber sie werden sich noch wundern!«

Mutig trat sie an die Tür und klopfte an. Der Spalt öffnete sich ein weiteres Stück und Michael schaute heraus.

»Miss Wells?«, fragte er. »Miss Wong? Sie sollten nicht allein hier sein!«

»Oh, wir sind nur gekommen, um Bertie etwas vorbeizubringen. Und wir haben eine Nachricht für George und Alexander«, sagte Daisy. »Harold sucht sie – ich glaube, es ist dringend. Sie sollen sofort zu ihm ins John's.«

Michael trat beiseite, sodass ich hinter ihm George und Alexander sehen konnte. Alexander sah uns recht kläglich an, als hätten wir ihn betrogen (ich bekam schlagartig ein schlechtes Gewissen), doch George lächelte nur.

»Was für eine Überraschung«, sagte er. »Dann müssen wir wohl los, um zu sehen, was er will. Komm mit, Alex.« Er zog Alexander durch die Tür in den Hof, doch als er an mir und Daisy vorbeilief, drehte er sich kurz um und flüsterte: »Nicht schlecht. Aber wir kommen wieder!«

Daisy winkte ihnen. »Wir sind oben bei Bertie!«, sagte sie zu Michael und zerrte mich die Treppe hoch.

Während wir hinaufstiegen, sah ich mich um. Am Abend zuvor hatte ich an nichts anderes als Alexander denken können. Mir hätte ein Elefant über den Weg laufen können und ich hätte ihn lediglich beiseitegeschoben, um weiterzulaufen. Doch an diesem Nachmittag waren all meine Sinne hellwach und ich sah und dachte wieder klar. Unsere Schuhe klackerten über die steinernen Stufen und hallten von den Wänden wider. Das Treppenhaus war schmal und finster – die einzigen Fenster auf jedem Absatz schauten auf den Hof hinter uns und waren klein. Wir betraten den ersten Treppenabsatz, der abgesehen von einem Münztelefonapparat verlassen war. Auf der Tür zur Linken, der Seite, die Richtung Pförtnerturm blickte, stand *Freddie Savage* (»Bestimmt ist er die Ferien über abgereist«, wisperte Daisy) und rechts, auf der Gartenseite, lag Berties Apartment.

Auf dem Absatz darüber befanden sich zwei Türen. Auf der Pförtnerseite lag das Zimmer von Alfred Cheng. Die Tür war geschlossen, doch als wir vorbeiliefen, schwang sie auf und Alfred steckte recht mürrisch den Kopf heraus.

»Was habt ihr hier zu suchen?«, fragte er forsch.

»Bertie hat uns gebeten, Chummy eine Nachricht zu bringen«, sagte Daisy, die immer eine gute Ausrede parat hat.

»Hm!«, machte Alfred unbeeindruckt und schlug seine Tür wieder zu.

Auf diesem Stock stand auf der Tür zur Gartenseite *James Monmouth*. Sie stand ein kleines Stück offen, sodass ich sehen konnte, dass sich im Raum dahinter niemand aufhielt. Offensichtlich war hier gerade erst renoviert worden. Die Möbel waren alle mit Laken abgedeckt und die Wände frisch gestrichen und tapeziert. Als ich ein paar Schritte hineinging, stellte ich fest, dass dieses Zimmer haargenau wie das von Donald geschnitten war, nur spiegelverkehrt. Die Feuerstelle befand sich in der Mitte der Wand gegenüber der Tür, davor stand das Sofa und rechts davon der Schreibtisch. Doch während Donalds Wohnung nur ein Fenster besaß, das auf den Hof blickte, gab es in diesem Zimmer zwischen Schlafzimmer und Kamin ein zusätzliches Fenster, durch das man in den Garten blicken konnte. Dadurch war es hier viel heller und gemütlicher als in Donalds Apartment auf der Pförtnerseite.

Wir gingen das letzte Stück bis in den dritten Stock, was mir noch immer so schwindelerregend wie am Abend vorher erschien. Das Zimmer zur Gartenseite war mit *Charles*

Melling beschrieben und das links davon mit *Donald Melling*. Dazwischen befand sich eine kleine Tür, vermutlich eine Abstellkammer. Ich überlegte, wem sie wohl gehörte. Außerdem fragte ich mich, warum Chummy das Gartenzimmer genommen hatte, obwohl er doch der Jüngere war – es bewies einmal mehr, wie sehr er Donald unter Kontrolle hatte.

Donalds Tür stand verlockend offen. Daisy und ich liefen so schnell wie möglich darauf zu. Ich sah eine weiße Delle im Steinboden, knapp hinter der Türschwelle. Gestern hatte ich sie nicht bemerkt – ich war zu nervös gewesen. Das musste die Stelle sein, an der der Eimer heruntergefallen war. Und dort im Zwielicht war der Tisch, auf dem am Abend die Getränke gestanden hatten. Gläser und Kannen standen nach wie vor darauf.

»Na gut, Watson!«, zischte Daisy. »Zeit zum Ermitteln!«

Wir betraten den Raum.

4

Die Luft in Donalds Zimmer roch muffig, nach der Atemluft zu vieler Menschen und verschlossener Fenster. Daisy rümpfte die Nase und ich kniff die Lippen zu. Ich erinnerte mich an Moss, den Bedder, der die Zimmer der Studenten in Ordnung hielt, der offensichtlich nicht die besten Dienste leistete. Unser Glück. Die Portweingläser standen verstreut auf dem Tisch, auf dem Tischtuch befanden sich Weinflecken und sogar eine liegen gelassene Fliege. Auch die Dekantierkaraffe war da, deren Glas von der schwarzen Flüssigkeit im Innern getrübt wurde. Daisy hechtete darauf zu, zog den Stöpsel heraus und schnüffelte daran.

»Daisy!«, sagte ich. »Sei vorsichtig!«

»Oh, das ist schon in Ordnung, Hazel«, meinte sie. »Misteln sind nicht so giftig, dass es Schaden anrichten würde, daran zu riechen.«

Ich fand es trotzdem zu riskant. »Aber *sind* es denn wirklich Misteln?«, fragte ich.

Daisy hielt inne und atmete tiefer ein. Dann nickte sie. »Oh ja, würde ich schon sagen. Und ...«, sie hielt die Karaffe vor die Nase und spähte in ihre Tiefen, »ja, schau! Man kann erkennen, dass unten im Satz etwas herumkullert, etwas Rundes. Gib mir doch mal dein Taschentuch und das leere Glas da drüben.«

»Wozu?«, wollte ich wissen.

»Ich baue einen Filter.«

Ich trat zurück.

»Ach, nun komm schon! Du hast jede Menge Taschentücher, ich hab's gesehen.«

Ich wollte Daisy darauf hinweisen, dass auch *sie* jede Menge Taschentücher besaß – aber wir befanden uns, wo wir nicht sein sollten, und taten, was wir sicherlich nicht tun sollten, daher fand ich es das Beste, Daisys Plan so schnell wie möglich durchzuführen. Also reichte ich ihr mein Taschentuch und eins der sauberen Gläser vom hinteren Ende des Tischs. Daisy hielt das Tuch darüber. »Gut«, sagte sie. »Schenk ein.«

Ich nahm die vergiftete Karaffe und goss sie aus. Überallhin spritzte Rot: außen am Glas hinunter, über mein Taschentuch und sogar ein bisschen auf Daisys Hände. »Hazel!«, beschwerte sie sich. »Also wirklich! Gieß gefälligst wie eine Dame!«

Am Ende der Übung hatten wir ein Taschentuch, bedeckt von den ekligen Stückchen, die sich am Boden von Weinflaschen bilden – und sieben plattgedrückte Beeren.

»Da!«, rief Daisy. »Siehst du? Und wenn du dir das Grün im Zimmer anschaust … der Mistelzweig da drüben hat fast die Hälfte seiner Beeren eingebüßt! Hol ihn runter, Hazel – nein, warte! Ich mache das, du bist zu klein.«

Siegreich brachte sie mir den Mistelzweig und legte ihn zum Inhalt des Taschentuchs. Dann band sie alles mit der Schnur, die sie immer dabei hat, zu einem reichlich klebrigen Bündel zusammen.

»Wir haben unsere ersten Beweise gefunden, Watson! *Jemand* hat diese Karaffe Portwein mit Mistelbeeren vergiftet. Das beweist, dass wir es gestern Abend nicht nur mit einem Unfall oder einem harmlosen Streich zu tun hatten. Man wollte Donald absichtlich schaden.«

»Und was machen wir jetzt?«, fragte ich.

»Das Zimmer dursuchen! Dokumente, Bilder – alles, was uns helfen könnte, zu beweisen, dass Methode dahintersteckt! Ich übernehme das Schlafzimmer, du bleibst hier.«

Nachdem ich mich im Zimmer umgeschaut hatte, trat ich an den Schreibtisch. Er war unaufgeräumt und voller verstreuter Papiere. Ich fand Vorlesungsnotizen und Aufsätze, wild vermischt – und oben auf dem Stapel lag ein weit interessanteres Dokument.

»Sieh mal, Daisy!«, rief ich. »Das ist eine Besitzurkunde – ich glaube, sie gehört zu einer Diamantmine! Das ist doch das Ding, das Donald kaufen will, oder?« Dann entdeckte ich den Preis, den er dafür zahlte, und mir wurde ganz schwindelig.

»Hat er sie schon unterschrieben?«, wollte Daisy wissen, als sie neben mir auftauchte. »Nein, guck – weil er natürlich noch nicht kann! Sie ist auf den ersten Weihnachtsfeiertag vordatiert, weil er sie vor seinem Geburtstag nicht unterzeichnen kann. Das ist wichtig, nicht? Ein weiterer eindeutiger Beweis dafür, was passieren wird, falls Donald an seinem Geburtstag sein Erbe antritt. Er wird das Geld ausgeben – er wird sich endlich nichts mehr von Chummy sagen lassen!«

»Chummy muss wirklich außer sich sein vor Wut!«, sagte ich. In meinem Nacken kribbelte es, ich hatte ein ganz ungutes Gefühl. Das hier, in Verbindung mit den Misteln in der Karaffe und der Tatsache, dass Chummy am Abend zuvor kaum davon getrunken hatte, schien sich zu einem unheimlichen Ganzen zu fügen. Chummy hatte die Mittel, das Motiv und die Gelegenheit, den Portwein zu vergiften und Donald in den Teich zu stoßen. Konnten wir beweisen, dass er auch den Eimer platziert und den Stein gelockert hatte?

»Hazel, mir ist an diesem Schreibtisch noch etwas sehr Interessantes aufgefallen«, meinte Daisy. »Schau dir die Arbeitsfläche an – was siehst du?«

»Familienfotos«, antwortete ich. »Das hier müssen Donalds Eltern sein.«

»Ja, natürlich Hazel – aber wer ist *nicht* dabei?«

Ich verstand sofort. »Chummy! Von ihm gibt es kein einziges Bild!«

»Ganz genau. Ein weiterer Beweis dafür, dass die beiden sich nicht verstehen. Das ist sehr gut, Hazel! Ausgezeichnet! Und ich war in Donalds Schlafzimmer. Ganz unten in seinem Kleiderschrank liegen ein paar aufregende Dinge: Turnschuhe und ein dunkler Mantel, alles mit Seil und Draht zusammengebunden. Ich glaube, es ist seine Kletterausrüstung! Im Ernst, die Leute sind furchtbar schlecht darin, Dinge zu verstecken.«

»Gehen wir rüber zu Chummy!«, sagte ich. »Schnell, bevor Bertie zurückkommt!«

»Vorzügliche Idee«, lobte Daisy mich. »Hier, steck das Taschentuch ein.«

»Nein! Daisy, das ist widerlich. Es ist total nass!«

Daisy rollte mit den Augen. »Du bist wirklich der schlechteste Spion der Welt. Na schön, ich wickle es in meinen Schal.«

Ich wusste, dass sie nicht wirklich sauer auf mich war. Als wir gemeinsam aus Donalds Zimmer schlüpften und über den Gang zu Chummys Tür schlichen, strahlten wir uns gegenseitig an. Es gibt wirklich nichts Schöneres auf der Welt, als gemeinsam mit Daisy Wells in einem Fall zu ermitteln.

5

Chummys Unterkunft war zum Glück ebenso verlassen wie die von Donald. Die Vorhänge waren aufgezogen, sodass der Blick in den Garten frei war. Eingefasst wurde er von einer hohen Backsteinmauer, in deren Seite, die dem Bibliotheksgebäude zugewandt war, eine geschlossene Tür saß. Alles wirkte sehr geheim und überaus hübsch, auch wenn das ganze Grün im Winter verwelkt war.

In Chummys Wohnzimmer herrschte Chaos. Überall lagen Hemden und Krawatten – »Was für ein eitler Schnösel!«, flüsterte Daisy. »Jetzt ist mir klar, warum Bertie mit ihm befreundet ist – guter Kleidung kann er einfach nicht widerstehen.« Auf halb leeren Regalen lehnten Bücher aneinander und der Schreibtisch war von Papieren bedeckt. Ich warf einen Blick darauf. Schon komisch: Obwohl die Zwillinge einen so unterschiedlichen Charakter hatten, war ihre Handschrift zum Verwechseln ähnlich.

»Schau mal!«, sagte Daisy. »Das ist ja interessant!« Sie betrachtete etwas auf dem Sofa neben dem Kamin.

Ich drehte mich zu ihr um. Es war ein Jackett aus Tweed.

»Auf dem Namensschild darin steht *Donald Melling*«, sagte Daisy. »Was hat es also in Chummys Zimmer verloren?«

»Vielleicht hat er es hier vergessen?«, schlug ich vor.

»Möglich … glaube ich aber nicht. Versuch, es anzuziehen – na los, probier mal!«

Verwirrt und mit einem unangenehmen Gefühl im Magen hob ich das Jackett auf und wollte mit dem Arm hineingleiten. Als ich den Ärmel zur Hälfte übergestreift hatte, steckte meine Hand fest. »Oh!«, entfuhr es mir.

»Aha, habe ich also recht!«, jubelte Daisy. »Er hat ihn zugenäht. Dachte ich mir: Auf dem Beistelltisch liegen Nadel und Faden, allerdings sehe ich hier nichts, was geflickt werden müsste. Und laut Bertie legt Chummy andere gerne herein, weißt du noch? Wir haben ihn bei seinem neuesten Streich erwischt! Besonders tödlich ist das nicht, trotzdem ein *eindeutiger* Beweis, dass er es auf Donald abgesehen hat!«

Ich zögerte. Dieser Streich war meilenweit von der Mistelvergiftung entfernt, selbst weit von dem Eimer, der Donald auf den Kopf gefallen war. Er war so *albern*. Und das sagte ich Daisy auch.

»Stimmt«, meinte sie stirnrunzelnd. »Nichts, was wir dem Master präsentieren könnten. Nein, wir brauchen Beweise dafür, dass Chummy etwas wirklich Gefährliches ausheckt, und wir müssen sie *hier* finden. Such, Hazel!«

Wir durchwühlten die Schubladen von innen nach außen und sahen sogar unter den Sofakissen nach. Doch obwohl wir uns alle Mühe gaben, fand keine von uns etwas Verräterisches. Daisy schlüpfte in Chummys Schlafzimmer und kam zwei Minuten später niedergeschlagen zurück. »Nichts«, sagte sie knapp. »Er hat dieselbe Kletterausrüstung: Seil, Draht, Turnschuhe. Das Einzige, was wir Chummy beweisen können, ist, dass er klettert – und das haben wir nicht vor!«

Es war Zeit zu gehen. Wir waren ohnehin schon zu lange hier. Wir traten gemeinsam an die Tür, öffneten sie – und erstarrten. Vor uns auf dem Treppenabsatz stand kein anderer als Chummy höchstpersönlich.

6

Er glotzte uns an. Auch heute trug er ein leuchtend farbiges Halstuch und die kastanienbraunen Haare waren mit Wachs zurückgekämmt. »Was treibt ihr hier?«, fragte er verdattert.

»Wir haben uns verlaufen!«, jammerte Daisy zuckersüß und klimperte mit den Wimpern. »Wir wollten … du weißt schon: uns *die Nase pudern*.«

Wie zu erwarten war, schien Chummy ihr das nicht abzukaufen. Daisy hatte schon bessere Ausreden geliefert. »Du bist Berties kleine Schwester. Wenn überhaupt, solltest du in seinem Zimmer sein. Was hast du allein in unserem Haus verloren, noch dazu mit *der da*?« Er funkelte mich an und ich trat erschrocken ein Stück zurück. Er schaute mich genauso giftig an wie gestern noch Alfred.

»Hey! Butler!«, brüllte Chummy plötzlich. »Kommen Sie sofort her! In meinem Zimmer sind Kinder!«

Er zerrte uns aus der Tür auf den Treppenabsatz. Ich zitterte. Nun steckten wir in der Tat böse in der Klemme.

»Was geht hier vor?«, rief Michael Butler von unten. Als ich nach unten blickte, sah ich, wie er zu uns hochgestiegen kam. Bei ihm waren Alexander und George. Als er den Absatz unter uns überquerte, steckte Alfred erneut den Kopf zur Tür heraus. »Was ist los?«, hörte ich ihn.

»Ach, verschwinde!«, rief Chummy. »Warum steckst du deine Nase immer in Angelegenheiten, die dich nichts angehen?!«

»Butler!«, beschwerte sich Alfred, während er böse nach oben schaute. »Er tut es schon wieder!« Ich hörte die Anspannung in seiner Stimme.

»Cheng«, sagte Michael kurz angebunden, »es reicht. Habe ich Ihnen nicht oft genug gesagt, dass Sie sich nicht so grundlos beschweren sollen? Sie befinden sich in England, hier klagen wir andere nicht grundlos an.«

»Ja, das ist England, wo nur die Engländer zählen«, blaffte Alfred. »Sie haben selbst erlebt, wie Melling mich behandelt, und nichts unternommen.«

»Lassen Sie es gut sein, um Himmels Willen. Ich habe mich um Wichtigeres zu kümmern.«

»Das werden Sie noch bereuen«, sagte Alfred. »*Er* wird es noch bereuen. Wartet es nur ab.« Er machte einen Schritt zurück und verschwand aus meiner Sicht, bevor er die Tür zuknallte. Ich musterte Chummy, der triumphierend grinste. Plötzlich begriff ich mit Schrecken, dass Universitätsstudenten auch nur wie Große Mädchen sind. Wesentlich älter oder klüger sind sie nicht – und das vergangene Trimester hat mir bewiesen, wie grausam und dumm die Großen sein können. Mit einem Mal fragte ich mich, ob erwachsen zu werden nur bedeutete, älter zu werden, aber nicht weiser.

Michael kam die letzten Stufen hoch und schüttelte den Kopf.

»Was gibt's, Melling?«, wollte er wissen.

»Diese Mädchen waren in meinem Zimmer«, murrte Chummy. »Schicken Sie sie fort! Ich will, dass sie aus dem Haus verschwinden!«

»Das können Sie nicht machen!«, meinte Daisy.

»Oh doch, und ob ich das kann«, entgegnete Michael. »Um genau zu sein, hatte ich genau das ohnehin gerade vor. Die Jungen sind eben zurückgekommen und haben mir erzählt, dass Sie gelogen haben – Harold hatte gar nicht nach ihnen gesucht. Und Bertie bringen Sie auch nichts vorbei. Sie können in diesem Haus nicht einfach so herumwandern – Sie sind Mädchen!«

»Und?«, fragte Daisy.

»Das hier ist ein Männer-College«, sagte Michael. »Sie sind kein Mann, Miss Wells. Und jetzt will ich Sie und Ihre Freundin hier nicht mehr sehen – nicht, solange Sie keine offizielle Einladung haben. Wir mögen Ferien haben, trotzdem sind wir immer noch in Cambridge. Es gibt Vorschriften. Gehen Sie zurück ins St. Lucy's, wo Sie hingehören.«

Hinter ihm schnitten Alexander und George mitleidige Gesichter. Sie hielten sich nur an die Regeln, die Daisy aufgestellt hatte, dachte ich – allerdings machte es das, was sie getan hatten, nicht weniger schmerzhaft.

Mir war klar, dass wir Michael nicht umstimmen würden. Zwar war er nicht größer als Chummy und kaum größer als Daisy, trotzdem wirkte er wie ein richtiger Erwachsener.

Während er uns die Treppe nach unten brachte, brannten meine Wangen vor Scham und Wut. Ich wollte mich nicht umdrehen, wollte George und Alexander nicht ins Gesicht sehen, trotzdem war mir klar, dass sie uns bestimmt nachschauten. Meine Bedenken, im Maudlin zu ermitteln, waren berechtigt gewesen. Ich hatte gehofft, in Cambridge wie eine

Erwachsene behandelt zu werden. Allerdings hatte ich vergessen, dass wir zwar älter waren, aber immer noch Mädchen. Wir hatten nicht dieselben Freiheiten wie Alexander und George. Man würde uns aufhalten, zügeln und uns sagen, wohin wir zu gehen hatten. Von jetzt an mussten wir all unsere Raffinesse einsetzen, um auch nur die allerkleinsten Dinge aufzudecken.

7

Als wir am Fuß der Treppe ankamen, unternahm Daisy einen letzten tapferen Versuch, die Wette zu gewinnen. »Geht es Chummy gut?«, fragte sie.

»Wie meinen Sie das?«, wollte Michael wissen.

»Ach, nichts weiter«, antwortete Daisy unschuldig. »Es ist nur ... er schien *dermaßen* wütend, dass wir in seinem Zimmer waren. Es muss schrecklich sein, wenn der eigene Bruder bald reich ist und man selbst keinen Cent bekommt. Würde mir das passieren, wäre ich außer mir. Ich ... ich würde Bertie am liebsten *umbringen*. Chummy will Donald doch nichts antun, oder?«

Michael lachte. »Die beiden mögen sich vielleicht nicht besonders, aber ich glaube nicht, dass man sich Sorgen machen muss. Nicht mal an Weihnachten.«

»Warum sollte Weihnachten dabei eine Rolle spielen? Weil sie Geburtstag haben?«, fragte Daisy.

»Weil sie Brüder sind!«, entgegnete Michael. »Weihnachten ist für Familien die schlimmste Zeit überhaupt. Da bin ich direkt erleichtert, dass ich mit meiner Mutter allein bin – keiner sonst, mit dem man streiten könnte. Wenigstens ist am fünfundzwanzigsten alles vorbei.«

Und damit war die Sache offenbar erledigt. Michael war davon überzeugt, dass Donalds und Chummys Rangeleien nichts zu bedeuten hatten – seine Meinung würden wir nicht ändern können. Er geleitete uns durch die Pförtnerstube ins Freie. Mr Perkins sah uns aufmerksam nach. In diesem Augenblick wurde mir bewusst, dass wir an ihm ab sofort nicht mehr so leicht vorbeikommen würden.

Bedrückt liefen wir die Straße hinab zum St. Lucy's. Als hinter uns jemand rief, erschrak ich richtig. Ich drehte mich um und sah Amanda auf ihrem Pferd auf uns zu radeln. Das Haar unter ihrer Baskenmütze war vom Wind zerzaust und sie schnitt eine finstere Miene. Als sie zu uns aufgeschlossen hatte, stieg sie eilig ab und sagte: »Da steckt ihr!«

Ich schaute auf meine Armbanduhr. Natürlich! Es war schon nach vier – als wir uns eigentlich hatten treffen wollen. Die Zeit war wie im Flug vergangen.

»Man hat uns gerade aus dem Maudlin verbannt«, erzählte Daisy wütend. »Stell dir das nur vor! Aber wahrscheinlich weißt du, wie das ist, oder?«, fügte sie schnell hinzu. Mir war klar, was sie dachte: Dies war die perfekte Gelegenheit, Amanda auszufragen.

»Man hat mich nicht verbannt«, sagte Amanda. »Ich … Ach, egal. Zeit, dass ihr zurück ins St. Lucy's kommt. Beeilung!«

Ich glaubte, sie würde nichts mehr zu dem Thema sagen, doch als wir die Brücke über dem Cam erreichten, hielt sie an. Vor uns ging die Sonne unter und die Dächer und Wände von Cambridge wurden vom sterbenden Licht in Rosa getaucht. Die Spiegelung des Abendrots war beinahe noch herrlicher als das Abendrot selbst.

»Oh!«, sagte ich gerührt und drückte Daisys Arm.

»Da drüben am anderen Ufer liegt das Clare College«, sagte Amanda. »Und auch die King's Chapel, die Kapelle. Und seht ihr das dort?«

Sie zeigte auf Kleinigkeiten im Stadtbild, die ich vorher übersehen hatte: die Wasserspeier und Türmchen, und die steinernen Könige in ihren Nischen, die Collegewappen und die wunderschönen Spitzfenster. Einen Augenblick lang war alles friedvoll. Dann redete Amanda weiter.

»Hört zu«, sagte sie. »Macht euch wegen des Maudlins keine Gedanken. Am besten ihr haltet euch von den Leuten da fern. Bertie meint es gut, aber ...«

»Aber?«, bohrte Daisy nach. Würden wir endlich erfahren, was Amanda zugestoßen war?

»Cambridge ist nicht der richtige Ort für Frauen«, beendete Amanda ihren Satz. »Das ist alles.« Sie seufzte und schob sich eine weitere dicke Strähne aus dem Gesicht. Wieder fiel mir auf, wie müde sie aussah. »Besser, wir gehen rein!«, sagte sie. »Ich muss vor dem Abendessen noch einen Aufsatz schreiben.«

»Aber es sind doch Ferien!«, sagte ich.

»Ich muss vorarbeiten«, erklärte Amanda »Als Frau muss man in Cambridge zehnmal so hart arbeiten wie die Männer, nur um über die Runden zu kommen. So ist das eben.«

Doch mit einem Mal war ich sicher, dass mehr dahinter steckte.

»Aber du bist viel schlauer als jeder am Maudlin«, sagte Daisy mitfühlend. »Schlauer als Bertie sowieso – aber auch was Donald und Chummy angeht. Das ist eindeutig!«

»Ha!«, entfuhr es Amanda bissig. Sie riss den Kopf zur Seite und als sie uns wieder ansah, war ihre Miene eisern. »Immer wieder sage ich Bertie, dass er sich nicht mit

Chummy abgeben soll. Chummy bedeutet nur Ärger. Donald und Bertie laufen ihm nach wie Hündchen, und das werden sie noch bereuen, wenn sie sich in seinen Nonsens verwickeln lassen. Es ist wirklich das Beste für euch, euch vom Maudlin fernzuhalten, habt ihr gehört?«

Ich fühle mich wie in einer Zwickmühle. So viele Menschen erzählen uns, dass Chummy schlechter Umgang ist – dass er faul ist und unfreundlich. Aber keiner scheint zu glauben, dass er tatsächlich *gefährlich* ist. Was, wenn er Donald etwas antut, während wir nicht im Maudlin sind, um ihn aufzuhalten? Diese Sorge will mir einfach nicht aus dem Kopf gehen.

Das alles schrieb ich am Montag vor dem Abendessen auf. Wir unternahmen mehrere Versuche, noch einmal aus dem St. Lucy's ins Maudlin zu kommen, doch es scheint, als hätte Daisys Großtante die Bediensteten vom St. Lucy's gebeten, ein Auge auf uns zu haben. Immer wieder stießen wir in den Fluren auf hilfsbereite Professoren und Angestellte, die dachten, wir hätten uns verlaufen und uns wieder auf unser Zimmer geleiteten.

Wir aßen im Speiseraum mit den abblätternden weißen Wänden und dem Dosenessen zu Abend, dann gingen wir in das kleine Apartment von König Henry, wo wir in ihren zerknautschten Sesseln saßen und uns gegenseitig anstarrten. Das Taschentuch mit den roten Flecken und den Misteln darin lag zwischen uns auf dem Tisch.

»Ich bin drauf und dran, einfach aus dem Fenster zu klettern und weiterzuforschen!«, meinte Daisy.

»Das geht nicht!«, sagte ich, während ich schaudernd ans Regenrohr von Deepdean dachte. Vergangenes Trimester war ich mehrfach daran hinauf- und hinuntergeklettert und fand, dass ich für den Rest meines Lebens gut auf weitere Kletterpartien verzichten konnte. »Mr Perkins würde uns nicht lassen!«

»Ich weiß, ich weiß«, sagte Daisy rastlos. »Mann!«

Verärgert las Daisy in *Aufruhr in Oxford* weiter (»Ich weiß, wer's war«, sagte sie irgendwann. »Ist total offensichtlich!«), dann lagen wir Ewigkeiten im Bett und redeten, bevor wir endlich einschliefen.

Als es klopfte, hatte ich den Eindruck, kaum die Augen geschlossen zu haben.

Ruckartig setzte ich mich erschrocken auf. Es klopfte weiter.

»Wer ist da?«, rief Daisy, während sie aus dem Bett kletterte und in ihren Morgenmantel schlüpfte.

»Ich bin's!«, antwortete Amanda auf dem Flur. »Steht auf, schnell! Im Maudlin ist was passiert!«

TEIL DREI

Weihnachtspastete und Mord

I

Erst als wir die Treppe hinuntergestolpert waren, dabei unsere Mäntel und Mützen übergestreift und uns (in meinem Fall) benommen den Schlaf aus den Augen gewischt hatten, begriff ich, dass der Himmel über uns noch schwarz war, gesprenkelt mit kalten Sternen. Als ich auf meine Armbanduhr schielte, sah ich, dass es an diesem Dienstagmorgen erst kurz nach sechs war. Ich gähnte und meine Augen tränten. Ich war verwirrt, gleichzeitig waren meine Nerven zum Zerreißen gespannt.

»Was ist los?«, fragte Daisy. Das Pförtnerhäuschen des St. Lucy's war verlassen. Amanda musste von einem hohen Vorsprung einen Schlüssel holen und kämpfte eine Weile mit der kleinen in das Tor eingelassenen Tür, bis wir ins Freie konnten. Das alles war mehr als bizarr – ich wusste, dass wir nachts nicht raus durften. Was war geschehen, dass Amanda die Regeln brach?

»Psst«, antwortete sie knapp. Die dunklen Ringe unter ihren Augen waren schlimmer denn je und ihre Wangen waren blass – obwohl daran auch die Kälte schuld sein mochte. »Kommt einfach mit.«

Donald!, fuhr es mir durch den Kopf. War ihm letztendlich etwas zugestoßen, etwas wirklich Schwerwiegendes?

Das Klacken unserer Stiefel hallte durch die verlassenen Straßen, in denen es neblig und kalt war. Um diese Zeit wirkte Cambridge, als wäre es einer Gruselgeschichte entsprungen. Ich kam mir vor, als wäre ich mitten in einen Roman hineingeraten. Beinahe kam ich ins Zweifeln, ob das alles real war oder ob ich noch träumte. Aber ich spürte deutlich das Pflaster unter meinen Füßen und die kalte Luft auf den Wangen.

Als wir die Pförtnerstube im Maudlin erreichten, war auch sie nicht besetzt und die Tür versperrt. Amanda hämmerte rufend dagegen. Endlich riss Mr Perkins die kleine Tür auf. Er wirkte schockiert. »Miss Price?«, fragte er. »Was machen Sie denn hier? Woher haben Sie es erfahren?«

Was erfahren?, überlegte ich. Ich klammerte mich an Daisys Arm und wir sahen uns an.

»Man hat mich angerufen«, antwortete Amanda kurz angebunden. »Der Anrufer meinte, im Maudlin sei etwas passiert, in Haus neun. Lassen Sie uns rein.« Sie stand aufrecht und sah fest entschlossen aus, wenn auch sehr bleich.

»Aber nicht die Mädchen. Sie haben Hausverbot!« Mr Perkins zeigte anklagend mit dem Finger auf uns.

»Das spielt doch nun keine Rolle!«, rief Amanda. »Lassen Sie uns endlich rein!«

Mr Perkins riss die Augen auf. Dann seufzte er. »Na schön – aber man wird Sie nur gleich wieder fortschicken«, meinte er. »Sie sollten nicht hier sein. Eben ist der Arzt gekommen.«

»Arzt?«, wiederholte Daisy, aber weder Mr Perkins noch Amanda reagierten darauf.

Wir wurden durch die Pförtnerstube gewunken und wandten uns anschließend nach links, um durch die Bogengänge zu eilen, genau wie zuvor. Über uns waren die Fenster dunkel, das College lag im Schlaf. Mit einer Ausnahme: Der Durchgang am hinteren Ende leuchtete hell; die Tür zu Haus neun stand weit offen. Wir legten einen Schritt zu, bis wir im Lichtschein standen.

»Hallo?«, rief Amanda und spähte nach oben. »Bertie? Wo seid ihr alle?«

Einige Stockwerke über uns schob sich ein Kopf über das Geländer. Er gehörte Michael Butler.

»Price«, sagte er – und bildete ich es mir ein oder bebte seine Stimme? »Was tun Sie hier?«

»Man hat mich angerufen«, erklärte Amanda. »Was ist passiert?«

»Kommen Sie hoch und sehen Sie selbst«, antwortete Michael. »Aber treten Sie nicht rein, verstanden?«

Mein Herz klopfte.

Wir rasten gemeinsam die Treppe hinauf – ein Absatz, dann der nächste. Wir befanden uns im Stock von Alfred Cheng, unter dem von Donald und Chummy, und als wir die letzten Stufen hinter uns brachten, sah ich es.

Am Fuß des letzten Treppenabschnitts glitzerte im Licht der Lampen eine große rote Lache. Inzwischen war ich an genügend Tatorten gewesen – was sich seltsam schreibt, aber nun mal so ist –, um zu erkennen, was das war.

Blut.

2

»Nicht reintreten!«, wiederholte Michael.

Er stand vor der Tür zum unbewohnten Zimmer von James Monmouth und stützte sich am Rahmen ab, als könnte ihm nichts anderes Halt geben.

»Wo ist Bertie?«, fragte Daisy, die Hände an ihren Seiten zu Fäusten geballt.

»Er ist da drin«, antwortete Michael und deutete hinter sich. »Redet mit dem Arzt. Price, was *soll* das? Wozu haben Sie die Mädchen mitgebracht?«

Ich spürte, wie Daisy sich entspannte. Immerhin ging es *Bertie* gut. Doch was war geschehen?

»Ich konnte sie nicht zurücklassen!«, sagte Amanda, als würde das alles erklären. »Ich habe doch gesagt, jemand hat mich angerufen. *Was* ist passiert?«

»Ich beaufsichtige hier die Lage«, sagte Michael. »Jemand muss es schließlich tun. Und was passiert ist … tja. Sehen Sie selbst …«

Seine Stimme war so gefasst wie möglich, trotzdem hörte ich deutlich das Zittern darin, wenn ich es auch nicht sah – all meine Aufmerksamkeit war auf die Blutlache gerichtet. War Donald schwer verletzt? War er *tot*?

»Mr Butler!«, rief jemand. »Lassen Sie es mich aufwischen, bitte!«

Wir alle blickten nach oben. Am oberen Ende der Treppe stand ein Mann in der Livree des Maudlin-College. Er war alt, grauhaarig und untersetzt, das runde Gesicht frisch rasiert.

»Moss, beherrschen Sie sich«, sagte Michael Butler.

»Ich kann nicht!«, rief der Mann. Das also musste Moss, der Bedder, sein. Mir fiel die kleine Tür zwischen Chummys und Donalds Apartments ein. Natürlich! Auch er musste schließlich irgendwo im Haus wohnen! »Bitte! Das ganze Blut … es ist zu furchtbar!«

»Moss, lassen Sie die Finger davon«, sagte Michael streng. »Herrgott noch eins, das ist jetzt nicht die richtige Zeit.«

In diesem Moment trat Bertie blass und mit hängenden Schultern aus Monmouths Apartment. Mit einem ziemlich großen Schrecken bemerkte ich das Blut an seinen Händen und seinen Pantoffeln – dieselben Hausschuhe, die ich auch auf Fallingford an ihm gesehen hatte.

»Der Arzt kann nichts mehr tun«, berichtete er mit bebenden Händen. »Er ist tot.«

Dann sah er uns, und Amanda. Und wenn überhaupt möglich, verlor sein Gesicht noch mehr Farbe. »Amanda … was machst du hier? Warum sind Daisy und Hazel …? Was tut ihr hier?«

»Man hat mich angerufen«, wiederholte Amanda noch einmal. »Jemand hat mich angerufen. Ich dachte, du wärst es gewesen. Etwa nicht? Was ist passiert, Bertie?«

Hinter ihm trat jemand aus dem Zimmer. Es war ein kleiner junger Mann mit braunem Haar in einem gestreiften Schlafanzug. Auf den ersten Blick hielt ich ihn für Chummy. Für mich stand fest, dass es Chummy sein musste. Doch dann betrachtete ich sein Gesicht – und bekam den Schock meines Lebens. Wer da vor mir stand, war keinesfalls Chummy. Es war Donald.

»Wo ist Chummy?«, fragte ich, bevor ich es mir verkneifen konnte. »Warum … warum ist nicht …?«

»Wo Chummy ist?«, wiederholte Bertie. »Er ist die Treppe heruntergefallen. Chummy ist *tot.*«

3

Ich geriet ins Taumeln. Die ganze Zeit über waren wir sicher gewesen, dass Donald in Gefahr schwebte. Er war der Ältere, der Erbe. Er war Opfer all der bisherigen Angriffe gewesen. Also warum um alles in der Welt war nun *Chummy* gestorben? Es war wie bei diesem Bild von der Dame vor ihrem Spiegel, in dem sich beim genauen Hinsehen keine Dame, sondern ein grinsender Totenschädel zeigt.

»Er ist nicht *gefallen*!«, sagte Donald scharf. Ich sah ihn an. Er wirkte arg mitgenommen, bleich – doch da war noch etwas an der Art seiner Haltung, etwas Angespanntes, fast Aufgeregtes. »Er ist seinem eigenen blöden Streich zum Opfer gefallen: ein Stück Angeldraht, das er am oberen Ende der Treppe gespannt hatte. Als er aus seinem Zimmer kam, ist er direkt darüber und dann die Stufen nach unten gestolpert.«

Schlagartig fiel mir der Draht ein, den Daisy in Chummys Zimmer gefunden hatte. In Chummys … *und* in Donalds Zimmer.

»Stimmt das?«, wollte Daisy von Bertie wissen.

Bertie nickte und sah dabei ganz grün aus. »Ist kurz nach zwei Uhr morgens passiert. Leider haben wir eben erst einen Arzt erreicht. Wir haben alles gelassen, wie es war – die Polizei wird es sich nachher ansehen müssen.«

Bertie kennt sich mit der Polizei bestens aus. In die Ereignisse auf Fallingford war er genauso verwickelt wie Daisy und ich, und auch wenn er mit größter Mühe so tut, als würde ihm die Sache längst nichts mehr ausmachen, weiß ich, dass es ihn noch ebenso verfolgt wie uns. Fallingford zählt wirklich zu unseren schlimmsten Fällen. Seinetwegen schrecke ich nachts noch immer aus dem Schlaf, weil er mir nicht aus dem Kopf geht. Es ist der Fall, über den Daisy und ich kaum reden, nicht einmal neun Monate später.

»Hast du gesehen, wie er gestürzt ist?«, fragte Daisy. Sie ging in ihren Detektivmodus über.

»Gesehen habe ich gar nichts«, antwortete Bertie schnell. »Ich war die ganze Zeit in meinem Zimmer. Kürbiskopf, *was* habt ihr hier verloren? Amanda, warum hast du sie mitgebracht?«

Etwas an der Art, wie er sein Alibi vorgetragen hatte, machte mir Sorgen. Es erschien mir nicht ganz richtig – es war so schwammig. Ein ungutes Gefühl beschlich mich, und so wie Daisy aussah, teilte sie meine Bedenken.

»Ich hab's doch schon gesagt, man hat mich angerufen«, sagte Amanda. »Das Telefon in unserem Haus im St. Lucy's hat geklingelt, ich habe abgenommen und erfahren, dass bei euch etwas passiert ist. Zuerst habe ich es für einen schlechten Scherz gehalten, aber nachdem ich eine Weile wach gelegen und darüber nachgedacht hatte, beschloss ich, der Sache nachzugehen. Und natürlich musste ich die Mädchen mitbringen – ich konnte sie ja nicht allein lassen. Ich dachte eigentlich, dass du derjenige warst, der angerufen hat.«

Bertie wirkte völlig aufgelöst. »Ich war das nicht! Butler hat den Arzt gerufen und danach habe ich die Polizei verständigt, aber das war alles. Bist du sicher, dass jemand aus dem Maudlin angerufen hat?«

»Natürlich bin ich nicht sicher!«, antwortete Amanda. »Du weißt selber, wie schlecht die Verbindungen hier immer sind. Jedenfalls hat der Anrufer behauptet, er würde vom Münzsprecher im Haus neun aus anrufen und etwas Grauenhaftes sei geschehen.«

Ich bekam eine Gänsehaut. Ein Phantom am Telefon. Das klang fast wie eine Gespenstergeschichte.

»Ich wundere mich, dass du überhaupt gekommen bist«, meinte Donald. »Chummy meinte ... also – gehst du uns nicht aus dem Weg?«

Amanda errötete und wich einen Schritt zurück. »Ich hatte viel zu tun.«

»Noch immer so viele Aufsätze zu schreiben?«, erkundigte sich Donald.

Sie sahen sich an – und meine Haut fing an zu prickeln. Schon wieder Aufsätze! Was hatte das nur zu bedeuten?

»Wells hat recht«, meldete sich Michael Butler zu Wort. »Ich habe nur den Arzt gerufen. Moss, haben *Sie* Miss Price informiert?« Moss schüttelte stumm den Kopf. »Dann muss es Cheng gewesen sein. Hey, Cheng! Kommen Sie aus dem Zimmer!«

Plötzlich fiel mir auf, dass das gesamte Haus hier versammelt war, abgesehen von einer Person: Alfred Cheng. Sein Apartment lag genau gegenüber von der Stelle, an der Chummy gelandet war. Warum war er nicht bei der Gruppe?

Da öffnete sich Alfreds Tür und er erschien in einem prächtigen Seidenpyjama und mit einem genervten Ausdruck im Gesicht.

»Was ist denn?«, fragte er mürrisch.

»Haben Sie Miss Price angerufen?«, wollte Michael wissen.

»*Heute Nacht?* Wozu sollte ich das machen? Habt ihr alle den Verstand verloren?« Verärgert sah er in die Runde.

»Ich fasse es nicht, dass Sie wieder ins Bett sind«, meinte Michael. »Sie bringt wohl nichts aus der Ruhe, was?«

»Irgendwann muss jeder mal schlafen«, entgegnete Alfred. »Und was kann ich schon ausrichten? Er war ja schon gefallen.«

»Cheng, Chummy ist *tot*!«

»Und Sie haben noch nie einen Toten gesehen?«

»*Ich* schon«, sagte Bertie. »Genau deshalb ist es mir nicht egal.«

»Mein Onkel wurde letztes Jahr erschossen«, erzählte Alfred. »Auf offener Straße. Der Tod ist überall. Warum sollte ich mich wegen einem weiteren Toten aufregen?«

Seine Worte waren so kaltblütig, dass ich schauderte. Doch dann fiel mir der Streit zwischen Alfred und Chummy ein – wie grausam Chummy mit ihm umgesprungen war – und glaubte, vielleicht zu verstehen, warum Alfred wieder in seinem Zimmer verschwunden war und warum Chummys Tod ihm nicht leid tat.

4

Die Tür zu dem Zimmer, in das man Chummy gebracht hatte, öffnete sich erneut. Diesmal trat ein Arzt mit Brille und sehr kurzem silbernem Haar zu uns heraus.

»Verstorben«, sagte er knapp zu Michael. »Ich konnte nichts mehr für ihn tun. Er hatte zu viel Blut verloren. Selbst wenn ich früher hier gewesen wäre – Sie sagten, er wäre kurz nach zwei gestürzt –, hätte ich nichts ausrichten können. Ein äußerst unglücklicher Unfall. Die Polizei ist bereits verständigt, oder? So ungern ich Ihnen weitere Unannehmlichkeiten beschere, aber die Beamten müssen sich einen Überblick über die Ereignisse verschaffen, bevor ich erlauben kann, dass man den Toten bewegt. Der Totenschein kann vorher ebenfalls nicht ausgestellt werden.«

»Die Beamten sind informiert«, bestätigte Michael. »Der Master hat darum gebeten, dass Sie zu ihm kommen und mit ihm reden, wenn Sie hier fertig sind – er ist in seiner Wohnung, gleich hinter dem Don-Garten und der Bibliothek. Ich kann Sie hinbringen, wenn Sie möchten. Donald, als nächster Angehöriger kommen Sie am besten ebenfalls mit. Wells, kümmern Sie sich um alles, während ich fort bin?«

Bertie nickte und Michael geleitete den Arzt und Donald die Treppe hinab. Alfred zog sich erneut in sein Zimmer zurück, sodass Bertie, Daisy, Amanda und ich allein zurückblieben. Sprachlos tauschten wir Blicke aus. Mir brannten so viele Fragen auf der Seele – es gab so vieles, was ich wissen musste. Nur wo sollte ich überhaupt anfangen?

Dann bemerkte ich etwas. Moss, der Bedder, war wieder in den obersten Stock gegangen und kniete nun auf der letzten Stufe, wo er mit etwas hantierte. Es musste sich um den Draht handeln, die Angelschnur, über die Chummy gestolpert war.

»Daisy!«, sagte ich dringlich. »Bertie!«

Aufgeschreckt wirbelte Bertie herum und brüllte: »Moss! Fassen Sie das nicht an!«

»Der Draht kann hier nicht bleiben!«, sagte Moss. »Was, wenn gleich der Nächste darüber stolpert?«

Ich war zu Tode entsetzt, und nach der Art zu urteilen, wie Daisy die Luft einsog, ging es ihr nicht anders. Vor unseren Augen wurden Beweise vernichtet! Ich stellte mir die Fingerabdrücke vor, die man hätte finden können, bevor Moss sich ans Werk gemacht hatte.

»Keiner wird stolpern!«, sagte Bertie, während er einige Stufen nach oben sprang. »Mensch, lassen Sie das, die Polizei muss den Unfall untersuchen können. Es wird nur noch ein paar Stunden dauern. Finger weg, sage ich!«

»Ich will nur Ordnung schaffen!«, sagte Moss beleidigt.

Ich stutzte und dachte an die Zimmer von Chummy und Donald. Beide waren ziemlich unordentlich. Warum war Moss Ordnung auf einmal so wichtig?

»Hätte ich das Ding vorm Schlafengehen gestern Abend bemerkt, hätte ich ihn weggeräumt«, fuhr er fort.

»Wann sind Sie denn schlafen gegangen?«, fragte Daisy schnell.

Moss blinzelte. »So gegen halb eins«, antwortete er. »Gut, von mir aus! Ich lasse das Ding, wo es ist.« Er trat weg. Als ich aufschaute, sah ich deutlich, woran er gewerkelt hatte. Ein dünnes, straff gespanntes Stück Draht erstreckte sich über die oberste Stufe. Das eine Ende war am Geländer festgebunden, das andere an einem Nagel, der in der Bodenleiste steckte. Ich ging ein paar Stufen zu Bertie hoch. Von hier aus fiel mir auf, dass der Nagel neu wirkte, was ich in meinem Hirn als möglicherweise wichtig abspeicherte.

»Bertie«, wisperte Daisy, die sich neben uns stellte. »Diese Angelschnur. Hast du so eine schon mal gesehen?«

Bertie starrte sie an. »Ich … na ja. Versprecht ihr mir, keinem was zu sagen?«

Wir nickten.

»Na schön. Das sieht wie eine Wurfleine aus. Muss Chummy gehören. Wir haben alle eine. Beim Klettern benutzt man sie, um Seile dahin zu schleudern, wo man sie braucht.«

»Bist du sicher, dass es die von Chummy ist?«

»Was denn sonst?!«, meinte Bertie. »Chummy hat den Streich vorbereitet, Kürbiskopf. Dazu hätte er dann ja auch sicherlich seine eigene Leine genommen!«

Doch Daisy und ich sahen uns zweifelnd an. Chummy hatte in der Tat eine Angelschnur, das hatten wir selbst gesehen – aber das traf auch auf Donald zu. Wir hatten uns getäuscht, wer das Opfer sein würde. Wo hatten wir uns sonst noch geirrt?

5

»Ich rufe noch einmal bei der Polizei an«, erklärte Bertie. »Manda, du passt hier auf.«

Er polterte nach unten und wir hörten, wie er von dem Apparat vor seinem Zimmer aus telefonierte. Seine Stimme drang durch den Zwischenraum im Treppenhaus zu uns herauf.

»Jemand ist schon unterwegs? Ganz bestimmt? Ja, ich weiß, welcher Tag heute ist – aber mein Freund ist *tot*. Nun kommen Sie, Mann!«

Armer Bertie!, dachte ich. Er gehört zu der Sorte Mensch, die Betroffenheit mit Ärger maskieren wollen.

Alles schien so unwirklich. So viel Trubel, mitten in der Nacht. Sollte heute Abend tatsächlich Weihnachten sein?

Doch dann machte die Hazel, die Ferien machte, der Detektivin in mir Platz. Jemand war gestorben, direkt vor unserer Nase, und wir befanden uns am Tatort. Das veränderte den Fall – es veränderte alles –, und es lag an uns, weiter zu ermitteln.

Wie immer war ich sehr froh, Daisy zur Komplizin zu haben. Augenblicklich stürzte sie sich auf Amanda.

»Was ist wirklich passiert? *Sag's* mir!«

Amanda erschrak. »Wovon redest du?«

»Ich will wissen, warum du uns geweckt hast!«, sagte Daisy. »Warum sind wir hier? Warum bist *du* hier?«

Das war eine gute Frage.

»Ich konnte euch nicht zurücklassen!« Amanda verschränkte die Arme und sah uns mürrisch an.

»Aber wir haben geschlafen«, sagte ich langsam. »Wir wären noch einige Stunden klargekommen. Außerdem habe ich dich nicht telefonieren hören. Das Telefon im St. Lucy's steht am gleichen Platz wie hier, mitten im Treppenhaus, und ich habe es nicht klingeln hören, auch nicht, dass du mit jemandem geredet hättest. Ich habe gar nichts gehört, bis du an unsere Tür geklopft und uns gerufen hast.«

Amanda schien in Verlegenheit zu geraten. »Natürlich hast du nichts mitbekommen! *Unser* Telefon klingelt sehr leise. Ich hätte es selbst nicht gehört, läge mein Zimmer nicht direkt daneben. Und auch ich habe leise gesprochen.«

»Hm«, machte Daisy. »Also … du bist aufgewacht und ans Telefon gegangen. Wie spät war es da?«

»Etwa halb drei«, antwortete Amanda geradeheraus.

»In Ordnung, danach bist du also wieder ins Bett, bist um sechs aufgestanden, hast uns geweckt und hierher gebracht, weil du urplötzlich davon überzeugt warst, dass der Anruf von diesem mysteriösen Anrufer doch kein Telefonstreich war?«

»Genau«, sagte Amanda. »So war es. Lasst mir doch meine Ruhe. Es … ich bin müde. Es gibt so viel zu tun und jetzt ist auch noch Chummy *tot* …« Schluchzend verstummte sie und Tränen rannen über ihr Gesicht. Warum war sie auf einmal so mitgenommen?

Da kam Bertie die Treppe nach oben gepoltert. »Manda!«, rief er, als er ihre Tränen sah. »Kürbiskopf, hör endlich auf, alle Welt verrückt zu machen! Die Polizei sollte jeden Moment hier sein. Und dann solltet ihr alle gehen. Ihr könnt nicht bleiben. Ihr habt nichts damit zu tun!«

»Oh doch!«, sagten Amanda und Daisy im Chor. Beide unterbrachen sich und sahen sich an.

»Ich bin deine Schwester«, sagte Daisy.

»Ich bin deine Freundin«, sagte Amanda. »Wir können dich jetzt nicht allein lassen.«

»Natürlich könnt ihr das!«, rief Bertie. »Ich bin älter als du, Kürbiskopf. Ich will nicht, dass du in diese Sache verwickelt wirst. Warum müsst ihr euch nur immer wieder einmischen?«

Daisy und Amanda sahen beide sehr verletzt aus.

Dann ertönte von unten ein Rufen. »Mr Butler?«, schrie Mr Perkins. »Hallo? Der Polizist ist hier!«

6

Ich dachte, ich wüsste inzwischen, wie Polizeiermittlungen aussahen: Männer in schweren Mänteln und Hüten, voller Autorität. Doch der Polizist, der die Treppe zu uns hochstieg, ließ mich einsehen, dass ich lediglich wusste, wie Ermittlungen aussahen, die von Inspektor Priestley, unserem Polizisten aus Deepdean, geleitet wurden. Dieser Beamte hier war nicht einmal Inspektor, sondern nur ein Bobby in blauer Uniform. Er war kahl und hatte so blaue Augen wie ein Baby. Unter seiner Polizeijacke wölbte sich sein Bauch und sein Gesicht war von dem Aufstieg ganz erhitzt. Nachdem er uns gemustert hatte, räusperte er sich.

»Polizeiwachtmeister Cross«, stellte er sich vor. »Guten Morgen. Wie ich höre, hat es einen Unfall gegeben. Wer hat hier das Sagen?«

»Mr Butler, doch der ist eben zum Master«, berichtete Bertie. »Er kommt bald zurück. Ich bin Bertie Wells.«

»Mr Wells, guten Morgen. Und … was verschlägt Sie drei hierher?« Er betrachtete Amanda, Daisy und mich argwöhnisch.

»Die Mädchen sind aus dem St. Lucy's«, sagte Bertie. »Das sind meine Schwester, Daisy Wells, und ihre Freundin, Hazel Wong, und das ist meine Freundin Amanda Price.«

»Man hat mich angerufen«, sagte Amanda schon wieder, als wäre das Erklärung genug.

»Und es war ein … Mr *Melling*, der die Treppe hinuntergestürzt ist?«, fragte Cross. Es klang, als würde er eine Liste in seinem Kopf durchgehen. Besonders selbstsicher wirkte er nicht.

»Ja«, antwortete Bertie knapp.

»Dann bin ich hier, um Mr Mellings Tod zu untersuchen«, sagte Cross. »Erzählen Sie mir, was passiert ist, wenn Sie so freundlich wären.«

»Es war ein Unfall«, berichtete Bertie. »Ein dämlicher Unfall! Er hat auf der obersten Stufe eine Leine gespannt, weil er einen Streich spielen wollte, und ist dann selbst darübergestolpert.«

»Hat er so etwas öfter gemacht?«, fragte Cross.

»Ja«, antwortete Bertie. »Er fand es witzig, andere aufs Kreuz zu legen – vor allem seinen Bruder Donald. Hören Sie, können die Mädchen gehen? Sie haben mit all dem hier nichts zu tun.«

»Gleich.« Cross hielt die Hände hoch. »Zuerst möchte ich alle verhören – ich will möglichst sämtliche Details zu dem Vorfall erfahren. Miss Price, erklären Sie mir bitte diesen Anruf näher.« Er wandte sich an Amanda und blickte sie forschend an.

»Jemand hat mich aus diesem Haus angerufen, um mir mitzuteilen, dass es einen Unfall gegeben hat«, meinte Amanda. »Deshalb sind wir drei hier.«

»Wer?«

»Das weiß ich nicht, aber angeblich hat er den Münzapparat weiter unten benutzt«, sagte Amanda. »Ich verstehe nicht, warum das wichtig ist!«

»Tja …«, setzte der Polizist an, doch in diesem Moment drangen vom Durchgang her Stimmen zu uns. Ich hörte Michael Butler und Donald – und einen weiteren Mann. Aber ich hörte auch –

»Menschenskind!«, stieß Bertie aus. »Was macht Tante E denn hier?«

7

Schritte stürmten die Treppe hoch, dann standen wir Tante Eustacia gegenüber. Sie war außer sich vor Wut. »Hier steckt ihr!«, rief sie mit vorgerecktem Kinn. Ihre Augen sahen aus, als wollten sie uns geradewegs durchbohren. »Price! Ich hatte Ihnen aufgetragen, auf sie aufzupassen. Und Sie schleppen sie zu einem *Todesfall*!«

Hinter ihr erschien ein hoch gewachsener, ziemlich knöchern wirkender alter Mann in Kappe und Robe. Sonntagabend hatten wir ihn beim Abendessen gesehen, fiel mir ein – es war der Master des Maudlin. »Eustacia«, sagte er. »Es tut mir so leid, ich hatte ja keine Ahnung, dass *Frauen* im College sind.«

»Entschuldigung angenommen, Master«, erwiderte Tante Eustacia. »Price, ich verlange auf der Stelle eine Erklärung.«

»Man hat mich angerufen«, wiederholte Amanda verbissen. Das schien ihre Antwort auf alles zu sein – und mit jeder Wiederholung kam mir ihre Geschichte merkwürdiger vor. »Ich hielt es für das Beste, sie in meiner Nähe zu behalten.«

»Was Sie nicht sagen!«, rief Tante Eustacia. »Eine absolut dämliche Entscheidung, Price. Im Ernst, von Ihnen hätte ich Besseres erwartet. Ich hoffe, Sie schämen sich.«

»Es tut mir leid, Miss Mountfitchet.« Amanda machte den Eindruck, als würden ihr jeden Moment die Tränen kommen. »Aber man hat mich wirklich angerufen. Ich dachte, Bertie könnte derjenige sein, der verletzt ist, deswegen habe ich die Mädchen mitgenommen.«

»Uns geht es bestens, Tante Eustacia«, sagte Daisy. »Wirklich! Mach dir um uns keine Sorgen.«

Tante Eustacia fixierte sie mit ihrem durchdringenden Blick. »Es ist meine Aufgabe, mir um euch Sorgen zu machen, Daisy Wells. Deine Aufgabe ist es, sicherzustellen, dass ich keinen Grund dazu habe. Und jetzt muss ich dich und Miss Wong bitten, mich und Miss Price zurück ins St. Lucy's zu begleiten. *Sofort.*«

»Tante Eustacia!«, rief Daisy. »Warte doch! Ich kann Bertie nicht allein lassen!«

»Und ob du das kannst«, entgegnete Tante Eustacia.

»Miss Wells«, sagte der Master. »Sie sollten überhaupt nicht hier sein. Diese Angelegenheit geht allein das Maudlin an. Ein Student unseres Hauses kam unter höchst grauenhaften Umständen ums Leben und nun ist es an uns, die Situation in die Hand zu nehmen. Zudem hat man mich aus zuverlässiger Quelle darüber informiert, dass Mr Butler Sie gestern darum gebeten hat, dem Maudlin College fernzubleiben, und noch hat man Sie nicht offiziell wieder zugelassen. Also bitte gehen Sie auf der Stelle. Wachtmeister Cross, danke, dass Sie so schnell erschienen sind. Ich hoffe, Ihre Ermittlungen dauern nicht allzu lange?«

»Keine Ursache, Master«, entgegnete Cross höflich. »Der Fall scheint eindeutig, trotzdem gibt es einige Umstände, die ich verstehen möchte. Wenn ich Miss Price nur rasch befragen könnte –?«

»So leid es mir tut, Miss Price kommt mit mir«, entschied Tante Eustacia. »Sie kann mit dem Tod überhaupt nichts zu tun haben. Ich wünsche Ihnen allen gutes Gelingen bei Ihrer Wahrheitssuche. Guten Morgen, Master.«

Sie legte erst mir und dann Daisy eine schmale, aber feste Hand auf die Schulter, manövrierte uns hinter Amanda und scheuchte uns drei dann mit der Gewalt einer brechenden Welle die Treppe nach unten. Wir waren machtlos gegen sie, genau wie Polizeiwachtmeister Cross, obwohl mir seine Miene im Vorbeigehen deutlich verriet, dass er noch immer neugierig wegen Amanda war. Man merkte ihm an, dass er mit Methode arbeitete, und ich hatte das ungute Gefühl, dass wir ihn nicht zum letzten Mal gesehen hatten.

»Tante Eustacia!«, sagte Daisy. »Müssen wir wirklich zurück ins St. Lucy's?«

»Was für eine Frage?!«, empörte sich Tante Eustacia. »Wo bitte meinst du denn sonst hinzumüssen, Daisy?«

Daisy schwieg.

»Es ist sowieso Zeit zum Frühstücken«, meinte Tante Eustacia. »Zieht euch um, dann erwarte ich euch im Speiseraum. Brav und artig. Haben wir uns verstanden?«

»Ja, Tante Eustacia«, antwortete Daisy höflich. »Sehr wohl, Tante Eustacia.«

Doch als wir die Brücke überquerten, drehte sie sich zu mir um und zwinkerte mir zu. Da wusste ich, dass Daisys Pläne weit mehr als nur Frühstück beinhalteten.

8

»Was machst du da?«, fragte Amanda. Wir waren im Speiseraum, so früh, dass das Teewasser erst aufgesetzt wurde und der Toast ganz blass war, weil der Herd noch nicht die entsprechende Temperatur hatte.

»Meine Weihnachtsliste fertigstellen, was sonst?«, entgegnete Daisy. »Willst du mal sehen?«

Wie Daisy sagen würde: Menschen sind herrlich berechenbar – gibt man ihnen die Gelegenheit, etwas zu sehen, verlieren sie sofort das Interesse.

»Du hast Nerven«, antwortete Amanda. »Ihr wollt heute wirklich Weihnachtseinkäufe erledigen?«

»Das wird uns ablenken«, erklärte Daisy. »Bestimmt hat Tante Eustacia nichts dagegen. Außerdem liefert es dir die perfekte Ausrede, um an deinen Aufsätzen weiterzuschreiben.«

»Ist geritzt«, sagte Amanda sofort.

»Also …«, meinte Daisy. »Die Liste. Wenn du nichts dagegen hast …?«

Sobald Amanda wieder auf der anderen Seite des Speiseraums war und sich in das Buch, das sie gerade las, vertieft hatte, flüsterte Daisy mir zu: »Wie du dir denken kannst, ist die Liste bloße Tarnung! Wir müssen in die Stadt, um nach weiteren Spuren zu suchen. Aber zuerst müssen wir eine Detekteibesprechung abhalten, um die wichtigen neuen Ereignisse in dem Fall durchzugehen. Es hat einen *Mord* gegeben. Noch dazu mit dem falschen Opfer!«

»Ich weiß!«, flüsterte ich zurück. »Wie hat es Chummy treffen können? Es hätte Donald sein müssen – er ist der Erbe, außerdem war er derjenige, der bei den bisherigen Anschlägen verletzt worden ist. Es sei denn … Glaubst du, was Bertie erzählt hat, stimmt? Dass Chummy die Angelschnur gespannt hat und aus Versehen selbst darübergestolpert ist?«

»Tja«, meinte Daisy, »es ist die offensichtlichste Erklärung.«

»Und hältst du sie für wahr?«, hakte ich nach.

»Nein! Keine Sekunde lang. Wer stolpert schon über seine eigene Falle? Das wäre idiotisch und Chummy kam mir nicht wie der letzte Idiot vor. Aber es gibt einen noch viel besseren Grund, warum ich nicht glaube, dass Chummy den Draht gespannt hat.«

»Und welchen?«

»Wir haben Chummys Zimmer gestern Nachmittag durchsucht und sind seine Sachen durchgegangen. Es stimmt, wir haben Angeldraht bei ihm gefunden, exakt die Sorte, die für die Stolperfalle verwendet wurde. Allerdings sind wir auch auf Donalds Jackett gestoßen, das Chummy zugenäht hatte. Und was verrät uns das? Chummy traf gestern tatsächlich Vorkehrungen für einen Streich, nur hatte der nichts mit einer Angelschnur zu tun. Sein Draht lag ziemlich nachlässig am Boden seines Kleiderschranks herum, als hätte er nicht vorgehabt, ihn in nächster Zeit zu benutzen. Das Jackett sollte ein übler Scherz sein, um Donald zu ärgern, aber nicht, um ihn zu töten – anders als die Angelschnur, die *eindeutig* das Ziel hatte, jemanden ernsthaft zu verletzen. Und noch etwas: Warum sollte Chummy sich die Mühe machen, das Jackett zuzunähen, hätte er vorgehabt, Donald noch am selben Abend umzubringen? Das ist unlogisch.« Daisy schüttelte den Kopf. »Nein, Hazel, ich glaube, wir können ausschließen, dass Chummy diese Falle gestellt hat – und *das* bringt mich auf eine sehr interessante andere Theorie. Wir haben doch angenommen, dass Chummy hinter allem steckt, hinter den dämlichen Streichen *und* den ernsteren Angriffen auf Donald, richtig?«

Ich nickte.

»Nun, was wenn Chummy zwar die dummen Streiche spielte, aber *nicht* der Attentäter war? Was, wenn jemand die Streiche quasi als Deckung genutzt hat, um seine eigenen, und zwar tödlichen Pläne umzusetzen: den Wassereimer, den vergifteten Portwein, den Teich und schließlich die Angelschnur? Falls ja, gibt es zwei Möglichkeiten: Entweder Donald steckt hinter den Attentaten und tappte *absichtlich* in seine eigenen Fallen, um alle auf eine falsche Fährte zu führen – bis zu seiner letzten Attacke auf Chummy gestern Nacht. Das ist unwahrscheinlich, aber nicht undenkbar. Oder es gibt einen Dritten, jemand, der ebenfalls im Haus wohnt und sowohl gewieft als auch skrupellos ist, jemand, der Chummy loswerden wollte, egal, ob dabei noch andere verletzt werden könnten. Siehe Donald.«

»Du glaubst, *Chummy* könnte die ganze Zeit das eigentliche Ziel gewesen sein?«, fragte ich. »Obwohl bisher Donald sämtlichen Streichen auf den Leim gegangen ist? Obwohl Donald der Reiche ist?«

»Nun ja, noch ist er nicht reich«, sagte Daisy. »Und selbst wenn – niemand würde dem Geld durch Donalds Tod näher kommen. Chummy andererseits … na, du hast es ja erlebt. Der Großteil von Cambridge hat ihn vielleicht gemocht, aber in Haus neun wurde er von fast allen gehasst. Vor allem von seinem älteren Bruder.«

»In Donalds Zimmer haben wir ebenfalls eine Angelschnur gefunden!«, sagte ich. »Er könnte die Falle gebaut haben. Nur … was, *wenn* einer der anderen dahintersteckt?«

»Weißt du, das ist interessant«, sagte Daisy. »Denk bloß an all die früheren Anschläge – nicht die Streiche. Abgesehen von dem Vorfall mit dem Eimer über der Tür, war Donald nie allein, oder? Als er von den Steinbrocken getroffen wurde, war er gemeinsam mit Bertie, Chummy und Alfred klettern. Als er auf der Party von dem Mistelport trank, waren alle dabei. Als Donald in den Teich fiel, waren ebenfalls eine Menge Leute im Hof. Wir hielten es für am wahrscheinlichsten, dass Chummy Donald an den Kragen wollte, doch nun ist Chummy tot und wir müssen wohl oder übel einsehen, dass wir die Sache bisher völlig falsch betrachtet haben. Ja, Hazel, ich glaube, wir müssen davon ausgehen, dass Chummy von Anfang an das Ziel war. Und letzte Nacht hat der Attentäter endlich sein eigentliches Opfer erwischt!«

Ich dachte darüber nach, dass bei dem Großteil der Attacken mehrere Menschen anwesend gewesen waren. »Dann könnte es jeder aus dem College sein! Jeder in ganz Cambridge!«

»Das stimmt so nicht«, erwiderte Daisy. »Für einige der Mordversuche mag das gelten, ja. Aber da sie in den Ferien nicht abrissen, wissen wir, dass nur jemand infrage kommt, der jetzt an Weihnachten im Maudlin ist. Und vergangene Nacht hat die Sache noch einmal stark eingeschränkt. Durch unsere Begegnungen mit Perkins wissen wir, dass er den Eingang zum Maudlin sorgsam bewacht und das Haupttor jeden Abend um elf absperrt. Außerdem wissen wir, dass zur selben Zeit Michael Butler den Zugang zu Haus neun absperrt. Der Arzt erwähnte, dass Chummy kurz nach zwei Uhr morgens gestürzt ist. Sagen wir 2 Uhr 05. Sofern Moss die Wahrheit sagt und er gegen halb eins zu Bett gegangen ist, steht fest, dass die Falle nach 0 Uhr 30 gestellt wurde, was bedeutet, dass die Einzigen, die den Draht zwischen 0 Uhr 30 und 2 Uhr gespannt haben können, die Bewohner von Haus neun sind. Also: Donald, Alfred, Michael, Moss – und vermutlich auch Perkins, da er einen Schlüssel zum College hat.«

»Und Bertie«, ergänzte ich.

»Hazel!«

»Ich weiß, dass er so was nie machen würde!«, sagte ich. »Natürlich nicht. Trotzdem müssen wir sein Alibi feststellen.«

Daisy funkelte mich an. »Ehrlich, Hazel. Wie kannst du so was auch nur denken?«

Doch ihrem Tonfall hörte ich an, dass sie sich ebenfalls Sorgen machte. Die Liste der Verdächtigen war nicht lang – und Bertie hatte sich verdächtig verhalten, als wir ihn gefragt hatten, wo er sich vergangene Nacht aufgehalten hatte. Warum?

9

»Um mit den *besseren* Verdächtigen weiterzumachen«, sagte Daisy und warf mir einen finsteren Blick zu. »Donald ist natürlich hochgradig verdächtig. Er hasste Chummy und, was wichtiger ist, er stand total unter seiner Kontrolle. Du hast ihre Gespräche über die Party selbst gehört. Donald hatte Angst, dass Chummy ihn zwingen würde, ihm das Geld abzutreten – wir wissen, er *wollte* diese Mine kaufen, aber wer weiß, ob er damit durchgekommen wäre, solange Chummy noch am Leben war? Wir haben die Angelschnur in seinem Zimmer gefunden und er war bei allen Angriffen anwesend. Wie wir bereits festgestellt haben, könnte es ein reines Ablenkungsmanöver gewesen sein, dass es bisher nur ihn getroffen hatte – so kommt keiner auf die Idee, er selbst könnte dahintersteckeen. Doch immerhin hat er alle überlebt!«

Ich dachte daran, wie Donald im Teich gekämpft hatte, und hatte so meine Zweifel. Es kam mir viel zu riskant vor.

»Alfred hasste Chummy ebenfalls«, sagte ich. »Chummy hat ihn abscheulich behandelt, weil er kein Brite ist, und womöglich wollte Alfred ihn dafür bestrafen, weil Butler eben das versäumt hatte. Er gehört zu den Nachtkletterern, also hat er bestimmt Angeldraht. Und auch er war bei allen Vorfällen anwesend.«

»Korrekt. Zudem verhielt Alfred sich nach Chummys Sturz auffällig. Michael musste ihn erst aus seinem Zimmer holen. Warum sollte er sich vom Tatort dermaßen fernhalten, hätte er nichts zu verbergen?«

»Was ist mit Moss?«, fragte ich. Die Detektivseite meines Gehirns machte sich an die Arbeit. »Sein Zimmer liegt im obersten Geschoss, zwischen denen von Donald und Chummy. Er war direkt am Tatort!«

»Ein offensichtliches Motiv ist uns zu diesem Zeitpunkt nicht bekannt, allerdings hat er sich verdächtig benommen. Er versuchte, Beweismaterial zu vernichten!«, sagte Daisy. »Ja, Moss ist mir sofort in den Sinn gekommen. Und auch Michael Butler – er hat noch kein Motiv, aber er war da. Obwohl er kein Kletterer ist, hat er Zugang zu sämtlichen Räumen. Ohne dass jemand etwas bemerkt hätte, hätte er sich Angeldraht beschaffen können. Ausschließen können wir ihn jedenfalls nicht! Gibt es sonst noch etwas zu notieren?«

»Perkins«, meinte ich. »Wahrscheinlich scheint er nicht, aber er hätte die nötigen Schlüssel – zumindest müssen wir ihn erst ausschließen. Und wir wissen, dass Amanda den Mord nicht begangen haben kann. Sie war gestern Nacht nicht in Haus neun. Nur ... war ihre Geschichte nicht komisch? Sie ergibt keinen Sinn. Ich habe keinen Anruf gehört, du? Noch dazu will keiner sie angerufen haben.«

Ich schaute zu Amanda, um sicherzugehen, dass sie nicht mithörte. Doch sie war völlig in ihrem Buch versunken. Die Geschichte von dem Anruf wollte mir von Anfang an nicht in den Kopf gehen. So vieles daran stimmte einfach nicht. Amanda war schlau. Warum sollte sie den Anrufer nicht fragen, wer er war, oder die Vermittlung zurückrufen, um festzustellen, ob man sie tatsächlich vom Maudlin aus kontaktiert hatte?

»Oh, absolut, Hazel!«, sagte Daisy. »An der Sache ist was faul! Wozu sollte überhaupt jemand aus Haus neun, außer Bertie, Amanda am Tatort haben wollen? Oder ...«

»... hat sie einfach nur gelogen?«, beendete ich ihren Satz.

Daisy nickte. »Oder *hat* sie einfach nur gelogen? Immerhin haben wir sie nicht telefonieren hören! Hazel, ich glaube, du musst sie auf die Liste der Verdächtigen setzen. Etwas stimmt bei ihr nicht und wir müssen herausfinden, was! Und warum hat Chummys Tod sie auf einmal so mitgenommen? Sie hat kein Geheimnis daraus gemacht, dass sie ihn nicht leiden konnte.« Daisy lächelte grimmig. »Ich glaube, wir sind fast fertig. Unsere Liste der Verdächtigen steht. Nun müssen wir nur noch entscheiden, wie wir die Ermittlungen angehen wollen. Einigen Spuren können wir in der Stadt nachgehen – zum Beispiel dem Angeldraht. Aber wirklich wichtig wäre es, wieder ins Maudlin zu kommen. Nur wie? Gerade erst wurde uns noch einmal überdeutlich Hausverbot erteilt, noch dazu durch den Master höchstpersönlich.«

»Ich glaube, ich habe da eine Idee«, sagte ich langsam. »Ich stelle unsere Verdächtigenliste fertig ... aber dann müssen wir uns mit den Junior Pinkertons treffen.«

Liste der Verdächtigen

1. *Bertie Wells.* MOTIV: Unbekannt. GELEGENHEIT: Er wohnt in Haus neun und war dort, als man die Stolperfalle vorbereitet haben muss. ALIBI: Behauptet, in seinem Zimmer gewesen zu sein. Stimmt das? ANMERKUNGEN: Er ist Maudlin-Student und ein Nachtkletterer. Er hatte die Gelegenheit, alle vorherigen Angriffe zu begehen.

2. *Donald Melling.* MOTIV: Er ist Chummys älterer Bruder, wurde aber ständig von ihm kontrolliert. Nachdem Chummy tot ist, kann er das Geld, das er an seinem Geburtstag erbt, ausgeben, wie er möchte. GELEGENHEIT: Er wohnt in Haus neun und war dort, als man die Stolperfalle vorbereitet haben muss. In seinem Zimmer fanden wir Angeldraht. ALIBI: Noch keins. ANMERKUNGEN: Er ist Maudlin-Student und ein Nachtkletterer. Er hatte die Gelegenheit, alle vorherigen Angriffe zu begehen – auch wenn es den Anschein hat, als wäre er ihnen zum Opfer gefallen. War das möglicherweise nichts als ein cleveres Ablenkungsmanöver?

3. *Alfred Cheng.* MOTIV: Er hasste Chummy und wurde dabei gehört, als er sagte, Chummy würde sein Verhalten noch bereuen. GELEGENHEIT: In der Mordnacht war er in Haus neun. ALIBI: Noch keins.

ANMERKUNGEN: Er ist Maudlin-Student und ein Nachtkletterer. Er hatte die Gelegenheit, alle vorherigen Angriffe zu begehen. Verdächtiges Verhalten festgestellt: Nach Chummys Sturz verschwand er in seinem Zimmer – warum?

4. *Michael Butler.* MOTIV: Noch keins. GELEGENHEIT: Er wohnt in Haus neun und war in der Mordnacht dort. ALIBI: Noch keins. ANMERKUNGEN: Er gehört zum Maudlin. Er könnte möglicherweise für die Tür, den Mistelzweig und den Teich verantwortlich sein, jedoch nicht für den Kletterunfall. Er ist kein Nachtkletterer, allerdings könnte er die Angelschnur aus einem Zimmer der anderen genommen haben.

5. *Moss.* MOTIV: Noch keins. GELEGENHEIT: War in der Mordnacht im Haus neun. ALIBI: Behauptet, gegen 0 Uhr 30 zu Bett gegangen zu sein, als die Falle noch nicht gestellt war. Stimmt das? ANMERKUNGEN: Er ist kein Nachtkletterer, allerdings könnte er die Angelschnur aus einem Zimmer der anderen genommen haben. Wurde beim Zerstören von Beweisen beobachtet.

6. *Mr Perkins.* MOTIV: Noch keins. GELEGENHEIT: Wohnt im Maudlin, allerdings nicht in Haus neun – jedoch hat er Schlüssel. ALIBI: Noch keins. ANMERKUNGEN:

Könnte er all die vorherigen Fallen vorbereitet haben? Scheint sehr unwahrscheinlich. Wir müssen sein Alibi in Erfahrung bringen.

7. Amanda Price. War in der Mordnacht nicht in Haus neun, behauptet aber, man habe sie mitten in der Nacht angerufen. Stimmt das – und falls nicht, warum sollte sie lügen?

TEIL VIER

Kakao und Kriminologie

I

Als wir am King's College vorbeikamen, standen dort Sternsinger, die umwabert von ihren Atemwölkchen Weihnachtslieder zum Besten gaben. Alles verbreitete Weihnachtsstimmung – die hellen Schaufenster, die mit hübschen Schnüren verbundenen Päckchen, die Tannenbäume und Stechpalmenzweige, die Schinkenhälften und die armen schlaff herabhängenden Gänse, die von rotwangigen Menschen auf Schultern und Fahrrädern nach Hause transportiert wurden. Während wir uns durch die Mengen schoben, hatte ich den Eindruck, als müsste ich vor lauter Geheimnissen und Nervenflattern gleich platzen. Alles wirkte so strahlend und aufregend – und doch war nur einige Straßen entfernt etwas Grauenhaftes und Rätselhaftes geschehen. Würden wir den Fall lösen?

Amanda hatte mit uns das St. Lucy's verlassen und so getan, als würde sie uns als Aufpasserin begleiten, bevor sie, um ihre Aufsätze zu schreiben, ihrer eigenen Wege ging … wohin sie diese auch führen mochten. Wir waren auf uns gestellt.

Neben uns zankten über eine lange Liste gebeugt ein Mann und eine Frau. Ein kleines Mädchen zerrte an der Hand ihrer Mutter herum. »Elsie, wenn du nicht endlich artig bist, bringt dir der Weihnachtsmann keine Geschenke!«, rief die Frau zornig. »Also wirklich! Heute Abend ist Weihnachten! Du solltest dich benehmen!«

»Keine Ahnung, warum die Leute so tun, als wären an Weihnachten alle glücklich«, sagte Daisy zu mir, als wir an ihnen vorbeigingen. »Wenn man ehrlich ist, gibt es für Familien im ganzen Jahr keine schlimmere Zeit.« Ich linste zu ihr und überlegte, ob das ihre Art war, mir zu sagen, dass sie sich noch immer Sorgen machte, weil Bertie zu den Verdächtigen gehörte. Sie schaute zu den Sternsingern und mied meinen Blick.

Vielleicht hatte sie sich noch immer nicht damit abgefunden, dass wir mit den Pinkertons zusammenarbeiteten. Daisy hatte meinem Plan nur sehr ungern zugestimmt. »Aber wir haben einen so großen Vorsprung! Wir können nicht *zusammen*arbeiten, Hazel, nicht nachdem wir am Tatort waren und so viele wichtige Beweise entdeckt haben! Wenn wir jetzt weitermachen, können wir beweisen, dass wir wirklich die beste Detektei überhaupt sind! Hast du schon vergessen, dass wir eine Wette am Laufen haben?«

»Wir *hatten* eine Wette, aber jetzt ist Chummy tot und das verändert alles. Der Fall ist wichtiger als die Wette. Wir untersuchen einen Mord und wir *brauchen* die Jungs, Daisy. Wir kommen nicht mehr ins Maudlin rein, jedenfalls nicht sofort. Die Pinkertons fallen viel weniger auf. Sie können sich reinschleichen und umsehen, während wir den Spuren außerhalb des College nachgehen.«

»Ich bin eine perfekte Spionin. Ich falle *nie* auf«, murrte Daisy. Aber ich merkte ihr an, dass sie meinen Einwand nachvollziehen konnte. »Ich würde es schaffen, das weiß ich! Himmel, na von *mir* aus! Aber ich bestehe darauf, die Ermittlungen zu leiten!«

»Selbstverständlich«, sagte ich. Insgeheim war ich alles andere als überzeugt davon, dass George dem Ganzen zustimmen würde, aber ich entschied, dass wir uns mit diesem Problem später auseinandersetzen könnten. Tagespunkt eins war, Daisy ins St. John's College zu schleusen.

Es war kurz nach zehn, als wir vor dem Pförtnerhäuschen des St. John's standen. Wir sahen uns an, dann klopfte Daisy. Ein Pförtner öffnete – nicht der Schnurrbart tragende Mr Perkins, sondern ein dürrer alter Mann mit einem langen Bart und einer Melone auf dem Kopf.

»Kann ich Ihnen helfen?«, fragte er.

»Wir würden gerne zu Mr Mukherjee und Mr Arcady«, erklärte Daisy. »Den jüngeren Mr Mukherjee meine ich.«

»Was wollen Sie von ihnen?«, wollte der Pförtner misstrauisch wissen.

»Wir möchten ihnen fröhliche Weihnachten wünschen«, antwortete Daisy höflich. »Wir haben eine Weihnachtskarte für sie.«

»Hmpf.« Damit zog sich der Pförtner zurück und die Tür schnappte ins Schloss.

Ich überlegte, ob er unsere Nachricht überhaupt überbringen würde, doch fünf Minuten später ging die Tür wieder auf und Alexander und George platzten heraus.

Beide sahen aus, als hätten sie sich in aller Eile angezogen, doch während Alexanders Hemdkragen schief saß und seine Haare ein einziges Chaos waren, war George ohne jeden Makel. Sein Talent, sich zu kleiden, glich dem Daisys – er gab ein so tadelloses Bild ab, dass die Leute darüber seine Hautfarbe fast vergaßen. Ich begriff, dass er sich diesen Trick beigebracht haben musste, um dazuzugehören, genau wie ich auf der Deepdean gelernt hatte, schludrig zu sein. Neugierig schaute er zwischen Daisy und mir hin und her, während Alexander neben ihm lächelnd gähnte. Erst dachte ich, er würde mich anlächeln, bis ich sah, wie seine Augen zu Daisy wanderten und sein Lächeln breiter wurde. Schnell schaute ich auf meine Schuhe.

»Ihr habt was für uns?«, fragte Alexander.

»Habt ihr neue Informationen zum Fall?«, wollte George wissen. »Der Pförtner beobachtet uns übrigens.«

»Streck die Hand aus und tu so, als ob du dich freust«, sagte Daisy. Sie nahm eine gefaltete Karte aus der Tasche und legte sie in Georges wartende Hand.

Unterwegs waren wir in einem Laden darüber gestolpert. Auf der Vorderseite der Karte war ein Bild von zwei Katzen, die an einem Weihnachtsknallbonbon zerrten. Daisy hatte Tränen gelacht, als sie sie entdeckt hatte. »Witzig!«, hatte sie schließlich gekeucht. »Weil Katzen nämlich keine Daumen zum Greifen haben!« Ich war nicht sicher, ob ich den Witz verstand, aber für unseren Zweck war die Karte perfekt. Wir haben sie gekauft und ich schrieb hinein:

Chummy ist tot! Damit ist das nun ein Mordfall!
Wir brauchen eure Hilfe. (Fröhliche Weihnachten.)

George öffnete sie, las meine Nachricht und blickte entsetzt auf.

»Seid ihr sicher?«, fragte er.

»Absolut«, antwortete Daisy. »Wir waren heute Morgen im Maudlin. Jetzt untersuchen wir den Mord an Chummy.«

2

»Moment!«, sagte Alexander. »*Chummy* ist tot? Aber –«

»Ich weiß«, unterbrach ich ihn. »Wir dachten auch, es würde Donald treffen. Mit dem, was passiert ist, haben wir nicht gerechnet, aber es ist, wie es ist.«

»Habt ihr die Leiche gesehen?«, fragte George. »Seid ihr sicher, dass es Mord war?«

»Nein«, antwortete Daisy seufzend. »Nur das Blut. Was Leichen angeht, haben wir immer Pech. Ständig verschwinden sie. Aber ja, wir halten es für Mord. Chummy wäre nicht einfach so in seine eigene Falle getappt, was bedeutet, dass nicht er sie präpariert hat – sondern jemand mit mörderischen Absichten.«

»Ich glaube, wir sollten irgendwohin, wo wir in Ruhe reden können«, sagte Alexander. »Der Pförtner schaut schon ganz finster. Kommt mit, ein Stück die Straße runter gibt es eine Teestube.« Hektisch deutete er in die Richtung. Die Nachricht von dem Mord hatte ihn sichtlich mitgenommen. Als wir uns auf den Weg machten, lief er neben mir. »Hazel!«, sagte er. »Stimmt es wirklich?«

Ich nickte. »So was würden wir nicht erfinden!«

»Das weiß ich und ich glaube euch. Aber … *Junge*! Genau wie im Orientexpress. Die Sache in der Guy-Fawkes-Nacht zähle ich nicht mit, weil wir ja nicht dabei waren. Aber das jetzt … *noch* ein Mord! Das ist schrecklich!«

»Wenigstens seid ihr diesmal mit am Tatort«, sagte ich und schaute zu ihm hoch. »Also, damit ihr uns richtig helfen könnt. Weil es nun um Mord geht, müssen wir die Wette abblasen. Wir müssen zusammenarbeiten.«

Alexander nickte ernst. »Du hast völlig recht. Was hält Daisy davon?«

»Sie findet das auch.« Die Worte kamen mir etwas forscher über die Lippen als geplant. »Wir wissen, dass wir den Fall ohne euch nicht aufklären können. Jetzt hat uns sogar der Master persönlich Hausverbot im Maudlin erteilt.«

»Nein! Im Ernst?«

Ich erzählte ihm die ganze Geschichte, alles, was an diesem Morgen bisher geschehen war. Mit Alexander zu reden, fiel so leicht – er lachte oder staunte immer an den richtigen Stellen, und ich hörte mich plappern, als wäre ich Daisy. Ich wusste, ich hätte warten sollen, bis wir alle gemeinsam am Tisch saßen, aber es war so schön, mich endlich vernünftig mit ihm unterhalten zu können.

Wir betraten die Teestube und wurden an einen Ecktisch geführt.

»Ehrlich, Hazel, du hättest warten sollen!«, murrte Daisy, nachdem wir uns gesetzt hatten. »Obwohl ich George ebenfalls alles erklärt habe. Daher können wir wenigstens direkt zum wichtigen Teil übergehen, der da wäre: Chummy Melling ist tot, also müssen die Junior Pinkertons der Detektei Wells & Wong dabei helfen, den Fall zu lösen.«

Das war mal wieder typisch Daisy.

»Was Daisy damit sagen will, ist, dass wir zusammenarbeiten müssen!«, wandte ich mich an George. »Allein können wir im Augenblick nicht ins College, *ihr* schon. Und ihr könntet uns auf dem Laufenden halten. Denn sämtliche Verdächtige sind dort. Der Mörder *muss* jemand sein, der letzte Nacht in Haus neun war, als die Falle gestellt wurde!«

»Dann müssen wir die Wette wohl abblasen«, sagte George. »Ausgerechnet, als es interessant wurde! Aber sagt mal, was werdet ihr machen, solange wir im Maudlin sind? Wenn wir zusammenarbeiten wollen, müsst ihr auch euren Teil erfüllen. Ihr könnt uns nicht einfach einen Morgen lang einspannen, herausfinden, was wir herausgefunden haben, und *uns* dann nicht verraten, was *ihr* entdeckt habt.«

»Das versteht sich doch von selbst!«, sagte Daisy, als hätte sie mich nicht genau dazu noch vor einer Stunde anstiften wollen. »Wenn ihr für uns ins Maudlin geht und helft, uns einzuschleusen, erzählen wir euch alles, was wir bisher wissen. Wir waren heute Morgen am Tatort und haben gestern Nachmittag einige entscheidende Hinweise gefunden, die beweisen können, dass Chummy die Falle gestern Nacht nicht selbst gestellt hat ... und dass er die ganze Zeit über das eigentliche Ziel war.«

George dachte nach. »Hand darauf?«

Wir alle schlugen ein. Es fühlte sich sehr feierlich an und gleichzeitig richtig aufregend. Bisher waren wir zu zweit gewesen – jetzt waren wir zu viert. Als ich in diesem Augenblick in Georges ernstes Gesicht blickte, in das erwartungsvolle von Alexander und das entschlossene von Daisy, fand ich, dass der Mörder kaum eine Chance hatte.

»Und, was für Beweise habt ihr?«, fragte Alexander, nachdem wir bei der Kellnerin unsere Bestellung aufgegeben hatten: eine Runde Kuchen und Kakao an diesem kalten Morgen. »Was macht euch so sicher, dass wir uns geirrt haben?«

»Wir waren gestern in Chummys Zimmer und haben gesehen, dass er für Donald einen albernen Zugenähte-Ärmel-Streich vorbereitet hatte – nichts Ernstes. Wir glauben, dass Chummy hinter all den harmlosen Streichen steckte, aber nicht hinter den gefährlichen. Für die muss ein anderer verantwortlich sein, entweder Donald selbst, der Angeldraht in seinem Zimmer hatte und womöglich allen nur weismachen wollte, dass es jemand auf ihn abgesehen hat. Oder ein anderer aus Haus neun. Wir denken, dass Chummy von vorneherein das eigentliche Ziel war. Donalds Verletzungen waren entweder ein Versehen oder ein cleveres Ablenkungsmanöver von Donald selbst. Versteht ihr?«

»Ich glaube, schon.« George verengte nachdenklich die Augen. »Eine Menge Leute haben Chummy gehasst. Allen voran Donald, aber auch Alfred – und Moss.«

»Moss?«, hakte ich nach.

»Früher hat Moss für die Eltern der Zwillinge gearbeitet«, berichtete George. »Das haben wir am Sonntag erfahren – von Mr Perkins. Moss fand es unfair, dass die Eltern Chummy immer bevorzugt haben, schon als die Zwillinge noch ganz kleine Jungs waren. Angeblich haben sie sogar versucht, das Fideikommiss aufzuteilen, aber ohne Erfolg. Deshalb erkor Moss Donald zu seinem Liebling. Er ist seitdem Donalds Verbündeter und kam nur deshalb ans Maudlin, weil er wusste, dass Donald mit Chummy hier zu studieren anfangen würde. Er erzählt dem ganzen Personal, wie sehr Chummy Donald kontrolliert und wie sehr er sich wünscht, dass Donald sich aus dem Schatten seines Bruders befreien könnte.«

Das war extrem interessant. Ich sah Daisy an.

»Was hielt Perkins selbst von Chummy?«, fragte sie. »Immerhin hatte er die Schlüssel zu Haus neun – auch er könnte die Falle gestellt haben!«

»Konnte ihn nicht leiden«, berichtete Alexander. »Hielt ihn für arrogant. Schon komisch. Alle, die am Maudlin arbeiten, sind da einer Meinung. Auch Butler fand, dass Chummy eine Nervensäge war.« Für einen Moment lang klang Alexander sehr amerikanisch. »Er hatte es satt, ständig in die Streitereien zwischen Chummy und Donald reingezogen zu werden. Außerdem hat Chummy ständig Partys geschmissen, noch dazu in Donalds Apartment, stundenlang. Am Ende haben alle immer versucht, sich heimlich übers Regenrohr rauszuschleichen, nachdem Michael unten abgesperrt hatte. Hat ihn verrückt gemacht.«

»Was ist mit Bertie?«, fragte ich. Ich sah Daisys Miene, aber ich konnte ihn nicht übergehen. »Wir müssen ihn zumindest ausschließen! Ich weiß, dass sie Freunde waren, daher sollte das nicht zu schwer sein.«

Alexander und George sahen sich verlegen an.

»Was?«, wollte Daisy wissen. »Was ist los?«

»Was hat euch Bertie denn erzählt, darüber, wo er letzte Nacht war?«, fragte George.

»Er meinte, er war die ganze Zeit in seinem Zimmer«, antwortete Daisy. »Wieso? Was wisst ihr?«

George und Alexander sahen sich noch einmal an. Dann atmete George tief ein.

»Na gut«, sagte er. »Bertie hat nicht die Wahrheit gesagt.«

3

»Was soll das heißen?«, fragte Daisy.

Sie hatte die Fassung verloren und sah total verzweifelt aus. Plötzlich spürte ich, wie sehr sie sich wirklich um Bertie sorgte, und wünschte, sie hätte sich mir anvertrauen können. Doch wie ich inzwischen nur zu gut weiß, ist das nun einmal nicht Daisys Art.

»Versprecht ihr, dass ihr euch nicht aufregt?«, fragte Alexander und musterte uns beide nervös.

»Ich werde mich aufregen, wenn ihr es mir *nicht* sagt!«, zischte Daisy.

»Versprochen«, sagte ich schnell, wofür ich einen bösen Blick von Daisy kassierte.

»Okay«, meinte Alexander. »Wann, sagte Moss, sei er ins Bett gegangen?«

»Um halb eins«, antwortete Daisy. »Vorher kann die Schnur also noch nicht gespannt worden sein, es sei denn, er war es selbst und lügt. Und um fünf nach zwei ist Chummy darüber gestolpert.«

»Wenn Moss es war, ist Bertie sowieso unschuldig«, sagte Alexander. »Und falls er die Wahrheit sagt … Mann, Bertie ist natürlich so oder so unschuldig! Er war nämlich von Viertel nach Mitternacht bis Viertel nach zwei bei uns.«

»*Was?*« Daisy stellte ihren Kakao wuchtig auf die Untertasse. Ich verschluckte mich am Rührkuchen und musste husten.

»Er wollte nicht, dass wir es euch verraten«, erklärte Alexander. »Es tut mir leid – ich hätte eigentlich gar nichts sagen dürfen. Aber wenn es darum geht, zu beweisen, dass er kein Mörder ist …«

»Aber wie konnte er denn bei euch sein?«, wollte Daisy wissen. »Der Pförtner sperrt um elf die Tore ab und Perkins hätte es gemerkt, wenn Bertie später ins College zurückgekommen wäre. Als wir heute Morgen um sechs ankamen, war er im Haus!«

»Wir waren alle zusammen klettern«, erklärte George. »Harold hatte versprochen, mit uns auf Tour zu gehen, und beim Abendessen hat er Bertie eingeladen mitzukommen. Also ist Bertie vor dem Zapfenstreich um elf zurück ins Maudlin und hat sich danach aus dem Haus geschlichen, das Regenrohr runter und über die Gartenmauer – auf dem Weg kommen alle Kletterer raus und rein. Wir haben ihn um Viertel nach zwölf vor dem Tor des St. John's getroffen. Wir sind aufs Senatshaus geklettert – die Strecke ist leicht und sie haben uns bis nach oben geführt. Um Viertel nach zwei sind wir wieder runter. Danach ist Bertie zurück ins Maudlin und wir sind auf unser Zimmer.«

»Deshalb sind wir heute Morgen auch so müde«, erklärte Alexander.

Daisy riss den Mund auf. »Und was ist mit *uns*?«, rief sie. »Warum hat uns keiner eingeladen?«

»Es tut mir leid, dass Bertie euch nichts gesagt hat. Ich hatte gestern noch gehofft, dass ihr mit ihm mitkommen würdet«, sagte Alexander.

Ich ertappte mich dabei, wie ich ihn anlächelte. Er klang so aufrichtig. »Wenigstens haben wir einen Verdächtigen ausgeschlossen!«, gab ich mir Mühe, wie ein Detektiv zu denken. »Ach, komm Daisy, so schlimm ist das nicht.«

»Nicht so schlimm! Nur weil du nicht gern kletterst! Doofer Bertie! Wenn ich ihn das nächste Mal sehe, werde ich ihn mir vornehmen. Wie kann er nur?! Und wie kann er mich so erschrecken?! Aber du hast recht, Hazel. Damit scheidet er endgültig aus und uns bleiben fünf echte Verdächtige: die vier, die gestern Nacht sonst noch in Haus neun waren – Donald, Alfred, Michael und Moss – und natürlich Mr Perkins.«

George nickte. »Korrekt. Das sind auch unsere fünf. Dann gehen wir jetzt ins Maudlin und beginnen mit den Befragungen. Was ist mit euch?«

»Wir verfolgen die Spur des Angeldrahts«, sagte Daisy. »Er stammt aus einem Laden in Cambridge, der Eigentümer könnte sich noch daran erinnern, welcher von unseren Verdächtigen eine solche Schnur gekauft hat.«

»Aber was, wenn alle eine gekauft haben?«, wandte George ein. »Wir wissen bereits, dass sowohl Chummy als auch Donald eine hatten.«

»Dann denken wir noch mal nach«, meinte Daisy ernst.

Sie spielten sich gegenseitig Bälle zu, wie Daisy es sonst nur mit mir tat. Letztes Trimester hatte Daisy sich dermaßen darüber geärgert, dass ich Alexander Briefe schrieb und neben ihr noch einen anderen guten Freund hatte. Jetzt hatte *sie* einen neuen Freund. Es war wirklich komisch. Ich dachte immer, Daisy würde sich nie ändern, aber nun veränderte sie sich direkt vor meinen Augen.

»Wir sollten eine Liste mit den anstehenden Punkten erstellen«, sagte ich. »Zum Beispiel herauszufinden, woher die Angelschnur stammt. *Und* wie das wirklich mit Amanda und diesem Anruf war. Als Täterin scheidet sie aus, aber wir glauben, dass sie trotzdem in die Sache verwickelt sein könnte.«

»Gut.« George nickte, während Daisy mir einen wütenden Blick zuwarf. Mir war klar, dass es in ihren Augen glatter Verrat war, unseren Verdacht gegen Amanda preiszugeben. »Amanda Price sollte ebenfalls auf unsere Ermittlungsliste. Ihr beide könnt sie befragen, solange wir im Maudlin sind.« Nachdenklich hielt er inne. »Außerdem müssen wir eine Karte des Tatorts anlegen, um das Verbrechen nachzustellen.«

»Und weitere Hinweise und Alibis aufdecken«, ergänzte Daisy, schon wieder besser gelaunt. »Das ist fast wie bei einer Schnitzeljagd, oder? Lustig! Hazel, schreib alles auf – nenn es am besten gleich SCHNITZELJAGD, damit wir behaupten können, es wäre nur ein Spiel, für den Fall, dass man uns damit erwischt. Alexander, du auch – dann haben alle eine Abschrift.«

»Das ist kein Spiel, Daisy!«, protestierte ich. »Es geht um *Mord*.«

»Dieser ganze Fall steckt voller Spielchen«, entgegnete Daisy. »Alles begann mit einem dummen Streich, selbst der Mord wird als böser Scherz hingestellt, der schief gelaufen ist. Ich finde, in dieser Situation ist ein Spiel mehr als angemessen. Sei nicht so miesepetrig, Hazel. Für die Erwachsenen sind wir sowieso Kinder, zu jung und albern, um wirklich zu begreifen, was passiert ist.«

Ich holte mein Fallbuch, während Alexander nach seinem griff, und wir beide rissen je eine Seite heraus. Dann notierten wir darauf je die gleiche Liste.

Schnitzeljagd

- der Spur der Angelschnur nachgehen
- die Wahrheit hinter Amandas Telefonat aufdecken
- eine Karte des Tatorts erstellen
- das Verbrechen nachstellen
- weitere Hinweise finden
- Alibis aller Verdächtigen herausfinden und prüfen

Alle legten Geld für die Kellnerin auf den Tisch. »Bereit?«, fragte Daisy. »Drei … zwei … eins … Detektive, LOS!«

Und das Spiel begann.

4

Daisy griff nach meiner Hand und sobald sie mich berührte, waren alle Befürchtungen dahin. Wir tanzten aufgekratzt zur Tür hinaus auf die Straße, als gäbe es außer uns nichts und niemanden sonst auf der Welt.

»Wohin gehen wir?«, fragte ich.

»Wir«, antwortete Daisy, »gehen einkaufen!«

»Aber, Daisy –«

»Und zwar *Angelschnur*, Hazel. Das perfekte Weihnachtsgeschenk.«

Ich strahlte sie an. Typisch Daisy, dieser schlaue Einfall: auf den ersten Blick nicht durchschaubar, aber sobald man darüber nachdachte, völlig logisch.

Als wir durch die verwinkelten kleinen Nebenstraßen von Cambridge liefen, bemerkte ich auf einmal, dass die Wolken über uns schwer am Himmel hingen. Es wurde ganz schön düster und in der Luft lag etwas Schneidendes. Mir war, als würde ich sie zerbrechen können, allein indem ich meine Hände ausstreckte. Ich überlegte, ob es bald schneien würde.

Wir kamen an einem Metzger, einem Gemüsehändler und einer Apotheke vorbei. Endlich stolperten wir in einen kleinen Angelladen, dessen Wände voller bunter Köder waren, die man beinahe selbst für Weihnachtsdekorationen hätte halten können. Der Ladenbesitzer hatte schütteres Haar und war in einen Regenmantel gemummelt, der stark nach Öl roch, aber auf Daisys Armada von aufgeweckten, dämlichen Fragen reagierte er famos. Ja, Miss, das war seine beliebteste Schnur, vor allem unter den Studenten. Angeln schien in Mode zu sein – schon komisch, was sich die jungen Leute heutzutage einfallen ließen. Was für Studenten? Oh, das konnte er nicht genau sagen. Es kamen ja so viele. Ein kleiner junger Mann mit braunem Haar, Stupsnase und grellem Jackett? Himmel, so sieht die Hälfte aller Leute aus, die zu ihm hereinschneiten! Aber ein Chinese? Herrgott, ja, jetzt, da Sie es ansprechen, er war ein paarmal hier. Und alte Männer? Oh, bei denen war der Angeldraht sogar noch beliebter als bei den Studenten! Ja, die Maudlin-Livree kam ihm bekannt vor, aber er fragte grundsätzlich nie nach Namen. Möchten Sie denn auch ein Stück Schnur kaufen, Miss? Ausgezeichnet, ausgezeichnet.

Wir verließen den Laden mit einer Rolle Angelschnur und ausgesprochen interessanten Informationen. Moss, Donald, Perkins oder Michael mochten Draht gekauft haben oder auch nicht, aber Alfred Cheng hatte definitiv welchen besorgt. Wir hatten eine erste Spur, die einen unserer Verdächtigen belastete.

Daisy seufzte zufrieden. »Ich weiß, ich habe mich darüber beschwert, wie ärgerlich es sein kann, ein Mädchen zu sein. Gleichzeitig ist es ein Spaß, manchmal so unterschätzt zu werden«, sagte sie. »Etwas aus alten Männern herauszukitzeln, ist so *einfach*!«

Wir gingen die Straße hinab – als plötzlich etwas geschah, was mir wirklich wie ein Weihnachtswunder vorkam. Ich schielte im Vorbeigehen in die Schaufenster, bestaunte die Beleuchtung, das Gewusel und die Dekorationen. Dabei spähte ich auch in das Fenster einer kleinen Teestube, dessen Scheibe von der Wärme des Tees und Gebäcks ganz beschlagen war.

Trotzdem erkannte ich, dass drinnen mit dem Rücken zur Scheibe jemand mit abstehender Haarmähne saß, den ich sehr gut kannte.

»Daisy!«, rief ich, im selben Moment, als Daisy mich anstieß und sagte: »Schau mal!«

Sie zeigte nicht in die Teestube, sondern auf ein rostiges grünes Fahrrad, das neben dem Eingang stand. »Das Pferd!«, sagte Daisy.

»Und Amanda ist da drin!«, sagte ich. »Das wollte ich dir gerade zeigen. Sollen wir rein?«

»Was sonst? Ist das überhaupt eine Frage, Watson? Wir sind uns einig, dass Amanda sich verdächtig benimmt, und wir wissen, dass wir der Wahrheit über diesen mysteriösen Anruf auf den Grund gehen müssen. Wenn wir sie jetzt unerwartet konfrontieren, verrät sie vielleicht etwas Entscheidendes, was sie bisher verschwiegen hat. Bereit?«

»Bereit.« Ich nickte ihr zu, dann platzten wir gemeinsam in die Teestube.

5

Als wir die Schwelle betraten, schien ich auf einmal durch die Zeit zu reisen. Es war vergangenes Jahr und Miss Tennyson schaute entsetzt von ihrem Tisch in der Willow-Teestube zu uns auf. Doch dann blinzelte ich und wir waren wieder in Cambridge. Der Fall, mit dem wir es diesmal zu tun hatten, war ein völlig anderer – genau wie unsere Verdächtige. Amanda sah nicht einmal auf, so vertieft war sie in ihre Arbeit. Wir konnten uns unbemerkt nähern, links und rechts von ihrem Stuhl aufstellen, über dem ihr Mantel hing, und über ihre Schulter auf das Papier vor ihr schielen.

Es war ein Geschichtsaufsatz. *George III.*, las ich, und *Rebellen, angeführt von.* Doch was mich schockierte, waren nicht die Worte, sondern die Handschrift. Sie war auffällig und ich hatte sie schon einmal gesehen, begriff ich, sogar zweimal: erst in Chummys Zimmer und dann in dem von Donald. Die Ähnlichkeit war mir bereits damals aufgefallen, allerdings hatte ich angenommen, es läge daran, dass sie Zwillinge waren. Doch wenn es eigentlich *Amandas* Schrift war … dann hatten wir die Antwort darauf, warum sie so viele Aufsätze zu schreiben hatte. Sie fertigte nicht nur ihre eigenen an.

»Du schreibst ihre Aufsätze!«, rief Daisy. Amanda zuckte zusammen und kleckste schwarze Tinte auf ihre Seite. Fluchend legte sie Löschpapier darauf.

»Was habt ihr hier zu suchen?«, rief sie. »Warum seid ihr nicht …? Verschwindet, in Ordnung?! Ich bin beschäftigt!«

»Wir werden erst gehen, wenn du uns erzählst, was das soll«, sagte Daisy. »Es kommt mir nämlich absolut nicht legal vor. Bertie meinte, du würdest ihm Notizen zu Vorlesungen geben, aber er hat nichts davon gesagt, dass du auch die Aufsätze für Chummy und Donald schreibst!«

Amanda sah sie finster an. »Sie zahlen dafür. Ich brauche das Geld. Und ich schaffe das alles – bisher hat es gut geklappt, oder nicht?«

»Ach ja?«, fragte ich. Ich fand, sie sah gar nicht danach aus, als wäre all das gut zu stemmen.

»Ich bin die Klügste meines Jahrgangs«, sagte Amanda. »Nicht, dass die Dons das zu schätzen wüssten. Wisst ihr, dass der letzte Aufsatz, den ich für Chummy geschrieben habe, zehn Punkte mehr bekam als meiner? Geschrieben habe ich beide, aber er ist ein Mann, also muss er ja besser sein.«

»Für Bertie hast du aber keine Aufsätze geschrieben, oder?«, wollte Daisy wissen.

Amanda wurde rot. »Nicht für Geld. Er ist ein Freund.«

Plötzlich verstand ich zumindest teilweise das Gespräch zwischen Bertie und Chummy, das wir belauscht hatten – beide steckten mit in dieser Aufsatz-Betrügerei. Außerdem begriff ich, was ich längst hätte begreifen müssen: dass Amandas Gefühle für Bertie weit mehr als eine Schwärmerei waren. Sie brannte für ihn auf eine Art, die mir vertraut war.

»O Himmel, Bertie!«, rief Daisy. »Jetzt hat er sich schon wieder in eine illegale Sache hineinziehen lassen! Dieses Trimester benimmt er sich wirklich grauenhaft. Ich wüsste zu gerne, was in ihn gefahren ist! Aber hör zu, du darfst keine Aufsätze mehr schreiben. Nicht für ihn, nicht für irgendwen. Man wird dich von der Uni schmeißen, genau wie sie!«

»Ich fliege vielleicht so oder so«, sagte Amanda. »Bertie hat mir schon zu Beginn der Ferien erzählt, dass jemand im Maudlin dahintergekommen ist, dass die Jungs mich für Aufsätze und Notizen bezahlen. Als Chummy eines Abends nach dem Essen in sein Zimmer kam, waren eine Reihe Papiere und Hefte verschwunden – viel von dem, was ich für ihn gemacht hatte. Er war sicher, dass uns jemand auf die Schliche gekommen war, er wusste nur nicht, wer. Deshalb habe ich mich in letzter Zeit von dem College ferngehalten. Bertie hielt es für das Beste, bis Chummy sich um alles gekümmert hätte. Ich weiß ja selbst, dass ich aufhören sollte, aber nachdem ich damit angefangen habe, *muss* ich weitermachen. Bertie braucht mich!«

Ich machte mir schreckliche Sorgen. Ich wollte Amanda helfen, aber wusste nicht, wie. Sie war so wütend und so verletzt. Allein in ihrer Nähe zu sein, tat mir weh.

Dann stieß Daisy mich an. Sie schaute auf Amandas Mantel. Verwirrt musterte ich ihn. Mir fiel nichts Besonderes daran auf. Ich sah Rost und Farbsplitter vom Pferd, Tintenflecke auf Ärmelaufschlägen und Taschen – sie hatte wirklich hart an ihren Aufsätzen gearbeitet –, Matsch am Saum und rote Staubflecken an der Vorderseite.

»Könnt ihr mich nicht in Ruhe lassen?«, fragte Amanda. »Ehrlich, es ist einfach zu viel! Und wehe, ihr erzählt jemandem, was ihr wisst! Sonst sage ich Miss Mountfitchet, dass ihr euch ohne Aufsicht in Cambridge herumtreibt, kapiert?« Sie funkelte uns an.

»Na schön!«, meinte Daisy. »Wir lassen dich in Ruhe. Aber hör zu: Ich werde das mit Bertie klären. So geht das nicht weiter. Mir ist egal, was du sagst: Du musst aufhören. Er muss lernen, auf eigenen Beinen zu stehen. Komm, Hazel! Wir gehen.«

»Was ist dir aufgefallen?«, fragte ich, sobald wir die Teestube verlassen hatten.

»Der Schlamm und der Staub«, sagte Daisy, die mich eilig die Straße entlangführte. »Der Schlamm war sehr frisch, kaum getrocknet, und er klebte nur am Saum. Und der Staub – das war ganz bestimmt Ziegelstaub.«

»Und? Cambridge ist voller Ziegelgebäude. Das St. Lucy's besteht aus Ziegeln. Amanda hat sich vielleicht irgendwo angelehnt.«

»Ja, aber, Hazel, du weißt genau wie ich – solltest du zumindest, wenn du aufpassen würdest – dass *neue* Ziegel nicht so abblättern. Nein, es muss von einem *alten* Ziegelbau stammen. Und was viel wichtiger ist –«

6

Sie sollte ihren Satz nie beenden. Wir liefen durch einen Torbogen auf einen großen offenen Markplatz voller Buden. Aus einigen wallten die herrlichsten Essensgerüche, während sich in anderen glitzernde Marmeladen, Hüte und Wollknäuel türmten. In einer Ecke des Platzes prangte ein Riesenhaufen Tannenbäume und davor stand mit einem ziemlich verdutzten Gesichtsausdruck – Bertie.

Mit einem wütenden Zischen stürmte Daisy auf ihn zu. So schnell ich konnte, folgte ich ihr.

»Hören Sie«, sagte Bertie gerade zu dem Verkäufer, als wir ankamen, »haben Sie vielleicht einen in Zimmergröße … für ein kleines Zimmer? Die hier sind alle so riesig. Und verkaufen Sie auch Kugeln und Lametta? Sie wissen schon … Sachen, um ihn, äh, zu schmücken? Meine Schwester, sie soll –« Als er uns sah, verstummte er und lief knallrot an. »Kürbiskopf!«, sagte er. »Hazel! Was habt ihr hier zu suchen? Ihr habt die Überraschung verdorben! Ich habe einen Weihnachtsbaum gesucht. Schon komisch, man macht sich nie Gedanken darüber, wo sie herkommen, was? Sonst hat ihn Chapman immer organisiert. Aber nachdem es dieses Jahr nur wir sind, dachte ich … zumindest sollten wir einen Baum haben.«

»Ich kann den hier auf die richtige Größe stutzen«, bot der Verkäufer an, dessen Atem weiß in der Luft hing, »aber Kugeln müssen Sie woanders kaufen. Bei Woolworths bekommt man sie ziemlich billig, Sir.«

»Oh!«, machte Bertie.

»Bertie«, keifte Daisy. »Ich habe ein *Hühnchen* mit dir zu rupfen.«

»Lieber Himmel, passen Sie ja auf, Sir!« Der Weihnachtsbaumverkäufer lachte – bis er in Daisys Gesicht blickte und jäh ins Stocken geriet.

»Kommt mit hier rüber.« Bertie brachte uns in die Mitte des Platzes. »Was gibt's?«

»*Du hast uns angelogen!*«, zischte Daisy. »Du hast uns verschwiegen, dass du letzte Nacht nicht in deinem Zimmer warst, sondern mit Harold, George und Alexander auf Häusern rumgeklettert bist! Du hast uns nicht mitgenommen!«

»Natürlich konnte ich euch nicht mitnehmen! Mädchen klettern nicht!«, schnauzte Bertie.

Möglichst unauffällig schlich ich mich davon. Ich konnte darauf verzichten, diese Unterhaltung aus nächster Nähe mitzuerleben.

»Ich bin kein *Mädchen*!«, rief Daisy. »Ich bin deine *Schwester*! Und du bist ein Idiot. Wie lange lässt du dir von Amanda schon die Vorlesungsnotizen geben? Und sie hat deine Aufsätze geschrieben?«

Bertie wurde blass. »Nur dass du's weißt, Manda hat es mir angeboten.«

»Aber du wusstest, dass es falsch ist! Das musst du doch kapiert haben?! Bertie, was ist seit diesem Trimester nur mit dir *los*? Du ... machst Fallingford keine Ehre. Du musst endlich besser auf dich aufpassen!«

»Lass mich bloß mit Fallingford in Frieden!«, rief Bertie. »Was dort passiert ist ... Tja, jetzt ist alles anders. Wir zwei sind nun allein und ich versuche, dir ein ordentliches Weihnachten zu bieten. Und dann ist auf einmal mein Freund tot. Ich glaube, wir sind verflucht. Ich glaube, *ich* bin verflucht, Kürbiskopf.« Er machte ein trauriges Gesicht. »Ich bin heute Morgen kurz nach zwei zurückgekommen. Ich dachte schon, ich wäre aufgeflogen: Sämtliche Lichter brannten und Leute rannten aufgescheucht die Treppen rauf und runter. Ich bin mit erhobenen Händen aus meinem Zimmer, darauf eingestellt, dass über mir gleich ein Donnerwetter losbrechen würde – und habe erfahren, dass Chummy *tot* ist. Ich glaube, keiner hat überhaupt gemerkt, dass ich weg war.«

»Oh, Schielie, du Dummkopf«, sagte Daisy. »Ach komm her.« Sie streckte die Arme aus und drückte ihn an sich. Es zeigte mir, wie viel sie einander bedeuteten, trotz allem. Ihre Familie war geschrumpft, und wieder geschrumpft, und inzwischen, das wusste ich, waren sie streng genommen nur noch zu zweit. In diesem Moment begriff ich, wie erleichtert ich wirklich war, dass Bertie mit dem Mord nichts zu tun hatte. Daisys Familie war auch meine geworden, meine englische Familie, und was Daisy wichtig ist, ist nun auch mir wichtig, als wären wir zwei Hälften derselben Person.

»Wir werden immer noch Weihnachten feiern, du Kamel«, sagte Daisy zu Bertie, gegen seinen Mantel gedrückt. »Na los, bezahl deinen Baum, dann bringen wir ihn ins Maudlin und helfen dir beim Schmücken.«

»Hazel, das ist perfekt!«, raunte sie mir zu, während Bertie zurück zum Baumverkauf lief. »Wir pfeifen auf das Hausverbot des Masters. Wir haben endlich wieder einen Weg zurück ins Maudlin!«

TEIL FÜNF

Schmückt die Säle

I

Der Verkäufer half Bertie, den Weihnachtsbaum auf sein Fahrrad zu schnallen, und gemeinsam schoben wir ihn durch die Straßen von Cambridge. Bei Woolworths machten wir einen kurzen Zwischenstopp, um Lametta und Kugeln zu kaufen. Der Himmel war noch düsterer geworden, und als wir an der Kapelle des King's College vorbeikamen, kitzelte mich etwas an der Nase. Als ich aufschaute, sah ich kleine dunkle Punkte, die aus den Wolken fielen und weiter unten fluffig weiß wurden, während sie an den Dächern vorbeischwebten.

»Es schneit!«, freute ich mich. Echter, richtiger Schnee ist für mich immer noch neu. Als ich ihn zum ersten Mal sah, fühlte es sich wirklich so an, als wäre ich in ein Bilderbuch gewandert, und noch immer bekomme ich bei seinem Anblick so ein Gefühl von unbändigem Staunen in der Brust.

»Schöner Mist!«, fluchte Bertie ziemlich außer Puste, während das Rad gefährlich ins Schlingern geriet, als wir um eine Ecke bogen. »Mann, ganz schön stachelig der Baum, was? Hätte ich nicht gedacht.«

Als wir uns dem Maudlin näherten, wurde mir mulmig zumute. Würde man uns wirklich hineinlassen? Was, wenn der Master uns aufhielt? Doch Bertie trat selbstbewusst zur Tür der Pförtnerstube, stieß sie auf und rief. »Hey! Irgendjemand da, der uns helfen kann?«

»Wir!«, antwortete jemand, den ich sehr gut kannte, und herausspaziert kamen George und Alexander.

»Hallo!«, begrüßte uns Alexander erfreut. »Daisy! Hazel! Wir müssen –« Er sah Bertie an und hielt inne.

»… euch später was erzählen«, beendete George den Satz, während er hinter seinen Freund trat und uns zuzwinkerte.

Sie griffen sich je ein Ende des Baums und stolperten gemeinsam mit Bertie wie ein Käfer mit sechs Beinen durch die Tür in die Pförtnerstube des Maudlin. Daisy und ich folgten ihnen. Bertie und George hatten beide sehr genaue Vorstellungen davon, wie man den Baum am besten zu tragen hätte, und riefen Alexander Anweisungen zu, der nur gutmütig lachte und den Hauptanteil des Schleppens übernahm.

Als wir am Kabuff des Pförtners vorbeikamen, sagte Mr Perkins: »Hey! Ihr solltet nicht hier sein!«

»Lassen Sie sie, Perkins!«, rief Bertie. »*Bitte.* Ich weiß, was der Master gesagt hat, aber es ist Weihnachten!«

Er machte ein so tragisches Gesicht, dass Perkins mit bebendem Schnurrbart schnalzte. »Ach, von mir aus«, sagte er. »Aber lassen Sie die beiden ja nicht aus den Augen!« Wir durften also passieren. Mein Herz klopfte laut.

Wir bogen links ab und gingen einmal quer über den Hof. Auf den dunkelgrünen Nadeln des Baums sowie auf Schultern und Köpfen der Jungs sammelten sich Schneeflocken. Nun brüllten sie nicht mehr durcheinander. Nicht nur der Schnee lag schwer auf uns, sondern auch die gedämpfte Atmosphäre des Maudlin. An diesem Ort war ein Mord geschehen und das konnte man spüren.

»Haus neun!«, keuchte Bertie. »Kommt schon, die Treppe hoch!«

Als wir an der Tür von Michael Butler am Fuß der Stufen vorbeiliefen, verspannte ich mich. Sollte er einen Blick nach draußen werfen, würde er uns aufhalten, das wusste ich. Als die Tür sich tatsächlich öffnete, gingen Daisy und ich hinter dem Baum in Deckung.

»Ausgezeichnete Idee, Wells«, ertönte Michaels Stimme. »Kommen Sie klar?«

»Die Jungs helfen mir«, sagte Bertie.

»Sagen Sie Bescheid, falls ich mich nützlich machen kann«, meinte Michael, bevor er sich in seine Wohnung zurückzog und die Tür schloss. Ich atmete auf. Die Pinkertons hatten uns unsere Bitte erfüllt: Mit Berties Hilfe hatten sie uns ins Maudlin eingeschleust.

Schnaufend kämpften sich die Jungen nach oben, wobei es Tannennadeln auf die Stufen regnete – leider auch auf meinen Mantel, wo sie sich stechend durch Schal und Pullover in meinen Hals gruben.

Daisy eilte voraus, um die Tür aufzuhalten, und wir alle huschten hindurch. Die Jungs lehnen den Baum gegen die rechte Wand und Bertie knipste das elektrische Licht an. Ich schaute mich in seinem Wohnzimmer um. Es war genau wie das von Chummy: vor mir ein Kamin, rechts davon ein Schreibtisch, ein Fenster mit Blick auf den Hof, über den wir eben gegangen waren, und ein zweites, links vom Kamin, das auf den Don-Garten schaute. Vor dem Kamin standen ein Sofa und ein Sessel, unter dem Fenster ein Tisch und hinten links war eine weitere Tür, die ein Stückchen offen stand – ich sah ein Bett, ein Waschbecken und jede Menge Klamotten auf dem Boden. Hier war es überall unordentlich: Schals, Socken und Krawatten lagen wild verstreut, genau wie bei Chummy.

»Du bist noch schlampiger als früher!«, schimpfte Daisy. »Bertie!«

»Ach, gib Ruhe!«, entgegnete Bertie. »Na schön, was fangen wir jetzt mit dem Baum an? Warum ist er so schief?«

»Vermutlich, weil man ihn erst in einen Topf stellen muss.« Daisy rollte mit den Augen.

»Natürlich! Dann besorgen wir einen. Wahrscheinlich einen großen, oder?«

Bertie sah fragend in die Runde und ich hatte das eindeutige Gefühl, dass es ihm gerade ging wie mir in der Teestube: als würde er den Erwachsenen spielen, aber jeden Moment auffliegen.

»Frag doch Moss, ob er einen hat!«, schlug Daisy vor. »Wir kommen hier allein klar.«

»Na schön«, meinte Bertie. »Aber bring dich nicht wieder in Schwierigkeiten, Kürbiskopf!«

Damit ging er aus dem Zimmer.

2

Kaum hatte er die Tür geschlossen, wirbelte Daisy zu den Jungs herum. »Schnell!«, rief sie. »Was habt ihr herausgefunden? Wir wissen, aus welchem Angelladen der Draht stammt und dass ein Chinese dort welchen gekauft hat. *Außerdem* haben wir Amanda getroffen und erfahren, dass sie für Chummy, Donald und Bertie die Aufsätze geschrieben hat, und sie hat ihnen Vorlesungsnotizen beschafft – und jemand aus dem Maudlin hat es gemerkt. Deshalb ist Amanda nicht mit ins College gekommen. Bertie hat ihr gesagt, dass sie sich fernhalten soll, bis Chummy die Angelegenheit geklärt hat!«

»Was meint *ihr*, wer es weiß?«, fragte Alexander. »Einer unserer Verdächtigen?«

»Donald und Bertie scheiden selbstverständlich aus«, meinte Daisy. »*Falls* es einer unserer Verdächtigen ist, kommen Moss, Michael, Perkins und Alfred infrage – und egal wer, es würde sein Mordmotiv bestärken.«

»Moment, Perkins kann es nicht sein!«, wandte George ein. »Den haben wir ausgeschlossen.«

»Wir haben die Vernehmungen belauscht«, berichtete Alexander. »Genau wie damals im Orientexpress. Wir sind Cross heimlich gefolgt und kennen sämtliche Alibis für gestern Nacht. Ich habe alle aufgeschrieben.« Er zückte sein Notizbuch und ich spähte hinein. Alexander ist derjenige, der mir Anfang des Jahres Stenografie beigebracht hat, daher konnte ich es lesen. Auch Daisy machte den Hals lang, doch ich wusste, dass es für sie nur sinnloses Gekritzel war. Ich erlaubte mir, kurz stolz darauf zu sein – endlich gab es etwas, was nur Alexander und ich teilten.

»Perkins weiß, dass die Truppe aus Haus neun gerne Ärger macht – er hat sich ziemlich barsch ausgedrückt, obwohl er für Bertie eindeutig etwas übrig hat – und er meinte, dass gestern Nacht außer Maudlin-Dons und -Studenten keiner ins College gekommen ist«, fuhr George fort. »Was das angeht, war er ziemlich sicher. Dann sagte er das Entscheidende: Kurz nach zwölf ist er ins Bett – er wohnt mit seiner Frau direkt über der Pförtnerstube. Seine Frau ist allerdings noch aufgeblieben. Ein Student im zweiten Jahr, Walter Cookridge aus Haus vier, ist krank und Perkins' Frau versorgt ihn. Sie hat ihn in einem Bett in ihrem Wohnzimmer untergebracht. Perkins hätte sich auf keinen Fall nach draußen schleichen können, ohne einen von beiden aufzuschrecken – ihr seht also, wir können ihn ausschließen! Außerdem hat er uns etwas Nützliches verraten. Wegen des kranken Studenten hat Perkins Ewigkeiten gebraucht, bis er einschlafen konnte. Viertel vor eins hat er auf die Uhr geschaut und erinnert sich, vor seinem Fenster etwas gehört zu haben. Er glaubt, dass jemand auf den Pförtnerturm geklettert ist.«

»Bertie?«, fragte Daisy scharf.

»Unmöglich!«, sagte Alexander. »Um diese Zeit war er längst bei uns. Außerdem hat er den Weg über das Regenrohr in den Don-Garten und dann über die Mauer genommen. Er war nicht einmal in der Nähe des Pförtnerturms. Also war es jemand anderes. Das ganze Haus neun behauptet, das Zimmer nicht verlassen zu haben. Aber *einer* sagt nicht die Wahrheit.«

Er klang beleidigt. Ich kenne niemanden, der Lügen so sehr verabscheut wie Alexander.

»Michael hat das Haus um elf abgesperrt und anschließend angeblich auf seinem Zimmer gearbeitet«, berichtete George. »Chummy und Donald haben sich kurz nach halb eins noch auf dem Treppenabsatz ganz oben herumgetrieben, sich angebrüllt und sind Moss auf die Nerven gegangen, deshalb ist Michael rauf, um sie zurechtzuweisen. Danach ist er zurück in sein Zimmer und direkt ins Bett. Bis zu dem Schlag hat er geschlafen.«

»Donald hat den Vorfall ebenfalls erwähnt. Er hatte Streit mit Chummy – ich glaube, es ging um dieses Jackett, das ihr gesehen habt. Er sagt, er hat ihn angeschrien, dann kam Michael, um für Ruhe zu sorgen, sie sind wieder auf ihre Zimmer und das war alles. Er ist ins Bett, wo er blieb, bis Chummy stürzte.«

»Moss hat er nicht erwähnt?«, fragte ich.

»Nein, da hast du recht«, sagte George. »Dieser Teil fehlt – und das ist nicht alles. Aber mach du weiter, Alex. Erzähl ihnen von Alfred.«

»Nach dem, was Alfred bei Polizeiwachtmeister Cross ausgesagt hat, war er den ganzen Abend in seinem Zimmer und hat gelesen, bis er eingeschlafen ist. Geweckt hat ihn der Sturz.«

»Langweilig«, sagte Daisy. »Und möglicherweise gelogen. Alfred mausert sich zu einem ausgezeichneten Kandidaten. Was ist mit Moss? Und was hat Perkins euch erzählt?«

»Moss hat sich komisch benommen«, sagte Alexander. »Er hat auf jeden Fall etwas zu verbergen. Zuerst hat er behauptet, dass er kurz vor halb eins noch die letzten Aufgaben in Haus neun erledigt hat, bevor er ins Bett ist. Sein Zimmer liegt zwischen den Apartments von Chummy und Donald. Als Cross ihn nach dem Streit zwischen den Zwillingen fragte, zögerte Moss – meinte, er hätte vergessen, es zu erwähnen, weil es nichts zu bedeuten hatte. Er sei nur kurz raus, um nach dem Rechten zu sehen, und anschließend gleich wieder in sein Zimmer.«

»Er meint, der Sturz habe ihn später geweckt«, berichtete George. »Dieselbe Geschichte.«

»Abgesehen davon noch irgendwelche Hinweise?«, wollte Daisy wissen. »Wart ihr in irgendeinem der Zimmer?«

Alexander schüttelte den Kopf. »Wir haben's versucht!«, versicherte er. »Aber alle waren in ihren Apartments, um auf die Befragung durch Polizeiwachtmeister Cross zu warten.«

»Aber nun, da ihr da seid …«, begann George.

Da kam Bertie, beladen mit einem gigantischen Terrakottatopf voller Weihnachtsschmuck.

»Hat Moss für mich organisiert!«, erklärte Bertie siegreich. »Ist der nicht klasse? Und er hat das alles noch dazugeschmissen. Meint, damit könnten wir das Haus schmücken.«

Wir vier warfen uns rasche Blicke zu. Das war die perfekte Gelegenheit, um sich das Treppenhaus näher anzusehen und dabei womöglich einige der Zimmer zu durchsuchen.

»Ausgezeichnet!«, rief Daisy. »Na dann los, stellen wir den Baum auf und fangen damit an!«

3

Die folgende Stunde war der reinste Weihnachtswirbel. Die Jungs stellten den Baum in den Topf, merkten, dass sie nichts hatten, um ihn darin zu befestigen, und stopften letztlich Berties Gummistiefel und mehrere Studienbücher hinein, von denen er Stein und Bein schwor, dass er sie vor dem kommenden Trimester nicht brauchte. Anschließend holten wir die Kugeln aus den Packungen – sie waren herrlich, leuchtend rot, grün und golden – und hängten sie über den raschelnden Lamettagirlanden auf. Dann befestigten wir Kerzen am Ende jedes Astes (für meinen Geschmack saßen sie gefährlich schief, und besorgt dachte ich an den Moment, wenn wir sie anzünden würden) und traten einen Schritt zurück, um das Ergebnis zu bewundern. Es hatte absolut keine Ordnung, war aber sehr hübsch, und ich war durchaus stolz. Ich hatte tatsächlich noch nie einen Baum geschmückt – das hatten bislang immer die Bediensteten getan –, und die Gesichter von Bertie und Daisy verrieten mir, dass es ihnen genauso ging.

»Nicht schlecht!«, meinte Bertie siegreich. »Siehst du, Kürbiskopf, wir brauchen keine Hilfe!«

»Natürlich nicht«, sagte Daisy. »Nur uns. Und Hazel.«

»Und uns!«, meinte George und zwinkerte ihr zu. »Was haltet ihr davon, im Treppenhaus weiterzumachen?«

»Gute Idee«, meinte Daisy. »Bertie, du bleibst hier.«

Beladen mit Lametta und Kugeln gingen wir hinaus. Ich blickte durch die schwindelerregende Lücke in der Treppe bis zur weit entfernten Decke. Es war wirklich ein hoher, schmaler Raum, der nur aus Winkeln und Steinen zu bestehen schien.

Daisy senkte die Stimme. »Wir müssen uns einen gründlichen Überblick über das Haus verschaffen, wenn wir verstehen wollen, wer die Tat begangen hat. Hazel und ich haben das Treppenhaus schon einmal untersucht, aber jetzt müssen wir eine vollständige und genaue Karte anlegen.«

»Genau meine Worte«, sagte George grinsend.

»Selbstverständlich«, meinte Daisy und sah ihn augenrollend an. »Aber *ich* wiederhole sie nun, wodurch sie offizieller werden. Hazel, du kannst zeichnen.«

Mir war klar, was das wirklich zu bedeuten hatte: dass Daisy mich herumkommandieren und am laufenden Band kritisieren würde. Es gab eine Zeit, in der ich das nicht sofort begriffen hätte, und danach eine Zeit, in der ich mich darüber geärgert hätte, doch inzwischen habe ich meinen Frieden damit gemacht. Daisy ist und bleibt nun einmal Daisy, und sie stellt Forderungen mit der Präzision von jemandem, der nicht an andere denkt. Sie weiß, was sie will, und sie bekommt es, egal, um welchen Preis. Und ich muss zugeben, dass ich sie dafür bewundere.

»In Ordnung«, sagte ich, holte unter der Deckung von Lametta mein Fallbuch aus der Tasche und schrieb auf eine frische Seite: *TREPPENHAUS NEUN, MAUDLIN COLLEGE.*

»Und jetzt«, sagte Daisy laut, »lasst mal sehen … Lametta hier und dann noch … eine Handvoll Kugeln hier. Hier könnten sie wirklich das Händchen einer Frau vertragen.«

George sah sie mit hochgezogenen Augenbrauen an und sie zwinkerte ihm zu. »Gut«, wisperte sie. »Der Lageplan. Hazel, pass auf. Wir wissen, dass es am Eingang im Erdgeschoss eine Zugangstür gibt, die abgesperrt wird, und in der Mordnacht war das um elf Uhr der Fall, lange bevor man die Falle spannte. Links sind die Klos und auf der Gartenseite liegt die Wohnung von Michael Butler. Mal das auf, Hazel.«

Ich skizzierte Kästchen auf der linken Seite, die die Toiletten darstellen sollten, und ein kleines Kästchen rechts davon, das ich mit *Michaels Zimmer* beschriftete. Daneben malte ich das Schwarze Brett und den ersten Treppenabschnitt auf. Dann schaute ich mich auf dem Absatz um, auf dem wir uns befanden.

Links war die Tür von Freddie Savage und rechts die, aus der wir gekommen waren, Berties. Kurz steckte er den Kopf zu uns raus, verdrehte die Augen und verzog sich wieder.

Ich ergänzte beide Zimmer auf der Karte und malte dazwischen den Münzfernsprecher auf, der für alle im Haus frei zugänglich dastand.

»Praktisch!«, sagte Daisy und wickelte Lametta darum.

»Laut!«, meinte George und ich wusste, was er meinte. Wieder wurde mir klar, wie schwierig es sein musste, im Haus neun zu telefonieren, ohne dass einer der anderen es mitbekam.

»Höchst interessant«, stimmte Daisy zu. »Wirklich sehr interessant. Aber wenn dem so ist, selbst *wenn* niemand Amanda angerufen hat, können wir ihre Geschichte nicht einfach so abhaken. Denn damit hätten wir eine sehr wichtige Frage zu klären: *Woher wusste sie, dass etwas nicht stimmte*?«

Mein Bick traf den von Alexander. Er sah so verwirrt aus, wie ich mich fühlte. Ein eisiger Schauer kroch mir über den Rücken.

4

Wieder einmal liefen wir die Treppe hoch zum nächsten Absatz. Der grässliche Anblick, der sich Daisy und mir vergangene Nacht geboten hatte, das auf den Fliesen vergossene Blut, war aufgewischt, doch noch immer konnte man einen dunklen Schatten erkennen. Hier war Chummy aufgeprallt – ich sah sogar das Stückchen zerbrochenen Stein, auf dem sein Kopf aufgekommen war. Es war unglaubliches Pech, da jeder Treppenabschnitt nur aus zwanzig schmalen Stufen bestand – trotzdem war es passiert. Ich schauderte und malte ein Kreuz in meine Karte.

Links von uns lag das Zimmer von Alfred Cheng und rechts, auf der Gartenseite, das Apartment, an dessen Tür *James Monmouth* stand. Dieses Zimmer wurde renoviert, während sein Bewohner die Ferien anderswo verbrachte – das Zimmer, in das man Chummy vor nur wenigen Stunden gebracht hatte.

Und er lag noch immer darin!

Ich sah Daisy an, dass sie dasselbe dachte. Sie blickte zu George: »Wir müssen rein!«, sagte sie auf der Stelle.

»Nein!«, widersprach ich. »Das geht nicht!«

»Natürlich geht das«, meinte Daisy. »Endlich einmal haben wir die Gelegenheit, die Leiche zu untersuchen!«

»Alexander!«, flehte ich.

»Daisy hat recht«, sagte er unsicher.

Ich war schockiert. Ich wusste, dass er nicht wirklich so dachte. Wie konnte er nur so tun, als wäre er mit Daisy einer Meinung, nur weil er sie hübsch fand? Doch seine Zustimmung hatte meinen Einspruch übertrumpft. Die anderen drei wollten hinein.

»Dekoriert um mich herum, während ich das Schloss knacke«, befahl Daisy. Sie zog eine Haarnadel aus ihren Locken und trat auf die Tür zu. Alexander stellte sich hinter sie, um am Oberbalken eine Lamettagirlande aufzuhängen, während ich eine Kugel über die Klinke schob.

»Was macht ihr da?«, fragte hinter uns jemand. Es war Alfred, der wieder einmal mit genervtem Blick aus seinem Zimmer linste.

»Schmücken«, sagte George. »Für Weihnachten.«

»Dann macht es leiser, in Ordnung? Ich brauche meinen Schlaf«, sagte Alfred, bevor er die Tür abermals schloss.

Da fiel mir etwas auf. Jede Mal, wenn wir die Treppe hochgingen, schienen wir auf uns aufmerksam zu machen. Unsere Schritte hallten von den Steinstufen und unsere Stimmen von den Wänden wider. Wie hatte der Mörder mitten in der Nacht still und leise durchs Haus schleichen können, ohne dass jemand ihn hörte? Keiner hatte erwähnt, dass er außer dem Streit zwischen Chummy und Donald um halb eins noch Geräusche im Treppenhaus bemerkt hatte.

Dann aber öffnete sich klickend die Tür zu James Monmouths Zimmer und ich konnte an nichts anderes mehr denken. Ich malte mir aus, was mich darin erwartete und erinnerte mich mit Grauen an die Tür auf Fallingford, das Einzige, was zwischen uns und Mr Curtis, dem ermordeten Gast, gestanden hatte. Ermitteln ist schön und gut, solange es ums Lösen von Rätseln geht, doch sobald eine richtige Leiche ins Spiel kommt, gefällt es mir weit weniger.

Daisy schaltete das elektrische Licht an und alle vier schlüpften wir hinein. Dort, auf dem Sofa, zeichnete sich unter einem Laken der Umriss einer Gestalt ab.

»Wir sollten das nicht tun!«, sagte ich noch einmal.

»Ich weiß wirklich nicht, warum du dich so anstellst«, sagte Daisy. »Das gehört nun mal dazu, wenn man Detektiv ist!«

Ich funkelte die anderen drei böse an und nahm all den Mut zusammen, den ich im vergangenen Jahr angesammelt hatte. Ich würde sie aufhalten.

Dann bemerkte ich die Schuhe.

Sie spitzten unter dem unteren Ende des Lakens hervor: schwarze Leinenschuhe mit zerkratzter Sohle. Sobald mein Blick darauf gefallen war, war ich davon wie gebannt.

»Seht mal«, sagte ich leise. »Er trägt Turnschuhe.«

»Solche hat Harold uns letzte Nacht auch gegeben!«, erzählte Alexander. »Zum Klettern trägt die jeder, hat er gesagt.«

Mit weit aufgerissenen Augen trat Daisy vor und zupfte an dem Laken.

»Und da«, wisperte sie. »Er hat weite Hosen und einen Mantel an, keinen Pyjama. Er ist für draußen gekleidet!«

Die Beine, die sie freigelegt hatte, steckten tatsächlich in einer weiten, dunkelbraunen Hose, nicht in einem Schlafanzug.

Mir fiel ein, dass Mr Perkins berichtet hatte, er habe jemanden auf dem Turm herumklettern hören, bevor er eingeschlafen war. Wir hatten angenommen, dass es sich um einen unserer Verdächtigen gehandelt hatte … aber was, wenn es das Opfer gewesen war? Was, wenn *Chummy* in der Nacht klettern war? Er könnte sein Zimmer durch das Fenster neben dem Regenrohr verlassen haben, um später auf demselben Weg zurückzukehren. Offenbar hatte er keine Zeit mehr gehabt, seine Klettermontur abzulegen, um in seinen Pyjama zu schlüpfen, bevor er gestorben war. Vielleicht war er deshalb so über die Treppe gehastet, ohne darauf zu achten, wohin er trat – weil er zu müde und daher unachtsam war.

Daisy schritt die Leiche ab. Von Grauen gepackt, schoss es mir durch den Kopf, dass ich wirklich aufkreischen würde, sollte ich mir Chummys armen, zertrümmerten Kopf anschauen müssen. »Lass das, Daisy!«, sagte ich. »Lass ihn in Frieden. Schau nicht weiter!«

»Na schön, na schön. Himmel, du bist ja ganz grün im Gesicht!«

»Es ist ja auch nicht schön«, sagte ich schwach. »Ich glaube, mir ist es ohne Leiche lieber.«

»Mir auch«, gab Alexander zu. Besonders guter Dinge sah er nicht aus. »Ich finde, wir sollten gehen.«

»*Ihr*«, meinte Daisy bockig, »habt keine Fantasie. Aber ich gebe zu, wir haben etwas Nützliches herausgefunden und sollten uns zurückziehen, bevor jemand merkt, dass wir das Treppenhaus nicht mehr schmücken!«

5

So gingen wir hinaus auf den Treppenabsatz und begannen, uns die Stufen zum Obergeschoss vorzuarbeiten, wo sich Chummys und Donalds Zimmer befanden.

»Noch ein paar Kugeln da, würde ich sagen!«, rief Daisy, bevor sie weiterflüsterte: »Schaut! Da! Dort war der Angeldraht befestigt!«

Man hatte ihn entfernt, anders als den funkelnden Nagel, den Wachtmeister Cross offensichtlich nicht mitgenommen hatte. Daisy huschte zur obersten Stufe und ging in die Hocke.

»Bitteschön, kann ich dir eine Lupe anbieten?«, fragte George und holte eine aus seiner Tasche.

»Nein, danke. Eine Dame reist nie ohne«, erwiderte Daisy und zog ihre eigene, winzig kleine hervor.

Gemeinsam untersuchten sie den Nagel in der Bodenleiste. Ich nahm das Stück Angelschnur aus der Tasche, das wir gekauft hatten, und hielt es hoch. Diese Falle vorzubereiten, war allem Anschein nach leicht gewesen.

»Der Nagel steckt tief«, stellte George fest. »Interessant!«

»Durchaus!«, stimmte Daisy ihm zu. »Der Lärm vom Hämmern hätte das ganze Haus aufgescheucht, hätte man es erst gestern Nacht getan. Doch keiner hat etwas erwähnt, ebenso wenig wie andere Geräusche im Treppenhaus, also ...«

»... muss es bereits davor erledigt worden sein. So konnte der Mörder die Falle leise fertigstellen, wann immer es ihm passte!«, endete George. Sie strahlten sich an.

»Womöglich während der Bauarbeiten im Zimmer einen Stock tiefer?«, schlug Alexander vor. Er blickte Daisy hoffnungsvoll an, doch sie wandte ihm nicht einmal den Kopf zu. Dafür warf sie mir einen prüfenden Blick zu. Ich blinzelte und tat so, als hätte ich im Fallbuch gelesen.

»Hey!«, rief plötzlich eine Stimme. »Hey! Was treiben Sie vier hier?«

Erschrocken blickten wir auf.

Moss, der Bedder, war aus seiner kleinen Kammer getreten und hatte sich über uns aufgebaut. Er sah ausgezehrt und völlig fertig mit den Nerven aus. Selbst seine Livree war zerknittert. Alles in allem machte er den Anschein, als hätte er die ganze Nacht über kein Auge zugetan.

»Guten Morgen, Moss«, sagte Daisy fröhlich. »Wir schmücken das Haus für Weihnachten.«

»Ich ... Tut mir leid, wenn ich Sie erschreckt habe«, sagte Moss. »Es ist nur so, dass ich Sie nicht gerne hier sehe.

Scheint mir nicht sicher, nach dem, was passiert ist. Mr Charles' Sturz … es war meine Schuld.«

»*Ihre* Schuld?«, wiederholte Daisy schneidend. Wir drängten uns dichter aneinander. War das ein Geständnis?

»Er stand unter meiner Obhut«, sagte Moss. »Ich werde meine Stelle verlieren! Ich bin schuld!«

Schlagartig fühlte sich die Lage bedrohlich an. Wir waren allein, oben an einer steilen Treppe, mit einem unserer vier Verdächtigen.

»Wie meinen Sie das?«, hakte Daisy nach.

»So oft habe ich Mr Charles gebeten, Mr Donald keine Streiche mehr zu spielen – ihm gesagt, dass es nicht fair ist, dass Mr Donald damit nicht umgehen kann. Doch ich konnte ihn nicht davon abbringen – das konnte ich nie. Er hat nur darüber gelacht und seine Eltern haben es ihm durchgehen lassen. Deshalb habe ich auch die Stelle hier angenommen, um auf Mr Donald achtgeben zu können, wenn es sonst schon keiner macht. Ich wusste, er braucht mich. Und jetzt … das! Ich sage Ihnen, es ist meine Schuld.«

Seine Lippen zitterten. Würde er gleich gestehen? Hatte er versucht, Chummy zu stoppen, und war zu weit gegangen?

»Aber Sie haben dem Polizisten gesagt, dass Sie in Ihrem Zimmer waren«, warf ich ein.

»Ich …«, begann Moss. »Das war ich auch. Ja. Und es ist trotzdem meine Schuld!«

»Warum sagen Sie das immer wieder?«, wollte Daisy wissen. »Wie kann das denn sein, wenn Sie in Ihrem Zimmer waren?«

In diesem Augenblick schlug die Tür zu Donalds Apartment auf und Donald selbst platzte heraus.

6

»Ach was!«, rief Donald. »Was macht ihr denn hier draußen? Feiert ihr ohne mich eine Party?«

Ich sah ihn verblüfft an. Er trug noch immer seinen Pyjama, hatte allerdings einen Papierhut aufgesetzt, so wie man sie in Weihnachtsknallbonbons findet, und sich wie einen Schal eine Girlande Lametta um den Hals gewickelt. Er umklammerte ein Glas, das halb voll mit einer dunklen Flüssigkeit war. Seinen Mund umspielte ein Lächeln, während in seiner Haltung etwas Wagemutiges lag, was mich sehr an Chummy erinnerte.

»Kommt rein!«, sagte Donald – und es klang ganz wie ein Befehl. Ein Befehl von Donald, der noch gestern sämtlichen Wünschen Chummys treu ergeben war und stets in dessen Schatten gestanden hatte. Ich staunte Bauklötze.

Wir betraten sein Wohnzimmer, das sogar noch muffiger roch als beim letzten Mal. Angebissener Toast lag herum, teils auf Tellern, teils daneben, während eine Grillgabel auf dem Kaminrost lag, halb vergraben in der Asche eines erloschenen Feuers.

»Mr Donald!«, rief Moss. »Wie geht es Ihnen?«

»Chummy ist tot«, antwortete Donald reichlich schadenfroh. »Er ist nicht länger hier. Es geht mir prächtig!«

»Es war ein Unfall«, sagte Moss voller Hoffnung. »Sein eigener schlechter Streich, nicht wahr, Mr Donald? Ich bin schuld, weil ich ihn nicht davon abgehalten habe.«

Als er das sagte, hatte ich mit einem Mal die Gewissheit, dass Moss *nicht* schuldig war. Er hatte lediglich Angst, *Donald* könnte der Täter sein. Das war zwar nur eine Vermutung, aber ich war mir sicher. Nur wie könnte ich es beweisen?

»Mir völlig egal, was es war!«, sagte Donald. »Jedenfalls bedeutet es, dass er mir nicht länger das Leben schwer machen kann. Ich kann machen, was ich will! Ich fühle mich schon viel besser. Als hätte man mir eine Last von den Schultern genommen.«

»Aber Mr Donald, Sie müssen mir doch recht geben, dass es ein *Unfall* war!«, wiederholte Moss. Ich merkte, wie sich Daisy neben mir anspannte und begriff, dass sie meine Beobachtung teilte. Wie könnten wir die Wahrheit ans Licht bringen?

»Stellt euch vor!«, plapperte Donald weiter. »Die Party morgen Abend wird jetzt ganz allein meine! Ich ändere die Gästeliste! Ich werde die Jazzband engagieren, die *mir* gefällt! Das Leben sieht viel rosiger aus. Ich werde auch auf jeden Fall diese Mine kaufen.«

»Mr Donald!«, sagte Moss regelrecht flehend.

»Himmel, wir sollten uns alle freuen! Chummy kann keinem mehr üble Streiche spielen.«

»Oh ja«, mischte Daisy sich schnell ein. »Er hat den Leuten ein paarmal wirklich böse mitgespielt, oder? Die Sache mit dem Jackett … und was er dem armen Moss angetan hat! Armer Moss, Sie müssen mit den Nerven am Ende sein.«

Ich wusste nicht, worauf sie hinauswollte, sah aber, dass sie aus irgendeinem Grund ins Schwarze getroffen hatte.

»Woher wissen Sie …?« Moss riss ungläubig den Mund auf.

»Er war ein Scheusal!«, rief Donald. »Das war mein bestes Jackett und er hat die Ärmel zugenäht! Nachdem ich es gemerkt habe, sind wir im Korridor aneinandergeraten. Butler kam angewetzt und hat sich wahnsinnig aufgeregt – Chummy hat so getan, als würde er auf ihn hören. Sobald Butler weg war, kam Moss dazu, doch Chummy hat ihm die Schlüssel vom Gürtel geklaut und ihn in seine Kammer gesperrt. Ich wollte sie ihm wegnehmen, aber er ist in seinem Zimmer aus dem Fenster geklettert, das Regenrohr hoch und rauf aufs Dach.«

»Chummy hat Moss eingesperrt?«, fragte George schneidend nach.

»Ständig«, bestätigte Donald. »Man kann die Schlüssel ganz leicht von dem Ring an seinem Gürtel nehmen. Er hat Moss gezwungen, zurück in sein Zimmer zu gehen, dann hat er von außen abgesperrt. Erst nach Chummys Sturz konnte ich ihn wieder rauslassen – Chummy hatte die Schlüssel noch eingesteckt. Ich musste sie aus seiner Tasche ziehen, als er so dalag!«

Es durchzuckte mich wie ein Blitz. Jetzt verstand ich, warum Moss meinte, es sei seine Schuld gewesen: Soweit es ihn anging, hatte Donald in aller Ruhe die Falle präparieren können, während er, Moss, sich in sein Zimmer hatte sperren lassen. Für uns bedeutete das noch etwas anderes: Wenn Moss in seinem Zimmer war, von dem Moment an, als Chummy ihn eingesperrt hatte, bis nach dem Sturz, konnte *er* die Falle unmöglich vorbereitet haben. Wir konnten ihn ausschließen. Ich hatte also richtiggelegen: Moss war unschuldig.

»Ihr findet, ich sollte trauern, stimmt's?«, fragte Donald. »Tja, ihr seid Dummköpfe. Ihr wisst nicht, wie das ist, einen Bruder zu haben, der einfach alles besser kann. Alles drehte sich immer nur um Chummy, Chummy, Chummy. *Chummy sollte der Ältere sein! Chummy sollte das Geld erben!* Das haben sie doch alle gesagt. Um mich hat sich keiner geschert. Aber das ändert sich jetzt. Jetzt gibt es nur noch mich und ich kann endlich ich selbst sein!«

Plötzlich wollte ich unbedingt fort. Ich drehte mich um und sah Daisy an. Selbstverständlich begriff sie sofort.

»Wir gehen wieder zu Bertie«, sagte sie zu Donald. »Kommt.«

Gemeinsam betraten wir den Treppenabsatz, dann schloss sich hinter uns die Tür. Ich schauderte. »Gehen wir runter«, sagte ich.

»Einen Moment noch«, bat Daisy. »Mir ist eben etwas eingefallen. Sorgt für Deckung – unterhaltet euch, solange ich weg bin!«

Schnell wie der Blitz sauste sie nach rechts in Chummys Apartment. Alexander schaute mich und George an, dann fing er eine der fröhlichen, freundlichen Unterhaltungen an, in denen er so gut ist. Er redete über Schnee und Geschenke und wollte sich gerade dem Thema Weihnachtsessen widmen (angeblich ist ein Festessen an Weihnachten in Amerika nicht unbedingt üblich. Stattdessen haben sie etwas, das sie Thanksgiving nennen und das einen Monat früher stattfinden, was für mich ganz nach Weihnachten ohne Geschenke klingt), als Daisy wieder aus Chummys Zimmer gesaust kam. Ihre Hände waren leer, doch ihre Augen leuchteten.

»Das war sehr ergiebig!«, hauchte sie. »Ich habe Chummys Schrank durchsucht: Die Angelschnur, die Hazel und ich gestern gesehen haben, *ist noch da*, absolut unangetastet seit unserem Besuch! Ich schlussfolgere: Chummy hat den Draht nicht gespannt! Es *ist* ein Mörder auf freiem Fuß und wir engen den Kreis der Verdächtigen ein!«

7

Ich stand in Berties Apartment am Fenster und schaute durch die kleinen Rauten im Glas hinaus in den dunklen Nachmittag. Eine Zeit lang mussten wir so tun, als wären wir keine Detektive, sondern ganz gewöhnliche Schulkinder, die sich auf das Weihnachtsfest vorbereiten. Ich drehte am Fensterhaken und schob die beiden Hälften auseinander, sodass ich auf das Regenrohr zur Linken und den winterlichen Garten darunter blicken konnte. Über mir befand sich Chummys Zimmer. Mit Entsetzen stellte ich mir vor, mich aus Chummys Fenster zum Regenrohr hinüberzuschwingen. Hier oben war mir schon hoch genug.

Ich zog das Fenster zu und wandte mich dem Raum zu. Das Grammofon lief und erfüllte das Zimmer mit einem satten und lustigen Jazzlied, begleitet von der Stimme eines Mannes.

Bertie kniete am Kaminrost und stocherte im Feuer, während George und Alexander zusahen. Als eine Flamme emporloderte, wurde es schlagartig hell und warm. Das Lametta an den Wänden funkelte und es fühlte sich wirklich nach Heiligabend an.

Daisy kam zu mir und lehnte sich gegen mich. Gemeinsam beobachteten wir, wie Bertie aus einem kleinen Koffer unter dem Schreibtisch eine Dose Weihnachtsküchlein hervorholte. Er legte die Leckereien aus Trockenobst auf den Rost, sodass es beinahe wie ein Mitternachtsgelage mitten am Tag war.

Mein Magen knurrte. Mir wurde bewusst, dass es bereits nach Mittag war und ich seit Stunden nichts gegessen hatte. Bisher hatte ich von der Aufregung des Detektivdaseins und

Rührkuchen gezehrt, aber nun kam ich auf den Boden der Tatsachen zurück.

Als ich in mein erstes Stück biss, war mein Mund erfüllt von Gewürzen und kandierten Früchten. Eine Weile war es still. Alle saßen oder lehnten oder lagen auf dem Sofa oder dem Teppich neben dem Feuer und verputzten das Früchtebrot. Ich spürte regelrecht, wie wir fünf enger zusammenwuchsen.

Dann ertönte ein Klopfen an der Tür und Michael Butler kam herein.

Das Feuer zauberte tiefe Schatten in den Raum und draußen wurde der Himmel dunkel, obwohl es nicht länger zu schneien schien.

»Wachtmeister Cross kommt gleich«, sagte Michael knapp. »Will mit uns allen noch einmal reden. Ich habe auch Cheng Bescheid gesagt … ah, da ist er ja schon.«

Die Tür öffnete sich erneut und Alfred trat ein. Man las ihm am Gesicht ab, dass er davon überzeugt war, nicht willkommen zu sein, aber beschlossen hatte, dennoch zu erscheinen.

»Cheng«, empfing Michael ihn frostig. »Der Polizist ist auf dem Weg. Werden Sie die Ermittlungen dieses Mal unterstützen oder schleichen Sie sich wieder einfach fort?«

»Selbstverständlich helfe ich«, sagte Alfred, obwohl er dabei das Gesicht verzog. »Ich sehe keinen Grund, nicht zu helfen, nur weil ich den Kerl nicht mochte.«

»Nicht mochte? Sie haben ihn gehasst!«

»Aus gutem Grund!«, entgegnete Alfred nun lauter. »Er hat sich mir gegenüber richtig mies verhalten, Butler, aber das haben Sie ja nie begreifen wollen.«

»Weil es nichts weiter war!«, rief Michael. »Wären Sie Engländer, würden Sie es verstehen.«

»Ich wüsste zu gerne, warum Sie alle so ungeheuer stolz darauf sind, Engländer zu sein«, meinte Alfred. »Jeder ist irgendwie mit jedem verwandt. Es sehen sogar alle gleich aus!«

Auf der Treppe ertönten schwere Schritte, dann klopfte es an der Tür.

»Verzeihung«, sagte Wachtmeister Cross. »Darf ich eintreten?«

8

Michael und Alfred traten auseinander. »Natürlich«, sagte Bertie.

Wachtmeister Cross öffnete die Tür, noch immer spannte sich sein Bauch unter der blauen Jacke und war sein Gesicht rot. Hinter ihm stand, einen genervten Ausdruck im Gesicht (und die Papierkrone auf dem Kopf), Donald.

Donald hatte Cross als Tölpel abgestempelt, aber genau das verursachte in mir ein ungutes Gefühl. Die Tatsache, dass der Beamte die Erklärung mit dem Unfall nicht einfach so hingenommen hatte, verriet mir, dass er so lange weitergraben würde, bis er bei der Wahrheit angelangt war.

»Einen schönen Nachmittag«, sagte der Wachtmeister und nahm respektvoll den hohen blauen Hut vom Kopf. »Ich bin froh, dass Sie hier sind: Ich möchte mit allen gleichzeitig sprechen. Einiges an diesem Vorfall will mir noch immer nicht einleuchten.«

»Chummy hat einen Angeldraht gespannt und ist dann selbst darüber gestolpert«, meinte Bertie angespannt. »Wie oft muss ich das denn noch sagen?«

»Aber warum sollte er etwas so Gefährliches tun?«, fragte Cross. »War ihm nicht klar, dass jemand ernsthaft zu Schaden kommen könnte?«

»Chummy hat gerne dumme Streiche gespielt«, sagte Bertie. »Dieser ist schief gelaufen. Das ist alles.«

»Selbst wenn es lediglich ein Unfall war, wer hat Miss Price angerufen? Warum trug Mr Melling Straßenschuhe und wie konnte er über seine eigene Falle stürzen? Ich weiß, ich bin nicht der Schnellste von Begriff, umso wichtiger, dass ich alles von vorne bis hinten genau verstehe. Wenn nicht, wird mein Vorgesetzter umso weniger Verständnis haben und ich gerate in die Bredouille. Es ist schon komisch … seit fünfzehn Jahren bin ich nun Polizist, aber einen Todesfall habe ich noch nie untersucht. Ich scheine nie zur rechten Zeit am rechten Ort zu sein. Auf dem Revier macht man sich schon lustig darüber. Also will ich dieser Sache auf den Grund gehen, jetzt, und beweisen, dass ich es *kann*. Meine Vorgesetzten sind alle im Weihnachtsurlaub, schließlich ist heute der 24. Dezember. Ich will die Angelegenheit geklärt haben, bevor sie zurückkommen. Also, wenn ich Sie bitten dürfte: Wer hat Miss Price angerufen?«

Stille machte sich breit. Und dann … »Das war *ich*«, sagte Donald. »Nachdem es passiert war, habe ich mich nach unten geschlichen und Amanda angerufen. Ich wollte, dass sie kommt und Chummy sieht. Ich wollte, äh, sie schockieren. Ich … ich hätte es früher zugeben sollen. Ich entschuldige mich.«

Mir klappte der Mund auf. Konnten wir uns tatsächlich geirrt haben?

»Ich habe angerufen«, wiederholte Donald. »Damit wäre das geklärt. Können Sie uns nun in Frieden lassen?«

»Bald«, antwortete Cross. »Ich habe angeordnet, den Toten abzutransportieren. Heute Nachmittag wird jemand vorbeikommen. Doch bevor ich meine Schlüsse ziehe, brauche ich Antworten auf meine Fragen.«

»Das ist idiotisch«, murrte Donald.

»Es betrübt mich, dass Sie so denken«, sagte der Wachtmeister. »Aber bevor wir weitermachen, noch etwas anderes: Wenn Sie den Anruf getätigt haben, Mr Melling, dann habe ich an Miss Price keine weiteren Fragen, was bedeutet, dass Sie und die jungen Damen mit dieser Angelegenheit nicht länger belästigt werden müssen.« Er sah mich und Daisy an.

»Oh, das macht uns nicht das Geringste aus!«, sagte Daisy. »Obwohl wir natürlich sehr betroffen sind, schlagen wir uns höchst tapfer. Wir können gerne bleiben.«

»Nichtsdestotrotz möchte ich Sie und ihre jungen Freunde« – er sah gezielt Alexander und George an – »bitten, sich von diesem Haus fernzuhalten, bis meine Ermittlungen abgeschlossen sind. Soweit ich informiert bin, hat der Master des Maudlin Ihnen beiden Mädchen gestern Hausverbot erteilt. Nun, da Ihre Mitwirkung an dem Fall nicht länger vonnöten ist, sollten wir seine Anordnung respektieren.«

Ihn umstimmen zu wollen, war zwecklos, das war ihm anzumerken. Und genauso wenig würde er sich vom Ermitteln abbringen lassen. Das war schlecht für den Mörder und fast ebenso schlecht für uns Detektive. Cross würde unsere Nachforschungen zum Stillstand bringen, bis seine eigenen abgeschlossen waren.

9

»Nun!«, sagte Daisy. »Wenn Sie darauf bestehen. George, Hazel, Alexander, ich verspüre das plötzliche und dringende Bedürfnis nach frischer Luft.«

Unter den Augen von Wachtmeister Cross und den Maudlin-Studenten verließen wir Berties Apartment. Dann polterten wir wütend die Treppe hinunter (wobei wir in unsere Mäntel schlüpften) und eilten aus dem Haus. Daisy nahm mich am Ellbogen und führte uns alle nach links, durch das Tor zur Bibliothek und dem Don-Garten.

»Warte«, sagte Alexander alarmiert, während seine Nasenspitze vor Kälte rosa wurde. »Wir können da nicht rein. Wir haben keinen Zutritt!«

»Unfug!«, meinte Daisy, schlang ihren Arm fest um meinen und griff mit der freien Hand nach dem großen Metallring am Gartentor. »Wenn Cross uns aus dem Haus wirft, müssen wir die Gelegenheit nutzen und den Garten untersuchen. Immerhin wissen wir, dass Chummy am Regenrohr hinuntergeklettert ist, das dort endet. Genau wie Bertie. Damit gehört der Garten zum Tatort und wir müssen ihn inspizieren!«

Ich wollte ihr widersprechen – der große Metallring an der Tür vor uns schien ein Sinnbild dafür zu sein, wie verschlossen Cambridge sich uns offenbart hatte – doch dann dachte ich nach. So eine Chance bekamen wir vielleicht nicht noch einmal, vor allem, da es erneut zu schneien begonnen hatte.

»In Ordnung!«, sagte ich. »Aber jemand muss Wache stehen.«

»Ausgezeichnete Idee, Watson«, stimmte Daisy zu. »Danke, dass du dich freiwillig meldest. Und wer bleibt von den Pinkertons?«

»George«, antwortete Alexander schnell. George sah ihn an und rollte mit den Augen.

»Selbstverständlich«, sagte er trocken. »*Alex.*« Ich bekam die unschöne Ahnung, dass er zum gleichen Schluss über Alexanders Gefühle gekommen war wie ich.

»*George*«, sagte Alexander, dessen Wangen noch röter wurden. »Komm, Daisy, auf zum Ermitteln!«

Daisy schien sein Gesicht nicht zu bemerken. Sie hantierte bereits voller Tatendrang an der Tür herum. »Beeilung!«, zischte sie Alexander zu. Kurz darauf waren beide im Garten für die Dozenten verschwunden.

George und ich blieben allein zurück. Schüchtern lächelte ich ihn an. Er war so anders als der George, den ich mir monatelang vorgestellt hatte, und trotzdem genau so. Clever, selbstbewusst, schlagfertig in Gesprächen, war er die zweite Hälfte des liebenswürdigen, aufgeschlossenen Alexanders, genau wie ich die von Daisy war. Ich hatte derart viele Fragen an ihn, dass ich gar nicht wusste, wo ich anfangen sollte.

»Hat man dich aus Indien hergeschickt?«, fragte ich endlich. »Damit du hier zur Schule gehst?«

George verzog eigentümlich die Lippen. »Ich bin den ganzen weiten Weg von London gekommen«, sagte er. »Ich bin dort geboren, genau wie Harold. Nur mein Vater stammt aus Indien – aber natürlich sehen die Leute nur diese eine Seite an mir. Im Grunde bin ich englischer als Alexander.«

»Oh! Bist du je– … also nicht dass es mir so ginge … aber ärgerst du dich manchmal deswegen?«

»Natürlich, jeden Tag«, antwortete George. »Der Trick ist, es sich nicht anmerken zu lassen und immer glaubwürdig zu erscheinen.«

Ich überlegte, welche Meinung er wohl von mir gehabt hatte, bevor wir uns begegnet waren, und was er inzwischen von mir hielt.

»Ich mochte dich von Anfang an, vom ersten Brief an, den du Alex geschickt hast«, erklärte George, als hätte er meine Gedanken gelesen. »Und Alex mag dich auch. Obwohl er, wie gesagt, nicht *immer* die beste Menschenkenntnis hat. Ich weiß nicht, warum er seine Zeit mit Daisy verschwendet.«

»Sie ist meine beste Freundin!«, sagte ich.

»Sie ist brillant«, meinte George. »Sie ist die Sorte Mensch, die man nie vergisst. Aber ich glaube nicht, dass sie die Sorte Mensch ist, die sich verliebt.«

Vermutlich schnitt ich ein recht entsetztes Gesicht, denn er änderte rasch das Thema: »Also. Uns sind drei Verdächtige geblieben: Alfred, Donald und Michael.«

»Stimmt«, gab ich ihm recht und tat mein Bestes, meine Gedanken wieder auf den Fall zu lenken. »Moss ist unschuldig und er hält Donald für den Täter.«

»Ganz recht!«, stimmte George zu. »Das ist mir auch aufgefallen. Nicht, dass es irgendetwas beweisen würde, aber es ist interessant.«

»Als wir die Karte skizziert haben, ist mir etwas klar geworden«, sagte ich.

»Ach ja?« George rieb die Handschuhe aneinander. Es schneite wieder stärker. Flocken fielen auf seine Schultern und färbten seine Haare weiß.

»Wann immer wir im Treppenhaus waren, haben wir jemanden aufgeschreckt. Ihr habt es miterlebt: Alfred und Moss. Jedes unserer Geräusche hat extrem laut nachgehallt. Selbst wenn der Nagel schon vor der Mordnacht an seinem Platz war, hätte der Mörder die Falle nur schwer spannen können, ohne Lärm zu machen und jemanden zu alarmieren. Daher: Stell dir mal vor, Michael hätte versucht, die komplette Treppe nach oben zu Chummy zu laufen, ohne dass jemand es bemerkt! Moss hätte die vielen, lauter werdenden Tritte gehört und wäre nie auch nur auf die Idee gekommen, Donald könnte der Schuldige sein, da der ja bloß über den Absatz hätte schleichen müssen!«

George nickte. »Korrekt. Das ist mir ebenfalls bewusst geworden. Bei Alfred wäre es etwas wahrscheinlicher – er hätte lediglich einen Treppenabschnitt bewältigen müssen. Donald andererseits hätte keine einzige Stufe betreten.«

»Genau! Er hat ein Motiv, außerdem wusste er, dass Chummy nicht im Zimmer und Moss eingesperrt war, also hätte er den Draht in Ruhe spannen können. Falls er es war … passt alles.«

»*Falls*«, sagte George. »Es ist eine passable Theorie, doch mit Gewissheit wissen wir es nicht. Wir brauchen mehr Beweise.«

Hinter uns öffnete sich knarrend das Tor.

10

Es waren Alexander und Daisy. Alexanders Ellbogen und Knie strotzten vor Dreck. Sogar in seinen Haaren klebte Schlamm. Daisy andererseits hatte lediglich einen kleinen Schmutzfleck auf der Nasenspitze davongetragen. Lächelnd versteckte sie eine Hand hinter dem Rücken.

»Tach«, grüßte sie uns.

»Wir haben was gefunden«, berichtete Alexander hinter ihr.

»Würdet ihr gerne wissen, was?«, fragte Daisy frech. »Ich weiß, wir arbeiten zusammen. Trotzdem sollt ihr ein kleines Spielchen dafür mitmachen.«

»So?«, meinte George und in seine Augen trat ein Funkeln.

»Ein Ratespiel«, fuhr Daisy fort. »Ihr zwei habt drei Versuche, um zu erraten, was sich hinter meinem Rücken befindet. Wenn ihr richtig liegt, zeige ich es euch. Liegt ihr falsch, bekommt ihr eine Strafe.«

»Daisy!«, sagte ich.

»Ihr dürft euch nur nicht irren!«, meinte Daisy. »Es ist wirklich ziemlich leicht.«

»Na schön«, sagte George. »Ich verspreche, wir gewinnen.«

»Erster Versuch«, sagte Daisy. »Bereit?«

»Natürlich. Das Ding hinter deinem Rücken ist … ein Handschuh?«

Daisys Lächeln wurde breiter. »Es ist kein Handschuh. Nicht mal annähernd. Zweiter Versuch. Du bist dran, Hazel.«

»Das Ding hinter deinem Rücken ist …« Ich hielt inne. Ich musterte Alexander, und es war komisch, wie meine Detektivsinne mir ganz genau das Blau seiner Augen und die drei Sommersprossen auf seiner Nase zeigten, und die Art, wie der Matsch in seinem Haar festsaß. Es war schrecklich peinlich, also sah ich schnell zu Boden. »Das Ding hinter deinem Rücken ist ein Dachziegel.« Sobald ich es ausgesprochen hatte, wusste ich, dass es nicht stimmte.

»Wieder falsch.« Daisy stupste Alexander siegesfreudig an, wobei das Grübchen in seiner Wange erschien. Ich merkte, wir mir am ganzen Körper heiß wurde. »Davon haben wir einige gefunden, frisch zerbrochen am Boden verteilt, was unsere Theorie stützt, dass Chummy letzte Nacht übers Dach geklettert ist, aber das ist es nicht. Letzter Versuch.«

»Ich bin wieder dran«, sagte George. »Also mal sehen. Das ist schwierig. Aber … nun ja … das Ding hinter deinem Rücken. Könnte es möglicherweise … ein Stück Holz sein?«

Alexander machte ein langes Gesicht. »Woher weißt du das?«, fragte er. Als er Daisy anblickte, versetzte es mir wieder einen Stich. *Warum* sah er sie ständig so an?

»Ihr wart in einem Garten«, sagte George. »Du *hältst* den Hinweis, also kann es kein Fußabdruck sein. Dachziegel scheiden aus, wie du selbst sagtest. Es hätte ein Stück Kleidung sein können – aber nachdem du es *nicht mal annähernd* einen Handschuh genannt hast, schloss ich auch das aus. Ein Stück Holz kam mir letztlich am wahrscheinlichsten vor. Zeig her!«

Daisy zog die Hand hervor, in der ein Ast lag.

Ich begriff sofort, warum sie ihn mitgebracht hatten. An beiden Enden war er abgebrochen, und zwar absichtlich abgebrochen worden – er sah aus, als stamme er von einem der Bäume im Garten; die Bruchstellen waren noch frisch, gelb. Die Enden wirkten gequetscht, als hätte man sie fest gegen etwas gedrückt, und in der Mitte verlief der Breite nach eine Kerbe, als hätte sich dort etwas eingegraben. Es war ein höchst interessanter Fund und beinahe mit Sicherheit ein Beweisstück.

»Hier«, sagte Daisy. »Schaut euch das an! Gefunden haben wir allerdings noch mehr. Es gab jede Menge Spuren, vom Ende des Regenrohrs bis hin zur Gartenmauer.«

»Von einem Paar Schuhe?«, erkundigte sich George.

»Nein«, antwortete Daisy. »Mehr. Zwei deutlich verschiedene und womöglich waren da sogar noch mehr. Unter dem

Schnee ließ sich das schwer sagen. Alexander musste so schon ein gutes Stück frei fegen.«

»Und nun?«, fragte George. »Wir haben den Ast, aber wie passt er in den Fall? Auf wen deutet er hin?«

In diesem Moment begann es, so richtig zu schneien.

TEIL SECHS

Der Fall verdichtet sich und Schnee fällt

1

Es war, als wäre am Himmel eine Daunendecke explodiert. Ich staunte. Alexander spreizte die Finger weit und lachte vergnügt, während George die Zunge herausstreckte, als wollte er den Schnee essen. Daisy reckte lediglich das Gesicht zum Himmel und ließ sich die Flocken ins Gesicht fallen. Als sie den Kopf wieder senkte, lagen auf ihren Wimpern und Augenbrauen reinweiße Flocken. Sie sah aus wie die Schneekönigin. Alexander und ich streckten beide eine Hand aus, um die Flocken fortzuwischen, und hielten inne.

»Wir werden nicht mehr lange bleiben können!«, stellte George fest. »Was haltet ihr von einer Lagebesprechung, solange es sich anbietet?«

»Ja, hervorragend!«, meinte Daisy. »Ich glaube, dass wir der Wahrheit dicht auf der Spur sind, aber noch haben wir sie nicht. Kommt, da rüber unter den Torbogen. Hazel, schnapp dir das Fallbuch. Zeit für eine Besprechung.«

Wir stellten uns dicht gedrängt in den Durchgang zwischen Bibliothekshof und Osthof. Schnee fiel und unser Atem hing weiß in der Luft. Mit meinem Handschuh hielt ich den Bleistift so fest wie möglich und setzte zum Schreiben an.

»Gut!«, sagte Daisy. »Wir haben in dem Fall einige Fortschritte gemacht. Was wissen wir bisher?«

»Wir haben einen Verdächtigen ausgeschlossen«, sagte ich sofort. »Moss. Er ist von Chummy kurz nach 0 Uhr 30 in seinem Zimmer eingeschlossen worden, wo er blieb, bis

Donald ihn nach Chummys Sturz freiließ. Er kann die Angelschnur nicht gespannt haben.«

»Wohl wahr«, meinte Daisy. »Zu schade eigentlich. Er war anfangs so ein herrlicher Verdächtiger.«

»Er hält Donald für den Mörder«, fuhr ich fort. »George und ich sind da einer Meinung.«

»Interessant!«, meinte George.

»Was?«, wollte Daisy wissen.

»Zuzusehen, wie eine andere Detektei ermittelt. Alex hat mir davon erzählt, aber wenn man selbst dabei ist, ist es anders.«

»Ach ja? Und wie macht *ihr* es?«, fragte Daisy spitz. Sie hasst es, wenn jemand unterstellt, unsere Detektei könnte nicht perfekt sein.

»Wir gehen erst die Hinweise durch!«, erzählte Alexander. »Georges Idee.«

»Ach ja?«, sagte Daisy noch immer gereizt.

»Also, da hätten wir den Stock – Ast – wie auch immer. Und den Nagel, den Angeldraht und Amandas Aufsätze. Und Amandas Mantel, wenn man das mitzählt?«

»Hinweise sind ja schön und gut«, meinte Daisy ernst, »aber ohne Menschen ergeben sie keinen Sinn.«

Ich atmete tief ein. »Können wir keinen Kompromiss schließen?«, fragte ich. »Wir könnten chronologisch vorgehen, in der Reihenfolge, in der wir die Hinweise gefunden haben.«

George und Daisy sahen sich an, dann nickten beide.

»Bertie ist ausgeschlossen«, sagte George. »Wir können ihm von 0 Uhr 15 bis 2 Uhr 15 ein Alibi geben.«

»Als Chummy bereits gestürzt war.« Daisy nickte wieder. »Chummy und Donald streiten sich wegen des Jacketts, und zwar um halb eins. Michael kommt dazu, um sie zurechtzuweisen, geht wieder in sein Zimmer. Moss betritt den Absatz und wird von Chummy in *sein* Zimmer am Ende der Treppe gesperrt. Chummy steigt aus dem Fenster in seinem Wohnzimmer und klettert am Regenrohr aufs Dach des Maudlin – gegen Viertel vor eins. Dort wird er von Perkins gehört, der schon im Bett liegt. Als Chummy stirbt, trägt er noch Straßenkleidung, daher ist er wohl kurz zuvor erst zurückgekehrt. Damit hatte der Mörder ein Zeitfenster von … sagen wir 0 Uhr 40 bis 2 Uhr, um die Falle zu stellen. Sind wir uns über den bisherigen Ablauf einig?«

Alle nickten.

»Hazel und ich haben uns über die Falle unterhalten, während ihr im Garten wart«, berichtete George.

Daisy warf mir einen schockierten Blick zu.

»Wir erzählen euch ja gerade davon!«, wandte ich ein. »Es ist keine richtige Spur, nur etwas, was uns beiden aufgefallen ist. Immer, wenn wir die Stufen rauf oder runter sind – zum Beispiel vorhin, als wir das Treppenhaus geschmückt haben –, ist jemand gekommen, um nachzusehen, was los ist. Es hallt im ganzen Haus. Ich glaube nicht, dass man unbemerkt die Treppe benutzen kann. Es wäre extrem schwierig, von ganz unten bis ganz nach oben zu steigen, ohne jemanden aufzuschrecken.«

»Stimmt.« George nickte. »Wir sollten es noch in Socken ausprobieren, nur für alle Fälle, aber es *scheint* unmöglich. Und noch etwas: Wir wissen, dass Moss Donald verdächtigt, was uns verrät, *dass er keine Schritte auf der Treppe gehört haben kann.* Sonst hätte er nämlich genauso gut einen der anderen verdächtigen können, deren Zimmer weiter unten im Haus liegen. Alfred hätte natürlich nur ein Stockwerk höher kommen müssen, doch Michael hätte gleich drei vor sich gehabt, wobei jeder Schritt laut gehallt hätte. Ihr habt selbst erlebt, wie hellhörig diese Treppe ist! Alfred hat keine Schritte vor der Tür erwähnt, was zwei Schlussfolgerungen zulässt: Entweder er ist schuldig oder aber Michael kam nicht an seinem Zimmer vorbei.«

»Ich glaube, es spricht noch etwas gegen Michael«, sagte Alexander. »Sein Charakter passt irgendwie nicht zu den Angriffen, oder? Alle waren so wirr und riskant, dagegen wirkt Michael total sorgfältig. Als der Portwein mit den Misteln vergiftet wurde, ging es gleich mehreren auf der Party schlecht, einschließlich Michael. Und wenn Chummy die ganze Zeit über das Ziel war, wozu sollte Michael das Risiko eingehen, den falschen Bruder in den Teich zu schubsen? Das scheint mir einfach nicht sein Stil zu sein.«

»Das stimmt.« Daisy runzelte die Stirn. »Michael ist wirklich nicht der passendste Kandidat, auch wenn er Chummy nicht mochte. Doch wenn es Alfred war, könnte ich mir durchaus vorstellen, dass er losprescht und sich nicht darum kümmert, wen er sonst noch verletzt, solange er Chummy am Ende erwischt. Er ist die Sorte Mensch, die bekommt, was sie will, und der es egal ist, wen sie dabei vor den Kopf stößt. Und falls es *Donald* war … nun, er hätte genug Portwein trinken können, um zwar angeschlagen, aber nicht ernsthaft in Gefahr zu sein, anschließend in den Teich springen und so tun können, als würde er ertrinken. Es könnte alles bloße Tarnung gewesen sein.«

»Zumindest hält *Moss* Donald für den Täter!«, wiederholte Alexander. »Donald hat ein Motiv und verhält sich wirklich komisch, seit Chummy tot ist. Er freut sich darüber, dass sein Bruder gestorben ist!«

»Das alles entspricht zwar der Wahrheit, aber wir überschlagen uns gerade!«, sagte Daisy ernst. »Wir sollten uns als

Nächste Amanda vornehmen. Auf ihrem Mantel befanden sich merkwürdige Spuren – Ziegelstaub und Matsch – und, wie Hazel und ich ebenfalls aufgedeckt haben, sie hat eine Verbindung zu Chummy. Sie hat für Geld seine Aufsätze geschrieben, auch Donalds und Berties, und wir wissen, dass jemand aus dem Maudlin es herausgefunden hat.«

»Und?«, wandte George ein. »Amanda kann in der Mordnacht nicht im Haus gewesen sein.«

»Wie sollte sie sonst von dem Sturz erfahren haben?«, fragte ich. »Glaubt ihr etwa, was Donald dem Polizisten aufgetischt hat? Dass *er* sie angerufen hat?«

»Nein«, sagte Daisy entschieden. »Er hat das nur gesagt, damit Wachtmeister Cross keine unangenehmen Fragen mehr stellt und geht – und das allein macht ihn schon wieder verdächtig!«

»Wartet«, sagte Alexander. »Mir fällt gerade etwas ein. Die Mauer um den Don-Garten besteht aus Ziegeln. Ist mir eben wieder aufgefallen. Außerdem ist der Garten voller Matsch. Was wenn …? Sagt mir, wenn ich spinne, aber was, wenn diese anderen Fußspuren, die wir im Garten gefunden haben, von *Amanda* stammen? Denn wer lehnt sich schon *mit dem Bauch* gegen eine Mauer? Der Staub ergibt nur Sinn, wenn sie an der Mauer *hochgeklettert* ist. Angenommen, sie ist übers Regenrohr nach oben und durch eins der Zimmer auf der Gartenseite ins Haus. Sie könnte zur Tatzeit dagewesen sein. Sie könnte sogar die Falle gespannt haben. Wenn Donald *nicht* angerufen hat, wenn vielleicht niemand ihr davon berichtet hat, hätte sie nur von dem Sturz wissen können, falls sie selbst vor Ort war!«

Mein Herz klopfte heftig. Es könnte stimmen. Ganz gewiss klang es wahrscheinlicher als die Geschichte von Donalds Anruf. »Das *würde* erklären, warum sie uns aufgeweckt hat!«, sagte ich. »Sie hätte jemandem von dem angeblichen Anruf erzählen müssen, um später einen Zeugen zu haben. Nur … Moment. Amanda klettert nicht! Zumindest hat sie es bisher nicht erwähnt.«

»Mädchen können genauso gut klettern wie Jungs, Hazel!«, sagte Daisy. »Und klettern scheint in diesem Fall andauernd eine Rolle zu spielen. Soweit wir wissen, haben diese Nachtkletterer nur männliche Mitglieder, aber warum sollte eine St.-Lucy-Studentin es nicht ebenfalls tun? Weißt du noch? Bertie hat uns erzählt, dass nicht einmal die Mitglieder immer wissen, wer die anderen Kletterer außerhalb der eigenen Gruppe sind – so geheim ist dieser Club.«

Mit einem Mal schwappte die schwindelerregende Erinnerung an unseren letzten Fall auf der Deepdean auf mich zu. Damals waren wir am Wohnheim hochgeklettert. Es ist wahr, dass manche Mädchen (wie Daisy) ausgezeichnet im Klettern sind, und auch, dass ich nicht dazugehöre.

»Könntet ihr sie fragen?«, schlug Alexander vor.

»Man kann die Leute nicht einfach so nach ihren Geheimnissen *fragen*«, meinte Daisy. »Man muss sie aufknacken, wie Austern. Aber … ach, zum Teufel, du könntest recht haben. Wenn Amanda durch den Garten gelaufen ist, könnte sie den Ast dort aufgehoben und in ein Fenster geklemmt haben, um es offenzuhalten.«

»Passen die Abdrücke dazu?«, fragte ich. Gemeinsam spähten wir auf die gequetschten Enden und die Delle in der Mitte des Astes.

»Hmmm.« Daisy überlegte. »Sieht fast so aus, als hätte man ihn *gegen* etwas gestemmt, nicht? Und als wäre etwas darauf zugeschnellt.«

»Falls es Amanda war, wie hätte sie all die anderen Fallen stellen können?«, warf ich ein. Das war mir ein Rätsel. »Amanda hätte womöglich die Misteln in die Karaffe mischen können, indem sie tagsüber am Regenrohr hoch ist, während alle übrigen unterwegs waren, aber wie hätte sie Donald in den Teich stoßen können? Sie war beim Abendessen im Maudlin nicht dabei. Sie hat im Anschluss draußen in der Mill Lane auf uns gewartet.«

»Sicher können wir uns da nicht sein, Hazel. Sie könnte sich über die Mauer eingeschlichen und irgendwo in der Dunkelheit nahe dem Teich versteckt haben!«, sagte Daisy. »Das würde auch erklären, warum der falsche Bruder hineingestoßen wurde. Sie war in Eile und wollte wieder fort sein, bevor man sie bemerkte. Sämtliche anderen Angriffe wären ebenfalls machbar, wenn wir davon ausgehen, dass sie über den Don-Garten Zugang zum College hat. Über das Regenrohr hätte sie hochschlüpfen und den Eimer präparieren können. Sie hätte auch in der Nähe der Männer klettern können, um das Stück Stein loszubrechen. Eine leichte Unachtsamkeit hätte dabei schon genügt, um den Falschen zu verletzen – das erklärt die angebliche Wahllosigkeit der Attacken besser als jede andere Theorie!«

Wie sahen uns an. Ich war so elektrisiert, dass ich um ein Haar die Kälte vergaß. Hatten wir unseren Mörder?

Liste der Verdächtigen

1. ~~Bertie Wells. MOTIV: Unbekannt. GELEGENHEIT: Er wohnt in Haus neun und war dort, als man die Stolperfalle~~

~~vorbereitet haben muss. ALIBI: Behauptet, in seinem Zimmer gewesen zu sein. Stimmt das? ANMERKUNGEN: Er ist Maudlin-Student und ein Nachtkletterer. Er hatte die Gelegenheit, alle vorherigen Angriffe zu begehen.~~ AUSGESCHLOSSEN! Er war mit George Mukherjee, Harold Mukherjee und Alexander Arcady von 0 Uhr 15 bis 2 Uhr klettern – er kann die Angelschnur nicht gespannt haben.

2. *Donald Melling.* MOTIV: Er ist Chummys älterer Bruder, wurde aber ständig von ihm kontrolliert. Nachdem Chummy tot ist, kann er das Geld, das er an seinem Geburtstag erbt, ausgeben, wie er möchte. GELEGENHEIT: Er wohnt in Haus neun und war dort, als man die Stolperfalle vorbereitet haben muss. In seinem Zimmer fanden wir Angeldraht. ALIBI: Noch keins. ANMERKUNGEN: Er ist Maudlin-Student und ein Nachtkletterer. Er hatte die Gelegenheit, alle vorherigen Angriffe zu begehen – auch wenn es den Anschein hat, als wäre er ihnen zum Opfer gefallen. War das möglicherweise nichts als ein cleveres Ablenkungsmanöver? Er hatte mit Chummy um 0 Uhr 30 Streit und anschließend von allen Verdächtigen die beste Gelegenheit, die Falle aufzustellen, nachdem Chummy aufs Dach des Maudlin geklettert war. Er wirkt sehr froh über Chummys Tod. Außerdem hat er Cross erzählt, er habe Amanda telefonisch über Chummys Tod informiert, was wir für eine Lüge halten – wodurch er umso verdächtiger erscheint.

3. *Alfred Cheng.* MOTIV: Er hasste Chummy und wurde dabei gehört, als er sagte, Chummy würde sein Verhalten noch bereuen. GELEGENHEIT: In der Mordnacht war er in Haus neun. ALIBI: Noch keins. ANMERKUNGEN: Er ist Maudlin-Student und ein Nachtkletterer. Er hatte die Gelegenheit, alle vorherigen Angriffe zu begehen. Verdächtiges Verhalten festgestellt: Nach Chummys Sturz verschwand er in seinem Zimmer – warum? Er scheint Chummy regelrecht zu hassen, weshalb er nach dem tödlichen Sturz auch wieder in seinem Zimmer verschwunden ist – reicht das als Mordmotiv? Ist er derjenige, der herausgefunden hat, dass Chummy Amanda dafür bezahlte, seine Aufsätze zu schreiben?

4. *Michael Butler.* MOTIV: ~~Noch keins.~~ Er hat Chummy verachtet. GELEGENHEIT: Er wohnt in Haus neun und war in der Mordnacht dort. ALIBI: Noch keins. ANMERKUNGEN: Er gehört zum Maudlin. Er könnte möglicherweise für die Tür, den Mistelzweig und den Teich verantwortlich sein, jedoch nicht für den Kletterunfall. Er ist kein Nachtkletterer, allerdings könnte er die Angelschnur aus einem Zimmer der anderen genommen haben. Es wäre ihm extrem schwer gefallen, die ganze Treppe bis nach oben zu steigen, ohne gehört zu werden. Ist er derjenige, der herausgefunden hat, dass Chummy Amanda dafür bezahlte, seine Aufsätze zu schreiben?

5. ~~*Moss.* MOTIV: Noch keins. GELEGENHEIT: War in der Mordnacht im Haus neun. ALIBI: Behauptet,~~

~~gegen 0 Uhr 30 zu Bett gegangen zu sein, als die Falle noch nicht gestellt war. Stimmt das? ANMERKUNGEN: Er ist kein Nachtkletterer, allerdings könnte er die Angelschnur aus einem Zimmer der anderen genommen haben. Wurde beim Zerstören von Beweisen beobachtet.~~ AUSGESCHLOSSEN! Er hatte einen guten Grund, Chummy nicht zu mögen, da er früher für die Familie Melling gearbeitet hat und glaubt, dass Donald von seinen Eltern und seinem Bruder unfair behandelt wurde. Allerdings wissen wir, dass er dank Chummy von 0 Uhr 30 bis kurz nach dem Sturz in seinem Zimmer eingeschlossen war. Erst nach Chummys Tod wurde er von Donald befreit und hat daher den Angeldraht nicht spannen können. Er ist unschuldig – glaubt jedoch, dass Donald schuldig ist. Hat er recht?

6. ~~Mr Perkins. MOTIV: Noch keins. GELEGENHEIT: Wohnt im Maudlin, allerdings nicht in Haus neun – jedoch hat er Schlüssel. ALIBI: Noch keins. ANMERKUNGEN: Könnte er all die vorherigen Fallen vorbereitet haben? Scheint sehr unwahrscheinlich. Wir müssen sein Alibi in Erfahrung bringen.~~ AUSGESCHLOSSEN! Seine Frau und der kranke Student, Walter Cookridge, geben ihm ein Alibi. Allerdings hat er etwas Wichtiges gehört, nämlich dass Chummy gegen 0 Uhr 45 über die Dächer des Maudlin geklettert ist.

7. Amanda Price. (War in der Mordnacht nicht in Haus neun, behauptet aber, man habe sie mitten in der Nacht angerufen. Stimmt das – und falls nicht, warum sollte sie

lügen?) Inzwischen glauben wir, dass sie definitiv lügt und in Wahrheit zur Tatzeit in Haus neun war. Spuren von Matsch und Staub auf ihrem Mantel lassen darauf schließen, dass sie über die Mauer des Don-Gartens und das Regenrohr hinauf in Haus neun geklettert sein könnte. Damit hätte sie Mittel und Gelegenheit gehabt, die Falle vorzubereiten, obendrein hat sie ein Motiv: Sie hat für Geld Chummys Aufsätze geschrieben und es gehasst. Außerdem hat sie vor Kurzem herausgefunden, dass jemand aus Haus neun von dem Betrug wusste. Sie verhält sich verdächtig, und falls sie klettert, könnte sie sämtliche Fallen gestellt haben. Wir müssen sie als eine Hauptverdächtige in Erwägung ziehen.

2

»Hervorragend«, sagte Daisy. »Nun zum Schlachtplan, wenn ich bitten darf. Wir müssen gegen Amanda ermitteln, sofort!«

Ich nickte. »Sollten wir auch das Verbrechen nachstellen?«, fragte ich. »In Socken umherschleichen, nur um zu sehen, ob Michael es doch gewesen sein könnte?«

»Ja. Nur müssen wir sichergehen, Wachtmeister Cross dabei nicht in die Arme zu laufen!«, meinte Daisy. »Die Nervensäge – was er doch für ein Tölpel ist! Ich wünschte, wir hätten die Möglichkeiten der Polizei. Wir würden uns ohne Zweifel doppelt so klug anstellen!« Ich dachte an das Fingerabdruck-Set, das eingepackt in unserem Zimmer im St. Lucy's auf sie wartete, und lächelte.

»Aber ist das nicht unser größter Vorteil?«, meinte George. »Wir sind *nicht* die Polizei, also müssen wir uns nicht benehmen wie sie. Wir ermitteln anders.«

»Stimmt«, sagte Daisy. »Erwachsene bemerken uns nicht einmal, was ein Wunder ist.«

»Noch bemerken sie euch nicht«, meinte George. »Aber eines Tages wird sich das ändern. Immerhin werden wir erwachsen.«

»Zumindest *einige* von uns«, sagte Daisy und sah mich an. Ich dachte an Alexander und war dankbar, dass meine Wangen von der Kälte bereits gerötet waren.

Plötzlich ertönte hinter uns ein wütender Schrei. Als ich mich umdrehte, sah ich Tante Eustacia, in einen prächtigen lila Mantel gehüllt und mit tiefrotem Gesicht. Ihr hinterher eilte ein bekümmerter Mr Perkins.

Alexander ließ den Ast schnell in seinem Ärmel verschwinden. Er musste die Hand schräg halten, damit er nicht wieder herausrutschte, was merkwürdig aussah – allerdings nur, wenn man darauf achtete.

»Daisy!«, rief Tante Eustacia. »Hazel! Himmel, als würde man einen Sack Flöhe hüten! Was um alles in der Welt steht ihr hier im Schnee herum wie kleine Mädchen mit Zündhölzern?! Man könnte glatt denken, ihr hättet kein Zuhause. Price kam vor einer halben Stunde ins College zurück und meinte nur, ihr wäret im Maudlin – damit hat sie sich ins Aus geschossen. Ich kann ihr schlicht nicht mehr vertrauen. Was diese Ferien nur in sie gefahren ist?!«

Wir Detektive tauschten rasche Blicke. Wussten wir es?

»Schluss mit dem Vagabundieren!«, schimpfte Tante Eustacia. »Man kann Männern nicht trauen, das solltet ihr euch hinter die Ohren schreiben! Kommt sofort mit ins St. Lucy's, wenn ich bitten darf! Der Master wird außer sich sein vor Wut, wenn er hiervon erfährt. Meine Herren, Sie müssen auf der Stelle weiter. Also wirklich! Sind Sie nicht alt genug, um es besser zu wissen?«

Vor einer halben Stunde hätten wir es ihr übel genommen – aber jetzt, da Amanda zu unseren Verdächtigen gehörte, erschien es mir mit einem Mal eine hervorragende Idee, zurück ins St. Lucy's zu gehen, wo wir sie gründlich beschatten konnten.

»Auf Wiedersehen«, verabschiedete ich mich von George und Alexander.

»Auf Wiedersehen«, erwiderte Alexander, der dabei Daisy ansah.

»Auf Wiedersehen«, sagte George lächelnd.

Daisy nickte nur und wandte sich zum Gehen.

»Abendbrot wird in meinem Büro serviert«, ließ Tante Eustacia uns wissen, »natürlich erst, nachdem ihr aus diesen nassen Sachen heraus seid. Ich glaube, zum Nachtisch gibt es sogar etwas Weihnachtskuchen – und zum Glück nicht von unserer eigenen Köchin. Ich konnte mich gegen sie durchsetzen, sodass sie letztendlich einen von Fitzbillies gekauft hat. Wir haben also nichts zu befürchten. Oh, seht euch nur an! Wenn ihr euch mal keine Erkältung einfangt …! Beeilung!«

Ich fühlte meinen Magen knurren. Wir hatten den ganzen Tag über Kleinigkeiten gegessen, Kuchen und Törtchen, doch obwohl sie köstlich gewesen waren, sehnte ich mich nach Butter und Toast oder Kartoffeln mit einem dicken Eintopf. Ich wollte die tröstende Gewissheit einer ordentlichen Mahlzeit, den Beweis, dass das Leben außerhalb unserer seltsamen kleinen Blase normal geblieben war.

Wir traten aus der Pförtnerstube (Daisy drehte sich noch einmal um und winkte Mr Perkins zu, der in seinem Kämmerchen kauerte, eine frische Tasse Tee in der Hand) und liefen über das Kopfsteinpflaster der Mill Lane. Plötzlich schlug uns das Wetter mit ungebremster Wucht gegen Gesicht und Körper. Im Wind wehte inzwischen so viel Schnee, dass er wie eine schwebende Decke aussah. Kein sanfter Pulverschnee oder ein hübscher weißer Teppich, nein, dieser Schnee fühlte sich wild an, als würde er – und Cambridge selbst – gegen uns ankämpfen.

3

Man schickte uns fort, um aus den nassen Sachen zu schlüpfen. Als wir schließlich Tante Eustacias Büro betraten, entdeckte ich, dass es im St. Lucy's doch etwas gab, das mir ehrlich gefiel. Das Büro mochte in die Jahre gekommen sein, trotzdem gehörte es zu den schönsten Räumen, in denen ich je gewesen bin. Die roten Samtvorhänge waren recht ausgefranst und alt und die Stühle passten nicht zueinander, doch im Kamin prasselte ein Holzfeuer und die weißen Wände waren über und über mit Bücherregalen bedeckt. Sie reichten fast bis zur Decke und die Bände darin sahen viel gelesen und viel geliebt aus. Mir wurde ganz warm ums Herz.

Auf dem Tisch erwartete uns bereits das Abendessen. Es war schlicht, aber lecker: Muffins, Schinken, gekochte Eier, Toast und Butter – und zum Nachtisch Weihnachtskuchen. Tante Eustacia hatten ihren feuchten Mantel und den Hut abgenommen und saß in einem großen Sessel, in dem sie sich am Feuer wärmte. Als wir eintraten, nickte sie uns forsch zu.

»Guten Abend, Mädchen! Setzt euch. Nehmt euch Toast. Nachdem, was ich soeben im Maudlin gesehen habe, würde ich gerne mit euch über eure Zukunft sprechen.«

Dieser Einstieg war reichlich einschüchternd. Auf der Suche nach Zuspruch, schaute ich Daisy an. Sie türmte Essen auf ihren Teller, also machte ich es ihr nach. Ich nahm einen stärkenden weichen Bissen Muffin und gab mir Mühe, vernünftig und gespannt und kein bisschen wie eine Detektivin zu erscheinen.

»Nun«, fing Tante Eustacia an. »Ihr scheint euch damit zufrieden zu geben, eure Zeit mit *Männern und Mysterien* zu vertun, daher sollte ich euch daran erinnern, dass das Leben mehr zu bieten hat. Ihr beide wollt auf die Universität, ja?«

»Oh nein«, sagte Daisy in ihrem besten dümmlichsten Tonfall. »Ich werde bei Hofe eingeführt und will einen Lord heiraten. Dann werde ich irgendwo auf dem Land leben und Marmelade kochen.«

»Lass die Scherze, Daisy«, sagte Tante Eustacia. »Ich kenne dich zu gut. Was ist mit Ihnen, Hazel?«

»Ich …«, setzte ich an. Ich hatte eigentlich immer auf die Universität gehen wollen. Doch nachdem ich Amanda gesehen hatte, die so frustriert war, weil sie trotz aller Intelligenz übergangen wurde, hatte ich meine Zweifel, ob mir das wirklich gefallen könnte. Wozu sollte ich nach Cambridge, wenn ich am Ende keinen Abschluss wie die Männer machen könnte? »Ich glaube schon.«

»Nun, das ist immerhin ein Anfang«, meinte Tante Eustacia. »Was möchten Sie studieren? Was gefällt Ihnen?«

»Ich … ich mag Bücher.«

»Ach? Was für welche?«

»Äh.« Natürlich war das Erstbeste in meinem Kopf mein Stapel Fallbücher, die sich allmählich in meiner Knabbertruhe in der Deepdean stapelten. »Kriminalromane.«

»Habt ihr nicht endlich genug von Kriminalität?«, fragte Tante Eustacia.

»Sie mag auch andere Bücher«, mischte Daisy sich ein. »Sie liest andauernd.«

»So so! Wie steht es dann um Geschichte oder Klassische Literatur? Oder vielleicht sogar Englisch? Es ist ein ziemlich neues Fach, aber ich höre Vortreffliches darüber. Und du, Daisy – warum nicht Mathematik? Oder womöglich Archäologie? Das wäre ein respektabler Weg, Dinge ans Licht zu bringen.«

»Auf keinen Fall!«, rief Daisy. Insgeheim schmiedete sie Pläne, die großartigste Detektei der Welt zu gründen (Vorsitzende: die Ehrenwerte Daisy Wells).

»Ich bitte dich ja nur darum, es dir zu überlegen«, sagte Tante Eustacia. »Ich mag es nicht, wenn Mädchen ihre Talente vergeuden. Ihr seid beide klug, das sehe ich. Und wenn man Verstand hat, sollte man ihn benutzen. Sich als Frau ignorieren und ins Abseits drängen zu lassen, ist nicht gut. Eine Weile mag alles gut gehen, doch am Ende gibt es immer eine große Explosion. Seht euch Price an! Ich habe euch in ihre Obhut gegeben, weil ich beobachtet habe, wie diese Jungen aus dem Maudlin sie behandeln. Selbst dein Bruder, Daisy, weiß sie nicht zu schätzen. Ich glaube, sie ist ganz schön in ihn verschossen, aber selbstverständlich ist das genau der falsche Weg. Ich sehe das, doch Price, so scheint es, sieht es nicht ein. Sie ist klüger als der ganze Haufen zusammen, und auch stärker. Letzten Monat haben wir anlässlich unseres dreißigjährigen Jubiläums Spiele veranstaltet, und sie hat jede einzelne Medaille gewonnen. Sollte mich nicht wundern, wenn sie klettert.«

»Klettert?«, wiederholte Daisy scharf. Tante Eustacia konnte doch nicht meinen …

»Oh, Bertie hat euch doch sicherlich von ihrer Geheimgesellschaft erzählt, oder?«, fragte Tante Eustacia. »Die Jugend glaubt immer, die Dons wüssten nicht Bescheid! Als wären wir nicht selbst einmal jung und Studenten gewesen. Was meinen sie bitte, wer vor ihnen zu den Nachtkletterern gehört hat? Nun, die Studentinnen haben ihren eigenen Club. Wagemutiger als der der Männer, obwohl die Männer natürlich nie davon gehört haben. Will man ein Geheimnis bewahren, vertraue es Frauen an.«

In meinem Kopf schwirrte es. Soeben hatte man uns einen Beweis für unsere jüngste Vermutung geliefert, noch dazu stammte er aus einer unerwarteten Quelle! Mir fiel ein, wie schnell Amanda bei unserer ersten Begegnung wieder bei Atem gewesen war, nachdem sie vom Pferd gesprungen war. Sie war stämmig und stark, *natürlich* war sie Sportlerin! Tante Eustacia war eindeutig mit Daisy verwandt. Sie war genauso scharfsinnig und aufmerksam.

Daisy saß kerzengerade. »Wie faszinierend!«, sagte sie.

»In der Tat«, meinte Tante Eustacia. »Ich wünschte, Price hätte euch nicht in den Unfall am Maudlin verwickelt. Diese dummen Jungen und ihre dummen Streiche! Was hattet ihr eigentlich dort verloren?« Sie spähte uns über die Nase hinweg an.

»Äh«, machte Daisy. »Natürlich war das wegen Bertie. Wir haben uns Sorgen um ihn gemacht.«

»Mit gutem Grund!«, sagte Tante Eustacia. »Ich bin seinetwegen schon lange besorgt – sich mit diesen törichten

Mellings einzulassen! Mehr Geld als Verstand – zumindest wird Donald das am ersten Feiertag haben. Eine komische Familie sind sie. Daisy, du solltest froh sein, dass es bei uns kein Fideikommiss gibt. Macht die ganze Verwandtschaft irre, weil jeder sich ausmalt, was passieren müsste, damit er an das Geld kommt. Hazel, sagen Sie, haben Sie Geschwister?«

»Zwei Schwestern«, antwortete ich höflich und überging das Detail, dass sie nur meine Halbschwestern sind, unsere *beiden* Mütter noch leben und im Haus meines Vaters wohnen. »Jüngere.«

»Mädchen sind einfach die beste Lösung«, sagte Tante Eustacia. »Bestimmt war dein Vater enttäuscht, keinen Jungen zu haben, aber im Ernst: Sie bedeuten weit mehr Ärger, als sie wert sind. Nehmt nur meinen Bruder! *Er* war wild. Und *sein* Sohn ... nun ja! Wo wir gerade von Felix reden, Daisy, ich habe letzte Woche ein Telegramm von ihm erhalten. Möglicherweise kommt er dieses Jahr zum Weihnachtsessen. Hat er dir Bescheid gesagt? Hoffentlich bringt er nicht wieder diese Schauspielerin an, die er letztes Jahr mitgeschleppt hat. Sie war alles andere als schicklich. Er braucht eine kluge Frau, sonst langweilt er sich nur. Ich wüsste zu gerne, wie Männer auf die Idee kommen, es könnte vergnüglich sein, einen Dummkopf zu heiraten. Stellt euch die Tischgespräche vor! Grauenhaft!«

»Was? Wann kommt er denn an?« Daisy war richtig atemlos. »Heute Abend?« Ihre Augen leuchteten.

»Ach, das hat er nicht gesagt«, antwortete Tante Eustacia. »Tut er nie. Wie dem auch sei ... wer möchte ein Stück Weihnachtskuchen?«

Sie bot uns einen Teller an und Daisy nahm sich dankbar ein Stück. Nach kurzem Zögern tat ich es ihr nach. Weihnachtskuchen fand ich schon immer etwas bedenklich. Der kleine Schuss Mandel im Zuckerguss lässt mich jedes Mal, auch wenn es dumm ist, an Blausäure denken. Daisy hat mir seit unserem zweiten Fall eine Menge über Gift beigebracht, daher weiß ich, dass der Geruch nach Bittermandeln Blausäure bedeuten kann. Auch Daisy weiß das und liebt als Resultat heiß und innig Marzipan. Doch als wir neben dem knisternden Feuer saßen und aßen, duftete es nur nach Weihnachten.

Es war der vierundzwanzigste, fiel mir ein, Heiligabend – nur noch wenige Stunden bis zu Donalds Geburtstag. Wie sollten wir den Fall bis dahin lösen?

4

Wir gingen zurück in König Henrys Zimmer, wo ich die letzten Ereignisse im Fallbuch festhielt. Währenddessen saß Daisy am Fenster und sah dem Schneetreiben zu.

Ich stupste sie an, genau wie im Zug. War das erst zwei Tage her?

»Mir geht's gut, Hazel!«, sagte Daisy. »Ich denke nur über den Fall nach. Wir wissen nun, dass wir mit unserem Verdacht gegen Amanda richtigliegen: Sie klettert! Wir müssen sie heute Abend im Auge behalten, möglich, dass sie wieder etwas versucht. Nach Donald kommt sie absolut am ehesten infrage. Ehrlich, das sieht Bertie mal wieder ähnlich, mit Chummy *und* Amanda befreundet zu sein. So ein Trottel! Wie er es schon wieder geschafft hat, sich in einen Todesfall verwickeln zu lassen …!«

»Wir waren inzwischen bereits in *fünf* Mordfälle verwickelt«, gab ich ihr zu bedenken.

»Schon, aber wir sind *Profis.*« Kurz klang Daisy, als wäre sie die Erwachsene und Bertie das Kind.

»Ziehst du dich fürs Abendessen um?«, fragte ich.

»Ach, wozu? Hier ist es nicht wie im Maudlin. Kaum zu glauben: Dieses College soll sein, was wir wollen! Das Büro von Tante E ist ja ganz nett, aber du musst zugeben, dass das St. Lucy's insgesamt im Vergleich mit dem Maudlin eindeutig zweiter Klasse ist. Und *so* könnte unser ganzes Leben aussehen, wenn wir es zulassen. Nein danke! Ich habe beschlossen, dass ich keine Universität nötig habe, um beratende Detektivin zu werden.«

»Dann willst du etwa doch keinen Lord heiraten?« Ich grinste sie an.

»Spar dir die Scherze, Hazel«, sagte Daisy. »Ich heirate überhaupt nicht. Wie oft soll ich es dir noch erklären: Männer interessieren mich nicht. Ich bin nicht wie *du.*«

Ich wandte den Blick ab. »Ich kann doch auch nichts dafür! Ich wünschte selbst, es wäre anders.«

»Die Menschen sind schon seltsam«, sagte Daisy. »Warum kannst du mit Alexander nicht einfach nur befreundet sein, so wie ich mit George? Das ist kein bisschen kompliziert.«

»Du bist anders als die anderen, Daisy«, sagte ich. »Und ich glaube, George auch.«

»Genau deshalb interessiert er mich!«, erklärte Daisy. »Wir sind uns sehr ähnlich und das ist selten. Ich glaube, er ist der klügste Junge, den ich je getroffen habe. Aber deswegen will ich ihn doch nicht *heiraten.*«

»Alexander will ich auch nicht heiraten!«, sagte ich und wurde rot.

»Hazel, ich weiß wirklich nicht, wozu du immer wieder versuchst, mich anzulügen. Du bist völlig vernarrt in ihn. Du glotzt ihn an wie ein Fisch. Genau wie *er mich* ansieht.« Sie blinzelte. »Oh. Tut mir leid. Das hätte ich nicht sagen sollen, oder?«

Ich schüttelte den Kopf. Mir klingelten die Ohren.

»Siehst du? Ich habe im vergangenen Trimester etwas gelernt!«, rief Daisy. »Ich hab's nicht so gemeint, das weißt du. Du bist noch immer meine allerbeste Freundin auf der ganzen Welt und die beste Detektivin, die ich außer mir kenne.«

Ich konnte nicht anders, ich musste lachen, auch wenn ihre Worte noch immer wehtaten. Sie hatte es wirklich nicht böse gemeint. Ich nahm sie in den Arm.

»Entschuldigung angenommen!«, sagte Daisy strahlend. »Weißt du, nun steht mir doch der Sinn danach, mich fürs Abendessen schick zu machen. Immerhin ist Weihnachten!«

5

Das Abendessen war an diesem Tag – ganz wie Daisy vermutet hatte – völlig anders als das elegante Mahl, das wir im Maudlin hatten. Es fand im Speiseraum statt, der noch immer recht düster wirkte, auch wenn man in einer Ecke einen Baum aufgestellt hatte, der von Blaustrümpfen umgeben war, die entweder wegen Weihnachten oder Donalds Party geblieben waren. Nirgends gab es funkelndes Silber, Kristall oder Bedienstete in goldener Livree. Stattdessen herrschten Blech und Flaschen vor, und nur ein einzelnes gehetztes Hausmädchen knallte vor uns die Teller auf den Tisch, bevor sie Soße darauf klatschte. Der erste Gang bestand aus Sardinen, so klein, dass sie in dem See aus Tomatensoße fast verloren gingen, gefolgt von gebratenen Tauben, was aufregend war, bis ich in meiner eine Schrotkugel fand. Beim Zubeißen hätte ich mir beinahe einen Zahn abgebrochen – von dem Schock habe ich mich bis jetzt nicht erholt.

»Ich verspreche, am ersten Feiertag gibt es bessere Kost«, sagte Tante Eustacia, die mit Sauermiene auf ihrer Taube herumkaute. Zur Feier des Tages saßen wir bei ihr an der Hohen Tafel. »Also wirklich, heute übertrifft sich die Küche selbst! Ich werde ein Wörtchen mit ihr reden müssen. Oh, und Daisy, gerade habe ich erfahren, dass dein Onkel tatsächlich am ersten Feiertag zu uns stößt. Er hat mich vor einer Stunde angerufen. Heute Abend verlässt er London und sollte spätestens morgen Vormittag bei uns sein. Und er bringt seine Verlobte mit.«

»Verlobte?«, rief Daisy.

»Du sagst es.« Tante Eustacia schürzte die Lippen. »Absolut typisch für ihn, uns mit so etwas zu überfahren. Als er es das erste Mal erwähnte, glaubte ich, mit der Leitung sei etwas nicht in Ordnung. Scheinbar heiratet er jemanden namens Miss … Lovedon am ersten Januar in London. Kennst du sie?«

»Miss *Livedon*!« Daisy blieb der Mund offenstehen.

Doch ich war nicht überrascht. Die beiden schienen füreinander bestimmt. Ich stellte mir vor, wie Miss Livedon und Felix Hand in Hand durch die Welt rannten, um Spione und Kriminelle zu fangen und Großbritannien zu schützen. Schrecklich romantisch.

»Ah, ja du hast recht«, meinte Tante Eustacia. »Er will uns alle dabeihaben, was ich ihm anrechne. Doch mit so wenig Vorwarnung! Also diese Verlobte, ist sie eine von den Guten? Seid ihr mit ihr einverstanden?«

»Und ob!«, sagte ich.

»Sie ist schrecklich«, meinte Daisy. »Ich glaube, sie ist genau, was er braucht. Und selbstverständlich kommen wir zur Hochzeit.«

»Selbstverständlich«, bestätigte Tante Eustacia, woraufhin Daisy mich fröhlich anstieß. Wir waren beide so aufgeregt deswegen, dass wir uns zwingen mussten, Amanda zu beobachten.

Sie saß im Hauptteil des Raums und stocherte lustlos in ihrem Essen, während sie in die Ferne starrte und beim kleinsten Geräusch aufschreckte. Die Ringe unter ihren Augen waren tatsächlich noch schlimmer geworden und sie schien mit den Gedanken ganz woanders. *Könnten Schuldgefühle dafür verantwortlich sein?*, grübelte ich.

Nachdem man den Nachtisch (versunkener Pflaumenkuchen mit Vanillesoße) abgeräumt hatte, kam sie zu uns. Bei ihr war ein anderes Mädchen, schmal und ernst, mit glattem dunklem Haar und einer großen Brille.

»Ich habe getan, worum Sie mich gebeten hatten«, wandte das Mädchen sich an Tante Eustacia. »Ich habe Amanda gezwungen, den ganzen Nachmittag mit mir Krieg und Frieden und Mau-Mau zu spielen.«

»Ausgezeichnet, Harriet«, sagte Tante Eustacia nickend. »Amanda, ich hoffe, es geht Ihnen besser?«

»Es geht mir bestens. Ich werde mich wohl früh schlafen legen«, meinte Amanda verärgert. Ich machte mir ernsthafte Sorgen. Sie sah so kränklich aus.

»Ich hoffe doch, erst nach den Weihnachtsliedern?«, meinte Tante Eustacia.

Ich sah Amanda an, dass sie verneinen wollte, doch dann seufzte sie ergeben. »Selbstverständlich, Miss Mountfitchet.« Allerdings zupfte sie beim Fortgehen dermaßen nervös an ihren Haaren, dass ich schon befürchtete, sie würde sich ein Büschel ausreißen. Außerdem war ich sicher, dass sie etwas im Schilde führte. Wir durften sie nicht aus den Augen lassen.

6

Ich freute mich, dass Amanda während der Weihnachtslieder blieb. Denn so konnten auch wir bleiben und sie trotzdem den ganzen Abend über beobachten. Nach dem Essen versammelten sich sämtliche Studentinnen und Professorinnen im Kreis um die grünen Zweige und flackernden Kerzen des Baums und sangen.

Daisy und ich stimmten mit ein (wir mussten uns ein Liedblatt teilen, das Daisy in der Hand hielt) und im kühlen Schummerlicht hüllten uns die Melodien ein. Es war so schön, dass ich am ganzen Rücken Gänsehaut bekam. Draußen hatte es wieder angefangen zu schneien, ein sanftes kleines Flockengestöber, und die Luft selbst schien vor Spannung ganz silbrig.

»Gute Nacht, Tante E«, rief Daisy fröhlich, begleitet von einem dramatischen Gähnen, während sie ihr Liedblatt nach dem letzten Refrain von *Hark! The Herald Angels* beiseitelegte. »Wir sehen uns am Weihnachtsmorgen!«

Daisy und ich liefen gemeinsam in König Henrys Apartment, und obwohl die Flure des St. Lucy's kalt und kahl waren und jeder unserer Schritte laut nachhallte, wurde meine Weihnachtsstimmung nicht weniger. Als ich aus unserem Wohnzimmerfenster blickte, sah ich, dass der Sturm sich gelegt und eine dicke Schneeschicht zurückgelassen hatte. Sie leuchtete gespenstisch in der Dunkelheit, sodass ich mich lieber abwandte und Richtung Schlafzimmer lief.

»Hazel«, sagte Daisy, »was um alle Welt tust du da?«

»Mich umziehen.«

»Manchmal«, meinte sie, »denke ich, dass du dazugelernt hast. Und andere Male halte ich dich für noch genau dieselbe naive Hazel, die du immer warst. Bestimmt hast du begriffen, dass das frühe Zubettgehen ein bloßes Ablenkungsmanöver war, oder? Amanda hat etwas vor und wir müssen ihr folgen, um herauszufinden, was es ist. Aber selbstverständlich darf sie das nicht wissen. Deshalb haben wir *so getan*, als würden wir wie brave kleine Mädchen schlafen gehen. In Wahrheit sind wir weder brav noch klein.«

»Ich weiß!«, sagte ich. »Ich wollte nur meine warmen Sachen anziehen, Daisy. Ich wollte mich nicht fürs Bett fertig machen! Natürlich beschatten wir Amanda heute Nacht.«

»Oh! In diesem Fall, vergiss nicht deinen Mantel – und nimm einen zweiten Pullover mit, nur um auf Nummer sicher zu gehen. Man kann nie wissen, wohin die Reise geht!«

Nachdem wir uns umgezogen hatten, warteten wir eine gefühlte Ewigkeit, die Nasen an die Tür gepresst, die König Henrys Zimmer mit dem Treppenhaus verband. Amanda wohnte über uns; wenn sie ihr Apartment verließ, musste sie also an unserem vorbei. Es sei denn …

Die Tür zum Schlafzimmer stand einen Spaltbreit offen und ich hörte ein Geräusch. Es war ein Klingeln, ein leises Scheppern. Ich setzte mich auf, weil ich diese Laute kannte. So klang ein Regenrohr, wenn man sich daran nach unten hangelte.

Daisy setzte sich auf und winkte mir zu. Dann krabbelte sie auf Händen und Knien zum Schlafzimmer. Mit angehaltenem Atem kroch ich hinter ihr her. Daisy steuerte das Schlafzimmerfenster an, das auf den Fluss und Cambridge blickte. Mit größter Vorsicht, ohne den Haken zu lösen, hob sie den Kopf, bis sie nach draußen spähen konnte.

Sie keuchte.

»Was denn?«, hauchte ich. Mein Strumpf blieb an einem Holzsplitter hängen und ich verzog das Gesicht. Ich wollte sehen, was Daisy sah.

»Komm und schau's dir an!«, zischte Daisy. »Hazel, wir hatten recht!«

Ich befreite meinen Strumpf (die Wolle riss und ich verfluchte meine Ungeschicklichkeit) und krabbelte neben sie. Zuerst hob ich den Kopf behutsam, doch Daisy stieß mich heftig an, bis ich begriff, dass ich nichts zu befürchten hatte. Die Welt draußen war weiß und blau. Alles bestand nur aus Schatten und Schnee, auf die verwirrendste Art und Weise miteinander vermischt, sodass ich erst nicht begriff, was ich betrachtete. Am Rande des unangetasteten Weiß unter dem Fenster war ein schwarzer Punkt – ein Baum? Eine Statue? Doch dann bewegte er sich.

»Das ist Amanda!«, sagte Daisy. »Sie ist aus ihrem Fenster gestiegen. Sie klettert *wirklich*, genau wie Tante E vermutet hat! Dann war sie letzte Nacht also doch im Maudlin und jetzt will sie wieder hin, um die nächste Schandtat zu begehen!«

Ich sah zu, wie die Figur in Mantel und Mütze sich aufrichtete und vorsichtig vom St. Lucy's fort in Richtung Brücke und Maudlin bewegte. Im tiefen Schnee hinterließen ihre Schuhe schwere dunkle Stapfen – dabei fiel mir etwas auf.

»Daisy!«, sagte ich. »Das kann nicht Amanda sein. Der da trägt eine Hose!«

»Natürlich ist sie das«, meinte Daisy spöttisch. »Wer würde denn schon im Rock klettern gehen, wenn er bequeme Hosen anziehen kann? Bestimmt hat sie eine Klettermontur. Und ob sie das ist! Schau, sie macht diese Sache mit den Haaren.«

Als ich hinsah, bemerkte ich tatsächlich, dass die Person nach einer fliehenden Haarsträhne griff und sie sich unter die Mütze steckte. Es *war* Amanda! Ich schämte mich. Wenn eine Frau klettern konnte, warum sollte es so weit hergeholt sein, dass sie dabei Hosen trug?

»Was machen wir jetzt?«, fragte ich – auch wenn mir Daisys Antwort bereits klar war. Und als hätte ich es nicht gewusst …

»Keine Zeit verschwenden! Wir müssen ihr folgen. Schnell, bevor die nächste Katastrophe passiert!«

7

Als ich auf meine Armbanduhr schaute, war es schon fast elf. In wenigen Stunden begann der erste Weihnachtsfeiertag. Es kribbelte mich am ganzen Körper. Weihnachten im Schnee! Weihnachten … mit einem Mörder.

Zum Glück waren wir bereits für draußen gekleidet. Daisy stieß das Fenster auf (unnötig heftig, aber sie liebt nun einmal übertrieben dramatische Auftritte) und ich spähte an ihr vorbei zum Regenrohr. Es schien mir gefährlich weit weg und die Nacht war eisig. Eine kalte Bö wehte mir ins Gesicht.

»Daisy!«, sagte ich. »Das können wir nicht machen. Es schneit!«

»Nicht mehr«, sagte Daisy. »Außerdem haben wir das doch schon einmal geschafft. Hazel, habe ich dich nicht auf solche Dinge *vorbereitet*? Freu dich lieber über diese Gelegenheit – jetzt kannst du deine Detektivfähigkeiten austesten.«

Es stimmte absolut, dass ich bereits einmal an einem Regenrohr hinabgeklettert war, aber nicht im Schnee, nicht bei Temperaturen, die einem Finger und Füße einfrieren könnten. Ich hatte grässliche Angst, anders kann ich es nicht ausdrücken. Was, wenn wir abstürzten? Daisys Pläne sind oft genug völlig verrückt, aber bei diesem hier erschien mir die Möglichkeit, dass eine oder beide von uns sterben könnten, ungewöhnlich hoch.

»Ach, nun hab dich nicht so, Hazel!«, rief Daisy. »Sei kein Feigling. Ich weiß, dass du eigentlich Mut hast.«

»Ich habe Vernunft«, sagte ich durch gefletschte Zähne. »Ich will nicht, dass wir uns den Tod holen.«

»Werden wir nicht! Wir wollen doch nur – Oh, beeil dich, Hazel, sonst verlieren wir Amanda! Hör zu, wenn du nicht willst, mache ich es ohne dich, aber wirst du dir dann nicht schrecklich vorkommen? Lässt deine Vorsitzende ganz allein ermitteln? Haben wir nach dem letzten Trimester nicht beschlossen, dass das eine mehr als schlechte Idee ist?«

Hatten wir – zumindest hatten wir erlebt, was passiert, wenn wir ermittelten, ohne zusammenzuarbeiten. Doch es war eine Sache, nicht zu wollen, dass jemand einen Alleingang machte, und eine ganz andere, in die eiskalte Nacht hinauszusteigen. Wir befanden uns sechs Meter über dem Boden, was sich nach nicht allzu viel anhört, aber es sah so aus. Jedenfalls schien es mir tief genug, um nach einem Sturz nicht mehr aufzustehen. Chummy war bei einem Sturz aus nur drei Metern ums Leben gekommen. Plötzlich hatte ich einen lebhaften Eindruck von seinen letzten Sekunden, in denen er vornüberkippte, nirgendwo Halt fand und schließlich auf den harten Steinen der Bodenfliesen aufschlug. Daisy erzählt mir immer, dass sie so oft vom Fliegen träumt, doch sämtliche meiner Flugträume verwandeln sich in Abstürze, sodass ich schweißgebadet aufwache.

»Hazel, es reicht!«, sagte Daisy. »Ich gehe jetzt raus und wenn du unserer Detektei Ehre erweisen willst, kommst du mit. Entscheide dich bitte!«

Sie krabbelte auf den Fenstersims, schaute sich noch einmal zu mir um und schwang sich dann wie ein Affe nach links, um sich am Regenrohr festzuklammern.

In all meinen Jahren mit Daisy war dies die größte Prüfung, die sie mir je auferlegt hatte. Brachte ich es über mich, ihr zu folgen?

Natürlich.

Das Rohr war so kalt, dass es auf der Haut brannte. Meine Handflächen schmerzten und ich zitterte vor Kälte und Angst. In diesem Moment, als ich mit den Füßen in der Luft baumelte, mich mit den Fingern festkrallte und mich nach unten rutschen ließ, verfluchte ich Daisy Wells, die Detektei und das vergangene Jahr meines Lebens. Ich hatte keine Lust, am Weihnachtsabend zu sterben, ich hatte überhaupt keine Lust zum Sterben. Ich wollte geborgen in meinem Bett liegen und auf all die gewöhnlichen Dinge warten, die ein englisches Mädchen am Weihnachtsmorgen so tut. Nichts sehnlicher wünschte ich mir, als langweilig zu sein.

Das Regenrohr schepperte und ächzte unter mir, dass mir der Atem in der Kehle stockte. Besonders weit war ich noch nicht gekommen, da waren meine Finger vor Kälte geschwollen, mehr Pfoten als Hände, und meine Beine musste ich mit aller Gewalt zwingen, sich zu bewegen.

»Mach schon, Hazel!«, wisperte Daisy – doch plötzlich konnte ich mich einfach nicht mehr rühren. Es scheiterte gar nicht am Versuch. Ich konnte mich keinen Zentimeter mehr bewegen. Schlotternd klammerte ich mich fest und wusste, dass ich jeden Moment sterben würde. Es war das Dümmste, das ich im ganzen Leben getan hatte, und es würde auch das Letzte sein. Unter Todesqualen hing ich da, baumelte in der Luft, und stürzte in die Tiefe.

Kräftige Hände packten meine Taille. Bremsten meinen Fall, bevor ich steif vor Kälte in eine Schneewehe plumpste.

»Was *zum Teufel* soll das werden?«, zischte eine Stimme über mir. Ich schaute auf, in mir wühlte grässliche Furcht.

Es war Amanda.

8

Zitternd und stolpernd stand ich auf.

»Dir sollte ich exakt dieselbe Frage stellen«, sagte Daisy so spröde, als wären wir in einem Salon, nicht vor einem College in Cambridge, mitten in der Nacht mit einer Mordverdächtigen. »Warum bist du nicht im St. Lucy's?«

»Das geht dich gar nichts an«, entgegnete Amanda zornig. »Was soll das überhaupt, mir so nachzuschleichen?«

»Was soll das, einfach so aus deinem Zimmer zu klettern? Und warum hast du uns nicht erzählt, dass du zu den Nachtkletterern gehörst? Weiß Bertie Bescheid?«

»Er … nein«, sagte Amanda. »Es ist ein Geheimnis. Für Frauen gehört sich das Klettern nicht. Noch so eine Sache, die man uns nicht erlaubt. Ich wollte es ihm gestern sagen, aber so weit kam es nicht. Vermutlich war es besser so, wenn man bedenkt, was passiert ist.« Sie klang sehr verbittert.

»Dann *warst* du letzte Nacht im Maudlin«, fasste Daisy zusammen. »Deshalb wusstest du das von Chummy. Einen Anruf hat es nie gegeben, oder? Donald hat dich nicht angerufen. Das hast du alles nur erfunden!«

Zum Tausendsten Mal wünschte ich, dass Daisy weniger mutig wäre. Wir standen jemandem gegenüber, der zwar meinen Sturz gebremst hatte, trotzdem aber ein Mörder sein könnte. Ich stellte mich neben Daisy und überlegte, wie um alles in der Welt wir aus dieser Zwickmühle herauskommen könnten.

Amanda öffnete den Mund.

»Abstreiten kannst du dir sparen!«, meinte Daisy. »Wir haben den Dreck und den Ziegelstaub an deinem Mantel gesehen. Und wir haben den Ast gefunden, mit dem du das Fenster aufgedrückt hast. Er lag im Don-Garten!«

»Nein, Donald hat mich nicht angerufen. Ich war gestern Nacht dort. Aber irgendeinen Ast habe ich nicht benutzt!«, sagte Amanda. »Als ich bei Berties Apartment war, stand das Fenster schon offen, und als ich wieder raus bin, habe ich es einfach so gelassen. Ich habe nichts im Garten fallen lassen!«

»Ha!«, sagte Daisy. »Dann gibst du zu, dass du dort warst? Damit haben wir dich!«

Sie hatte recht. Wie Daisy immer sagt: Nichts bereitete den Menschen größeres Vergnügen, als jemanden zu korrigieren. Aber … Ich hatte ein leeres, ungutes Gefühl. Was Amanda über den Ast gesagt hatte, passte nicht in unsere Theorie. Wenn sie ihn nicht fallen gelassen hatte, wer dann? War er überhaupt ein Beweisstück oder hatte er nur zufällig herumgelegen? Und wenn Donald Amanda nicht angerufen hatte, *warum* hatte er gelogen? Weil *er* der Täter war? Ich wollte Amanda gerade fragen, doch plötzlich fing sie von selbst an zu reden.

»Ich …«, begann sie. »Ich … oh, ihr Nervensägen! Ja, ich war gestern Nacht im Maudlin. Ich bin über die Mauer in den Professorengarten gestiegen und dann am Regenrohr rauf zu Berties Zimmer. Ich wollte ihm zeigen, dass ich ebenfalls klettere.«

Da wusste ich, dass es wahr war, was ich zuvor in ihrem Gesicht gelesen hatte. Amanda war in Bertie verliebt.

»Ich war ungefähr um eins dort«, fuhr sie fort. »Im Treppenhaus brannten sämtliche Lichter, also dachte ich, Bertie *muss* auf seinem Zimmer sein. Ich wollte an sein Fenster klopfen und ihn überraschen, aber als ich näher kam, bemerkte ich, dass sein Fenster offen stand. Ich begriff, dass er klettern gegangen sein musste, also bin ich rein. Im Zimmer war niemand, also habe ich mich gesetzt, um auf ihn zu warten. Etwas Besseres ist mir nicht eingefallen. Am Feuer war es warm, auch wenn er es eingedämmt hatte. Ich wusste nicht, wie lange er weg sein würde. Immer wieder habe ich mir eingebildet, ich hätte ihn gehört, aber er kam nicht.

Irgendwann habe ich die Augen zugemacht. Ich dachte, es sei nur kurz gewesen, aber dann wurde ich richtig aus dem Schlaf gerissen – von einem Scheppern, einem grässlichen Schrei und schließlich einem furchtbaren Schlag über mir. Als ich auf die Uhr schaute, war es kurz nach zwei. Ich hörte, wie Türen aufgerissen wurden und wie Alfred und Michael sich anschrien. Dann hat auch Donald gebrüllt. Ich bin an die Tür und habe gelauscht. Da habe ich gehört, wie sie Chummys Namen riefen, daher war mir klar, dass *er* gestürzt war. Dann sagte jemand, ich glaube, es war Michael: *Bringt ihn hier rein – Monmouth ist die Ferien über weg*. Über mir öffnete sich eine Tür, schloss sich wieder und mir wurde klar, dass ich sofort verschwinden musste. So schnell wie möglich bin ich nach draußen und habe es über die Mauer auf die Straße geschafft, ohne dass es jemand bemerkt hat.«

Mein Herz klopfte laut. Amandas Geschichte brachte einiges Neues. Ich stellte mir vor, wie sie im kalten Garten stand und zu den Zimmern von Haus neun hochblickte. Sämtliche Lichter an – *sämtliche* Lichter. War das wichtig? Mein Hirn war vor Kälte ganz vernebelt. Und das Scheppern, von dem sie erzählt hatte … was war es gewesen? Vielleicht der Mörder, der über die Treppe floh? Aber … nein, das passte nicht. Wo hatte ich erst neulich *Scheppern* gehört? Ich konnte einfach nicht klar denken.

»Und dann bist du wieder hierher und hast uns geweckt«, sagte Daisy.

»Ich habe nicht nachgedacht«, sagte Amanda bitter. »Die Lüge über den Telefonanruf war dämlich. Ich hätte bis zum nächsten Morgen warten sollen, aber ich lag stundenlang da und fand einfach keine Ruhe. Ich wollte zurück ins Maudlin und herausfinden, was los war. Und ich wollte, dass Bertie Familie bei sich hat. Er hat mir erzählt, was an Ostern passiert ist, und mir war klar, dass ein weiterer Tod ihn schwer treffen würde. Er war wirklich gut mit Chummy befreundet, wisst ihr? Was denn, warum schaut ihr mich so an? Was stimmt nicht? Hey, ihr glaubt doch nicht etwa, dass ich es war?«

Daisy und ich waren näher zusammengerückt.

»*Warst* du es?«, fragte Daisy leise. »Falls ja, kannst du es gerne gleich zugeben. Wir sind in der Überzahl!«

Amanda lachte schallend. Ihr Gesicht war sehr blass und ausgezehrt, ihre Fäuste geballt.

Was würde sie sagen? Was würden wir machen, wenn ihre Antwort Ja lautete?

»Du dummes … oh, du dämliches Kind! *Chummy* töten? Ich war viel zu sehr damit beschäftigt, seine Aufsätze zu schreiben. Ja, ich habe ihn gehasst, aber er hat mir Geld gezahlt. Cambridge ist nicht billig und anders als deine Eltern sind meine nicht reich. Ich hab es gebraucht. Warum sollte ich ihn töten und mir selbst den Geldhahn zudrehen? Außerdem hatte ich ja nicht einmal genug Zeit, auf euch aufzupassen, wie hätte ich da erst Zeit haben sollen, jemanden *umzubringen*?«

Keuchend stieß ich die Luft aus. Mein Gesicht schien in Flammen zu stehen.

»Und was wolltest du jetzt im Maudlin?«, fragte Daisy.

»Mit Bertie reden«, sagte Amanda. »Wie gesagt, ich weiß, was im Frühjahr auf Fallingford geschehen ist, und ich dachte, er macht sich vielleicht Sorgen. Ich wollte ihn nicht allein lassen.«

Es war dermaßen lächerlich, dass es sich wahr anfühlte. Und die Erwähnung Fallingfords war wie ein geheimes Losungswort. Ich begriff, dass Bertie ihr ehrlich vertraute, selbst wenn er ihre Liebe nicht erwidern sollte. Er hatte ihr erzählt, was sich an Ostern zugetragen hatte. Als Daisy sich zu mir umdrehte, sah ich ihr an, dass sie das ebenso verstanden hatte.

In diesem Moment hörten wir Berties Schrei.

Einen komischen Augenblick lang, meinte ich, es mir nur einzubilden. Immerhin hatten wir gerade über ihn geredet. Doch nein, das war eindeutig seine Stimme, die rief, und während Amanda und Daisy den Kopf in Richtung des Rufs drehten, sah ich seine schlanke Gestalt auch schon über die Brücke auf uns zurennen – durch unberührten Schnee.

Seine Füße waren ganz mit Schnee bedeckt und er trug nicht einmal eine Mütze. Das war das Erste, das mir auffiel. Er wedelte mit den Armen.

»Hey!«, rief er. »Ihr! Da drüben! Ich brauche … Moment. Kürbiskopf? *Manda?* Was macht ihr hier draußen?«

»Wir unterhalten uns!«, rief Daisy. »Wir haben etwas frische Luft geschnappt. Was ist los?«

»Kürbiskopf.« Bertie keuchte. »Es ist … das Maudlin. Ich habe Harold angerufen und dann bei euch, aber … bei euch ist keiner rangegangen, also bin ich hergekommen … um euch zu holen. Ich brauche euch. Es ist etwas passiert. *Es ist schon wieder jemand tot.*«

TEIL SIEBEN

Bei tiefster Wintersonnenwende

I

Gemeinsam rannten wir zum Maudlin. Es war mitten in der Nacht, doch die kleine Tür im Tor stand offen. Als wir uns ins Innere duckten, war Mr Perkins Kämmerchen verlassen und leer, obwohl Licht brannte. Etwas stimmte ganz und gar nicht.

Als wir den Eingang von Haus neun erreichten, stand auch er offen und von oben aus dem Treppenhaus drang ein Chaos aus Männerstimmen. Wir eilten so schnell hinauf, dass mir schwindelig wurde. Wohin gingen wir? Wessen Zimmer würde es sein? Wir liefen weiter und weiter – bis zur Tür von Donald.

Im Apartment herrschte Verwirrung. Alfred war da und brüllte herum, genau wie Michael, Moss und Mr Perkins. Donald war auf seinem Sofa zusammengesunken, eingewickelt in einen Morgenmantel aus Seide. Vor ihm war ein Festessen ausgebreitet: Hühnchenscheiben, Chutney, Brot und ein Weihnachtskuchen. Mein erster Gedanke war, dass er so viel gegessen hatte, dass er darüber eingeschlafen sein musste, und ich wunderte mich noch, wie er bei so einem Radau schlafen konnte. Dann betrachtete ich alles erneut. Meine Augen vollbrachten wieder einmal ihren Trick, schalteten um und erkannten die Wahrheit.

Donald schlief nicht. Er rührte sich nicht. Seine Augen standen ein kleines Stück offen, genau wie sein Mund. Kuchenkrümel lagen darin. Auf den Lippen klebte Zuckerguss. Und in der Luft lag ein Geruch, den ich sehr gut kannte, ein bitterer Hauch von Mandel, von dem mein Mund ganz trocken wurde.

Donald schlief nicht. Donald war *tot*.

Mir war, als würden die Teile unseres Puzzles in die Luft geschleudert, um in einem völlig neuen Muster aufzukommen. Donald war nach Amanda unser dringendster Verdächtiger gewesen. Wir wussten, dass er die Polizei belogen hatte, was den Anruf bei Amanda betraf. Er hatte die Mittel, das Motiv und die Gelegenheit gehabt, und seit Chummys Tod hatte er sich abscheulich verhalten. Wie konnte er nun tot sein?

Hinter uns ertönten schwere Tritte auf den Stufen und als ich mich umdrehte, sah ich George, Alexander und Harold auf uns zustürmen.

»Bertie!«, rief Harold und stellte sich mit besorgtem Blick zu ihm. »Geht es dir gut? Nach deinem Anruf kamen wir so schnell wie möglich. Oh, seht ihn euch an! Es stimmt tatsächlich!«

»Er hat allein in seinem Zimmer zu Abend gegessen«, berichtete Moss. »Als ich zum Abräumen gekommen bin, habe ich ihn so gefunden!« Er sah ehrlich mitgenommen aus.

»Woher kam der Kuchen?«, wollte Daisy wissen und betrachtete die Essensreste auf dem Tisch mit misstrauischem Blick.

»Das war ein frühes Geburtstagsgeschenk«, erklärte Moss. »Es wurde heute Nachmittag für Mr Donald abgegeben.«

»Wann?«, fragte Daisy. »Als wir weg waren? Aber –«

»Halt die Klappe, Kürbiskopf!«, unterbrach Bertie sie und Daisy schloss den Mund – schaute mich aber mit großen Augen an. Mir war klar, dass sie noch viel mehr zu sagen hatte.

»Die Geburtstagsfeier morgen muss abgesagt werden«, meldete Alfred sich zu Wort. Und urplötzlich, ohne jede Vorwarnung, brach er in schallendes Gelächter aus.

Mir wurde schlecht. Es war so gemein von ihm. Zwei Menschen waren tot und Alfred legte sich ins Zeug, um zu demonstrieren, dass es ihm egal war. Nach Chummys Tod war er in sein Zimmer gegangen und über Donalds Tod lachte er sogar.

Cross erschien auf der Türschwelle, schwer atmend und mit einem verdatterten Ausdruck im Gesicht. »Ich glaube das nicht«, sagte er zu niemand Bestimmtem. »All die Jahre ohne einen Toten, und jetzt gleich zwei auf einmal.« Er nickte Mr Perkins zu. »Ich danke Ihnen für den prompten Anruf. Ein Glück, dass ich so früh an Ort und Stelle sein kann. Hat man den Doktor verständigt?«

»Es war nur ein Unfall«, sagte Bertie und ignorierte die Frage des Wachtmeisters. Doch ich wusste, dass das nicht stimmte.

»Schnupper am Kuchen!«, zischte Daisy mir ins Ohr. Ich ging einen Schritt vor, beugte mich über den Tisch und sog die Luft ein. Zuerst roch ich nur Marzipan, doch dann stieg mir ein Duft in die Nase, der zu stechend war für Marzipan.

Mandeln.

Mandeln bedeuteten Blausäure.

Donald war *vergiftet* worden.

Ich schaute Daisy, George und Alexander an. Wir mussten den Fall besprechen – er hatte soeben eine zutiefst gruselige Wendung genommen. Donald schied als Mörder aus, daher musste der wahre Täter noch auf freiem Fuß sein. Es lag an uns, herauszufinden, wer es war, und viele Verdächtige blieben nicht mehr übrig.

»Es sieht wie ein Unfall aus«, meinte der Wachtmeister. »Aber ich muss trotzdem gründlich sein. Bitte bleiben Sie hier, Sie alle, dann werde ich einen nach dem anderen befragen. Wer hat Mr Melling zuletzt gesehen?«

»Ich habe ihn seit Stunden nicht gesehen«, antwortete Bertie. »Ich war mit Cheng beim Abendessen. Butler war auch dabei.«

»Sie haben ihn gefunden?«, wandte Cross sich an Moss.

»Vor einer halben Stunde«, berichtete Moss mit Tränen in den Augen. »Ich wollte nach ihm sehen. Was wird jetzt mit mir geschehen?«

Wachtmeister Cross ging nicht darauf ein. Stirnrunzelnd sah er sich im Zimmer um. »*Wo* bleibt der Arzt? Und hatte ich euch Kindern nicht Hausverbot erteilt?«

»Ich habe sie geholt!«, meldete Bertie sich zu Wort. »Ich will sie dabei haben!«

Mein Blick traf den von George.

»Wir warten draußen!«, sagte er sofort.

Wir vier schlüpften auf den Treppenabsatz hinaus und schlossen die Tür. Vor wenigen Stunden hatte ich selbst ein Stück Weihnachtskuchen verputzt, und allein der Gedanke an den Mandelgeruch verursachte mir nach der Szene eben Übelkeit.

»Lagebesprechung!«, wisperte Daisy. »Schnell!«

»Warum gehen wir nicht ins Zimmer gegenüber von Alfreds Apartment?«, schlug Alexander vor und warf einen Blick hinter sich.

»Aber … Chummys Leiche!«, sagte ich.

»Hat man weggebracht«, erklärte George. »Wart ihr nicht dabei, als Wachtmeister Cross sagte, man würde sie abholen? Also kein Grund zur Sorge.«

»So ein Mist!«, fluchte Daisy. »Ich meine … wundervoll. Ins Zimmer!«

2

Gemeinsam gingen wir in den zweiten Stock und ins Apartment von James Monmouth. Alexander schloss hinter uns die Tür und knipste das Licht an. Ich dachte, es würde mir nichts ausmachen, nachdem die Leiche nun fort war – immerhin gab es hier nichts mehr außer sauberen frisch tapezierten Wänden –, doch irgendwie ließen mir die Laken, die noch über den Möbeln lagen, eine Gänsehaut aufziehen.

»Oh, Hazel!«, sagte Daisy, die mein Schaudern bemerkte. Sie marschierte los und zog schwungvoll Laken von Sesseln und Sofas. Jedes Mal zuckte ich zusammen, doch es machte aus der Ansammlung von Gespenstern ein einfaches Wohnzimmer, frisch renoviert.

»Danke«, sagte ich leise zu Daisy, als sie sich neben mich stellte, und sie zwinkerte mir zu.

»Na schön!«, sagte sie. »Detektive! Ich bitte um eure Aufmerksamkeit.«

»Moment«, unterbrach George sie. »Du hast das letzte Treffen geleitet. Sind nicht wir an der Reihe?«

»Ach, lass es doch Daisy machen!«, meinte Alexander.

»Wir sind gleichberechtigte Partner in dieser Angelegenheit«, sagte George ruhig. »Ohne Frage sind wir an der Reihe. Alex, nimm dein Fallbuch. Ich erkläre diese Besprechung für eröffnet.«

Daisy verzog die Nase, trotzdem merkte ich ihr an, dass sie es genoss, sich mit jemandem streiten zu können, der ihr gewachsen war.

»Donald ist tot«, sagte sie. Es war klar, dass diese Sitzung doch mehr als nur einen Vorsitz haben würde. »Man hat ihn mit Blausäure im Weihnachtskuchen vergiftet! Hazel und ich haben es gerochen. Also, was wissen wir?«

»Ich hätte nie gedacht, dass Donald das nächste Opfer sein würde!«, sagte Alexander. »Ich habe ihn für den Mörder gehalten, ihr nicht? Jetzt *kann* es ja nur noch Amanda sein!«

»Ist es aber nicht!«, sagte ich. »Es stimmt, dass sie klettert, aber den ersten Mord hat sie nicht begangen und den hier auch nicht.«

Wir erzählten den Jungs, was wir erfahren hatten – von Amanda und Harriet, der Studentin, die sie im Auftrag von Tante Eustacia hatte beaufsichtigen müssen. Amanda hatte das St. Lucy's den ganzen Nachmittag nicht verlassen, und danach war sie bei uns gewesen. Und ihren Angaben nach war sie in der Vornacht nur in Berties Apartment.

»Sie hätte es trotzdem tun können!«, gab George zu bedenken. »Ihr habt nur ihr Wort und das ihrer Freundin!«

»Ja, aber …« Ich dachte scharf nach. »Nein! Dieser Mord – der Kuchen – schließt sie aus. Moss sagt, er kam als Geschenk, das man heute Nachmittag vor Donalds Zimmer abgestellt hat, nicht? Na ja, dann muss es gebracht worden sein, nachdem Wachtmeister Cross im Anschluss ans Mittagessen seine Fragerunde abgehalten hat. Am frühen Nachmittag hat Amanda es nicht bringen können, weil sie bis zum Abendessen mit Harriet zusammen war. Und nach dem Abendessen haben wir sie beschattet. Als wir ihr nach draußen gefolgt sind, haben wir gesehen, dass im Schnee auf der Brücke zwischen dem Maudlin und dem St. Lucy's niemand außer Bertie gelaufen war. Sie hatte keine Gelegenheit dazu. Sie scheidet aus.«

»Unbedingt!«, gab Daisy mir recht. »Also sind wir noch immer auf der Suche nach einem Mörder, noch dazu einem sehr gewieften. Gift in einem Geschenk zu verstecken! Wäre nicht gerade der erste Weihnachtsfeiertag, hätten wir das Rätsel im Handumdrehen gelöst. Es gibt in Cambridge nur wenige Apotheken mit Giftbüchern – in denen die Leute sich eintragen müssen, wenn sie giftige Substanzen kaufen – und wir müssten lediglich sämtliche Einträge durchgehen.«

»Aber es ist nun einmal der erste Weihnachtsfeiertag«, sagte George. »Und wir können nicht warten!«

»Ich weiß«, sagte Daisy zufrieden. »Wir brauchen aber auch so nicht mehr lang. Wenn Chummy und Donald von *derselben* Person getötet wurden – und es fällt mir schwer, zu glauben, dass sich im Maudlin mehr als ein Mörder herumtreibt –, dann müssen wir uns die Beweislage im *ersten* Mordfall noch einmal vornehmen, um den zweiten aufzuklären. Damit bleibt nämlich nur *ein* guter Verdächtiger übrig: Alfred. Wir müssen es ihm nur noch beweisen.«

Logisch betrachtet wusste ich, dass sie recht haben musste. Könnten wir Chummys Tod klären, wäre auch der Mord an Donald gelöst. Alfred kam am ehesten als Täter infrage. Außer … Etwas hatte mir schon die ganze Zeit Kopfzerbrechen bereitet, etwas ziemlich Peinliches. Ich konnte Alfred *nicht leiden*. Er war unverschämt, unfreundlich und raffgierig. Aber wenn unsere gemeinsame Geschichte mich zum Teil von Daisys Familie gemacht hatte, dann band mich eine gemeinsame Geschichte auch an Alfred. In England zeige ich vielleicht meine englischste Seite, oder versuche es zumindest, doch George kennenzulernen und die Art, wie er das Leben anging, hatte mich daran erinnert, dass der Hongkong-Teil in mir ebenso wichtig war. Alfred war Teil meiner Heimat und das war mir wichtig. Ich würde mich niemals der

Gerechtigkeit in den Weg stellen, natürlich nicht, aber waren wir denn *sicher*, dass Alfred schuldig war? Solange wir es nämlich nicht waren, war es doch sicherlich meine Pflicht, auch andere Theorien vorzuschlagen, oder nicht?

»Ich glaube nicht, dass er es war«, sagte ich. »Ich glaube es war … Michael Butler.«

3

»Hazel!«, sagte Daisy. »Wir haben ihn praktisch schon ausgeschlossen! Er kann nicht sämtliche Stufen nach oben gelaufen sein, um den Draht zu spannen, ohne dass Alfred oder Moss ihn gehört hätten.«

»Stimmt!«, gab Alexander ihr recht. »Nachdem ihr weg wart, haben George und ich versucht, in Strümpfen durchs Treppenhaus zu laufen, von ganz unten bis ganz oben, und Wachtmeister Cross hat uns trotzdem auf halbem Weg erwischt, weil er uns gehört hat. Es geht nicht.«

»Es ist ja nur eine Theorie«, räumte ich ein. »Aber wir müssen sämtliche Möglichkeiten in Betracht ziehen, bis wir hundertprozentig sicher sind, richtig?«

»Wohl wahr.« Daisy schürzte die Lippen. »*Trotzdem* –«

»Wisst ihr, was wir noch immer nicht getan haben?«, fragte George plötzlich.

»Was denn?«, wollte Daisy wissen.

»Den exakten Moment des ersten Verbrechens nachgestellt«, antwortete George. »Harold hat Alex und mich heute Nachmittag abgeholt, bevor wir dazu gekommen sind. Wir wissen, wie und wann der Mörder die Falle gestellt hat. Aber was ist mit Chummy? Fest steht, er muss gerade vom Klettern zurückgekommen sein, hat sein Zimmer verlassen, ist gestolpert und die Treppe hinuntergestürzt. Aber *warum*? Was wollte er um zwei Uhr morgens im Treppenhaus? Und warum hat er sich so beeilt, dass er sich nicht einmal mehr an der Wand abfangen konnte, nachdem sein Fuß am Draht hängen geblieben war? Um so hart aufzuprallen, muss er ja schon fast gesprintet sein.«

»Er ist raus, um …« Daisy hielt inne. »Du meine Güte!«, sagte sie. »Er kann gar nicht zu Donald gewollt haben, um ihn zu ärgern, wenn er die Treppe *runter* ist, oder? Donald wohnt direkt gegenüber – wohingegen *Alfreds* Apartment einen Stock unterhalb von Chummy liegt. Wieder etwas, was auf ihn hindeutet!«

»Aber warum um zwei Uhr morgens?«, fragte George. »Was könnte Chummy um diese Zeit von Alfred gewollt haben? Und warum in solcher Hast? Überlegt mal! Wir haben keine Nachricht gefunden, oder?«

»Nein! Aber … womöglich hat er sich über etwas aufgeregt?«, schlug Alexander vor.

»Nur worüber?«, überlegte George.

Wie alle dachten nach.

»Passt auf, tun wir mal so, als wären wir in Chummys Zimmer und ich bin Chummy«, meinte George, während er ans Wohnzimmerfenster trat. »Er kommt vom Klettern zurück, schwingt sich vom Regenrohr zum Sims und schließt hinter sich das Fenster. Er hinterlässt beim Einsteigen Spuren auf dem Sims, so wie … Hier! Seht euch das an!«

»Was denn?« Ich trat neben ihn, während sich Daisy und Alexander hinter mir drängten. Dabei wurde ich gegen Alexanders Schulter gedrückt – und wäre vor Verlegenheit fast gestorben.

»Keiner nutzt dieses Zimmer im Augenblick«, sagte George. »Und alles ist frisch gestrichen. Also warum sind auf *diesem* Fensterbrett Schmutzspuren?«

Ich kniff angestrengt die Augen zusammen und schaute auf die Stelle, auf die George zeigte. Es stimmte: Auf dem frisch gestrichenen Sims und der Wand direkt darunter befanden sich dunkle Schrammen. Als ich mich umsah, stellte ich fest, dass das übrige Zimmer in tadellosem Zustand war – die Arbeiter waren wohl erst vor wenigen Tagen fertig geworden.

»Vielleicht kommen die Studenten manchmal hier durch, wenn sie vom Klettern zurückkehren«, tat Daisy das Ganze ab. »Jedenfalls ist das hier nicht der Raum, auf den wir uns konzentrieren sollten, sondern auf den darüber! Mach weiter mit der Nachstellung.«

»Na gut. Chummy betritt also sein Zimmer und steht kurz einfach so da. Dann setzt er sich und …« George unterbrach sich. »Warum hat er seine Schuhe nicht ausgezogen? Wäre das Erste, das ich machen würde, käme ich gerade von draußen. Alex, tu so, als hättest du gerade den Raum betreten und setz dich.«

Alexander nahm zögerlich auf dem Sofa vor dem Kamin Platz. Mir war klar, dass er daran dachte, was vor Kurzem noch darauf gelegen hatte. Ich konnte nachfühlen, dass er sich zierte.

»Was siehst du?«, fragte George.

»Den Kamin«, antwortete Alexander. »Die Wand. Das Fenster. Der Schreibtisch steht zu weit rechts.«

»Also was ist passiert?«, fragte Daisy. »Warum ist er aufgesprungen und aus der Tür geplatzt, bevor er sich überhaupt die Schuhe ausgezogen hatte? Hat er etwas gehört?«

Ich merkte ihr an, dass sie langsam schlechte Laune bekam.

»Aber keiner hat irgendwelche Geräusche im Treppenhaus vor Chummys Sturz erwähnt«, sagte ich. »Amanda …« Ich überlegte. »Amanda sagte, sie hat einen Schrei gehört und dann den Krach, als Chummy stolperte.«

»Nein, Hazel, das hat sie *nicht* gesagt«, meinte Daisy. »Was Amanda berichtete war sinngemäß: *Ich wurde von einem Scheppern aus dem Schlaf gerissen*, hörte einen *grässlichen Schrei und schließlich einen furchtbaren Schlag*. Wir müssen also überlegen …« Sie erstarrte. »Detektive!« Sie riss den Mund auf. »Ich habe es verstanden! Endlich! Wie konnten wir nur alle so dämlich sein? Ich weiß, warum auf diesem Fenstersims Spuren sind und woher der Ast stammt. *Ich weiß, warum Chummy aus seinem Zimmer gestürmt ist!*«

4

Wir blickten sie gespannt an. Ich wurde ganz aufgeregt. Die Lösung war zum Greifen nah, schwebte knapp außer Reichweite, kam aber Sekunde für Sekunde näher.

»Klettern«, sagte Daisy. »Hört mal! Im ganzen Fall geht es irgendwie ums Klettern. Chummy ist geklettert. Der Angeldraht, mit dem die Falle präpariert wurde, wurde zum Klettern benutzt. Der Mörder muss ebenfalls ein Kletterer sein. Also warum sind wir nicht auf die Idee gekommen, dass Klettern gewissermaßen die Todesursache gewesen sein könnte? Stellt euch Folgendes vor: Nachdem die Falle gestellt ist, legt sich der Mörder auf die Lauer – nicht in seinem Zimmer, sondern in *diesem* hier, im Apartment von James

Monmouth, weil er weiß, dass es direkt unter dem von Chummy liegt und in den Ferien leer steht. Er öffnet dieses Fenster, damit er das Klappern des Regenrohrs hört, wenn Chummy sich zurück in sein Zimmer schleicht. Er kommt vom Dach, wisst ihr noch? Also würde er an keinem anderen Fenster außer seinem eigenen vorbeikommen. *Sobald* er drin ist und sein Fenster schließt, klettert der Täter am Regenrohr hoch – mit einem Ast in der Manteltasche. Den klemmt er quer in Chummys Fenster – um sicherzugehen, dass er genau passt, hat er den Fensterrahmen zuvor ausgemessen. Damit kann das Fenster nicht mehr geöffnet werden. Dann klopft er an die Scheibe.

Chummy blickt vom Sofa auf. Entweder steht der Vorhang schon offen oder er geht hin und zieht ihn auf. Dann sieht er den Mörder, starrt ihn an. Er will das Fenster aufschieben, aber wegen des Asts geht das nicht! Ich gehe davon aus, dass der Mörder ihn gereizt hat – mit Grimassenschneiden oder Ähnlichem. Dann ist er aus der Sicht verschwunden.

Chummy ist wütend. Er liebt Streiche, aber nicht, wenn er das Opfer ist. Und natürlich rastet er aus, als er das Fenster nicht öffnen kann, um dem anderen zu folgen. Also rennt er rasend vor Wut aus seinem Apartment, um den anderen zu erwischen, bevor der in seinem Zimmer verschwinden kann. Und so stürzt er Hals über Kopf die Treppe hinunter.«

»Nun muss der Mörder nur noch den Ast in den Garten schmeißen, zurück in das verlassene Apartment einsteigen – was die Spuren auf dem frisch gestrichenen Fensterbrett erklärt, die von seinen Schuhen stammen – und Augenblicke nach Chummys Sturz ins Treppenhaus eilen. In der ganzen Verwirrung bemerkt keiner, dass er aus dem Zimmer von James Monmouth kommt und nicht seinem eigenen. Daisy, das ist genial!«, rief George. »Ich glaube, du hast den Fall gelöst!«

Daisy strahlte und machte eine kleine Verneigung.

Ich ließ das alles in meinem Kopf ablaufen und kam zu dem Schluss, dass es stimmig war. Es beantwortete so viele Fragen, sauber und perfekt. Mein Herz setzte einen Schlag aus. Wenn der Mörder ein Kletterer war, kam nur eine Person infrage.

Alfred.

Alles ergab Sinn.

»Ihr glaubt wirklich, *er* war es?«, fragte ich und schluckte.

Ich stellte mir vor, was mit Alfred geschehen würde, sollten wir ihm den Mord an zwei Engländern vorwerfen. Würde man ihm überhaupt Gelegenheit geben, sich zu erklären? Oder würden Wachtmeister Cross und die übrige Polizei sowie der Richter und die Geschworenen nur seine Hautfarbe sehen und daraufhin sofort ein Urteil fällen?

»Ich halte ihn für den wahrscheinlichsten Täter«, antwortete George.

»Aber was, *wenn* wir falschliegen?«, gab ich zu bedenken. »Haben wir ihn erst einmal angeklagt, können wir es nicht zurücknehmen!«

»Das stimmt natürlich«, sagte Daisy. »Wachtmeister Cross ist ein furchtbarer Tölpel. Und?«

»Denk mal darüber nach!«, sagte ich. »Was, wenn ich es wäre? Oder … oder George? Wir sind keine Engländer, Daisy – zumindest nicht so wie du oder Chummy oder Donald. Würde man uns eine faire Chance geben, uns zu verteidigen, wenn man uns ein Verbrechen vorwirft? Würde man uns wirklich zuhören?«

»Keiner von uns würde je jemanden töten!«, meinte Daisy.

»Aber was, wenn man uns verdächtigen würde?«, entgegnete ich. »Ich rede ja nicht unbedingt von Mord! Was, wenn man uns anklagen würde … wegen Diebstahls? Oder Betrugs? Wir könnten es abstreiten und versuchen, unsere Unschuld zu beweisen – trotzdem würde man uns *eventuell* nicht glauben. Wir müssen, unbedingt, absolut sicher sein, bevor wir ihn beschuldigen!«

Ich wusste, was ich sagte, entsprach der Wahrheit. Engländer warten grundsätzlich auf den Augenblick, der ihnen beweist, dass wir anders sind als sie. Wir konnten an den besten Schulen lernen, was es heißt, britisch zu sein, so wie ich, oder sogar von Geburt an Briten sein, wie George – trotzdem sahen wir irgendwie *nicht richtig* aus und insgeheim wusste jeder, dass wir folglich auch nie richtig *sein* würden. Einen Moment lang fühlte ich mich richtig verloren. Meine gesamte Kindheit lang habe ich mir gewünscht, eine Engländerin aus Fleisch und Blut sein zu können. Deshalb bin ich auf die Deepdean gegangen. Doch nun, mit fast fünfzehn, sehe ich ein, dass durch und durch englisch zu sein, nicht unbedingt das Beste ist.

»Was für ein dämlicher Gedanke, Hazel«, sagte Daisy wütend. »Hör sofort damit auf!«

»Hazel hat recht«, sagte George. »Wir müssen jeden Zweifel ausschließen. Nichts ist wichtiger als die Wahrheit. Im Augenblick *könnten* Alfred oder Michael schuldig sein, selbst wenn wir Alfred für den wahrscheinlichsten Täter halten. Lasst uns in ihren Zimmern nach Hinweisen suchen, solange sie oben bei Wachtmeister Cross sind. Wir haben zwei Verdächtige und sind zwei Detekteien. Werfen wir eine Münze. Die Gewinner dürfen sich einen Verdächtigen aussuchen, dem sie bis zur Aufklärung des Falls folgen. Seid ihr dabei?«

»Ja.« Daisys Augen funkelten. Mir war klar, dass sie Alfred wählen wollte.

George griff in die Tasche und holte einen blitzblanken, neuen Schilling heraus. »Kopf: Wir nehmen Alfred. Zahl: Ihr nehmt ihn. Einverstanden?«

»Einverstanden«, stimmte Daisy zu und strahlte angesichts dieser Herausforderung. »Tut, was ihr nicht lassen könnt!«

Die Münze flog in die Luft und alle sahen gespannt zu, wie sie sich drehte. Silbrig blitzend landete sie mit einem Knall auf dem Steinboden, trudelte noch etwas und blieb schließlich liegen. Wir spähten darauf.

Es war Kopf.

5

»Wir haben verloren«, sagte Daisy schwermütig zu mir. »Alexander und George haben den schuldigen Verdächtigen!«

Wir saßen in einer der Badezimmerkabinen gegenüber von Michael Butlers Zimmer. Daisy hockte auf einem klapprigen kleinen Stuhl, während ich auf dem Badewannenrand kauerte. Der Hahn tropfte. Die Wanne stand auf Krallenbeinen und verströmte einen sterilen Putzgeruch und Kälte.

»Stimmt nicht!«, widersprach ich und zückte mein Fallbuch. »Noch nicht. Schauen wir uns erst einmal die Fakten an, bevor wir mit der Durchsuchung beginnen. Wir müssen methodisch vorgehen und uns genau überlegen, wonach wir überhaupt Ausschau halten.«

»Von mir aus.« Daisy klang alles andere als überzeugt. »Dann los. Fangen wir an: *Mordverdächtiger Michael Butler*. Ich fasse zusammen und du schreibst mit.

Wie wir wissen, kann Michael nicht unbemerkt die Treppe nach oben gegangen sein, um für Chummy die Falle zu stellen – selbst wenn wir recht haben und der Mörder das Zimmer von James Monmouth benutzt hat, hätte er immer noch zwei Absätze vor sich gehabt. Das bringt uns also nicht weiter. Konzentrieren wir uns stattdessen auf den Mord an Donald. Die Fakten sind wie folgt: Einige Zeit, nachdem wir Treppenhaus neun verlassen haben, hinterließ jemand vor Donalds Apartment ein Geschenk mit einem vergifteten Weihnachtskuchen darin. Ich habe Mandeln gerochen, und ich weiß, dir ging es nicht anders. Das alles klingt lächerlich, nicht wahr? Vergiftet mit einem Stück Weihnachtskuchen! Würde man das in einem Buch lesen, würde man es nie im Leben glauben.

Schön, tun wir so, als wäre es Michael gewesen. Er geht noch vor dem Abendessen hoch zu Donald und stellt den Kuchen vor die Tür. Aber damit, Hazel, haben wir das gute alte Problem: Michael, der von ganz unten nach ganz oben muss. Wie sollte er das Stockwerk von Donald und Chummy erreichen, ohne gehört zu werden? Es wäre ein viel zu hohes Risiko. Außerdem … *warum* sollte er es tun? Er hat nichts gegen *Donald* gehabt, oder?«

»Lassen wir das fürs Erste außen vor«, sagte ich verzweifelt. »Was ist mit den Mitteln? Michael hätte Blausäure aus der Apotheke besorgen können.«

»Natürlich«, pflichtete Daisy mir bei. »Ich weiß, wie leicht es ist, das Zeug zu kaufen. Vor ein paar Jahren hatten wir ein Wespennest im Salon und Chapman musste Blausäurelösung darüber kippen. Er hat sie bei einem Apotheker in Fallingford gekauft, eine ganze Flasche. Allerdings hat er sich nicht besonders geschickt angestellt, der Arme: Er hat die Dämpfe eingeatmet, sodass Hetty ihm am Ende helfen musste, sonst hätte er sich noch selbst ins Jenseits befördert. Alles, was Michael – oder Alfred – zu tun hatte, war, seinen Namen ins Giftbuch einzutragen. Selbstverständlich hätte Alfred wesentlich mehr Aufmerksamkeit erregt. Wenn ein Chinese bei einem Apotheker nach Gift fragt, würde man das nicht so schnell vergessen!«

Mir wurde schlecht. Wir sollten eigentlich Michael als Verdächtigen untersuchen, aber Daisy konnte Alfred einfach nicht in Ruhe lassen.

»Na schön«, sagte sie. »Wie steht es um Michaels Motiv? Wenn er es getan hat, kann der Grund nicht einfach der sein, dass er Donald oder Chummy nicht gemocht hat. Auf der ganzen Welt gibt es sehr wenige Menschen, egal, woher sie stammen, die jemanden – gleich *zwei* andere – ermorden würden, nur weil sie ihn nicht besonders mögen. Der Tod der Zwillinge verschafft ihm keinen Vorteil und soweit wir wissen, *kannte* er sie vor diesem Jahr noch nicht einmal! Und selbst wenn er derjenige sein sollte, der den Aufsatzbetrug bemerkt hat – warum Chummy nicht einfach beim Master verpetzen? Das ergibt keinen Sinn.«

Ich seufzte und Daisy tat es mir nach, wie ein Echo.

Tröstend nahm ich ihre Hand und Daisy hielt sie so fest, dass meine Knochen knackten.

»Wir dürfen nicht aufgeben!«, sagte ich. »Lass uns machen, was wir besprochen haben, und in Michaels Zimmer gehen. Solange er oben bei Wachtmeister Cross ist, können wir uns in Ruhe umsehen. Man kann ja nie wissen!«

»Vermutlich nicht«, meinte Daisy und seufzte noch lauter. »Watson, du bist wirklich ein Pfundskerl.«

Doch während ich mir Notizen über unsere Verdächtige machte, kam ich mir so ganz und gar nicht wie ein Pfundskerl vor.

Liste der Verdächtigen

1. ~~Bertie Wells. MOTIV: Unbekannt. GELEGENHEIT: Er wohnt in Haus neun und war dort, als man die Stolperfalle vorbereitet haben muss. ALIBI: Behauptet, in seinem Zimmer gewesen zu sein. Stimmt das? ANMERKUNGEN: Er ist Maudlin-Student und ein Nachtkletterer. Er hatte die Gelegenheit, alle vorherigen Angriffe zu begehen.~~ AUSGESCHLOSSEN! Er war mit George Mukherjee, Harold Mukherjee und Alexander Arcady von 0 Uhr 15 bis 2 Uhr 15 klettern – er kann die Angelschnur nicht gespannt haben.

2. ~~Donald Melling. MOTIV: Er ist Chummys älterer Bruder, wurde aber ständig von ihm kontrolliert. Nachdem Chummy tot ist, kann er das Geld, das er an seinem Geburtstag erbt, ausgeben, wie er möchte. GELEGENHEIT: Er wohnt in Haus neun und war dort, als man die Stolperfalle vorbereitet haben muss. In seinem Zimmer fanden wir Angeldraht. ALIBI: Noch keins. ANMERKUNGEN: Er ist Maudlin-Student und ein Nachtkletterer. Er hatte die Gelegenheit, alle vorherigen Angriffe zu begehen – auch wenn es den Anschein hat, als wäre er ihnen zum Opfer gefallen. War das möglicherweise nichts als ein cleveres Ablenkungsmanöver? Er hatte mit Chummy um 0 Uhr 30 Streit und anschließend von allen Verdächtigen die beste Gelegenheit, die Falle aufzustellen,~~

~~nachdem Chummy aufs Dach des Maudlin geklettert war. Er wirkt sehr froh über Chummys Tod. Außerdem hat er Cross erzählt, er habe Amanda telefonisch über Chummys Tod informiert, was wir für eine Lüge halten – wodurch er umso verdächtiger erscheint.~~ AUSGESCHLOSSEN! Er wurde zum zweiten Opfer.

3. *Alfred Cheng.* MOTIV: Er hasste Chummy und wurde dabei gehört, als er sagte, Chummy würde sein Verhalten noch bereuen. GELEGENHEIT: In der Mordnacht war er in Haus neun. ALIBI: Noch keins. ANMERKUNGEN: Er ist Maudlin-Student und ein Nachtkletterer. Er hatte die Gelegenheit, alle vorherigen Angriffe zu begehen. Verdächtiges Verhalten festgestellt: Nach Chummys Sturz verschwand er in seinem Zimmer – warum? Er scheint Chummy regelrecht zu hassen, weshalb er nach dem tödlichen Sturz auch wieder in seinem Zimmer verschwunden ist – reicht das als Mordmotiv? Ist er derjenige, der herausgefunden hat, dass Chummy Amanda dafür bezahlte, seine Aufsätze zu schreiben?
Er ist nun auch einer von zwei Verdächtigen im Mordfall Donald. Er hätte das Gift in einer der Apotheken von Cambridge kaufen und gestern am späten Nachmittag den Kuchen vor Donalds Tür abstellen können.

4. *Michael Butler.* MOTIV: ~~Noch keins.~~ Er hat Chummy verachtet. GELEGENHEIT: Er wohnt in Haus neun und war in der Mordnacht dort. ALIBI: Noch keins.

ANMERKUNGEN: Er gehört zum Maudlin. Er könnte möglicherweise für die Tür, den Mistelzweig und den Teich verantwortlich sein, jedoch nicht für den Kletterunfall. Er ist kein Nachtkletterer, allerdings könnte er die Angelschnur aus einem Zimmer der anderen genommen haben. Es wäre ihm extrem schwer gefallen, die ganze Treppe bis nach oben zu steigen, ohne gehört zu werden. Ist er derjenige, der herausgefunden hat, dass Chummy Amanda dafür bezahlte, seine Aufsätze zu schreiben?
Er ist nun einer von zwei Verdächtigen im Mordfall Donald. Obwohl es ziemlich schwierig gewesen wäre, hätte er den Kuchen gestern am späten Nachmittag vor Donalds Tür abstellen können – und er hätte das Gift in einer der Apotheken von Cambridge kaufen können.

5. ~~Moss. MOTIV: Noch keins. GELEGENHEIT: War in der Mordnacht im Haus neun. ALIBI: Behauptet, gegen 0 Uhr 30 zu Bett gegangen zu sein, als die Falle noch nicht gestellt war. Stimmt das? ANMERKUNGEN: Er ist kein Nachtkletterer, allerdings könnte er die Angelschnur aus einem Zimmer der anderen genommen haben. Wurde beim Zerstören von Beweisen beobachtet.~~ AUSGESCHLOSSEN! Er hatte einen guten Grund, Chummy nicht zu mögen, da er früher für die Familie Melling gearbeitet hat und glaubt, dass Donald von seinen Eltern und seinem Bruder unfair behandelt wurde. Allerdings wissen wir, dass er dank Chummy von 0 Uhr 30 bis kurz nach dem Sturz in seinem Zimmer eingeschlossen

war. Erst nach Chummys Tod wurde er von Donald befreit und hat daher den Angeldraht nicht spannen können. ~~Er ist unschuldig – glaubt jedoch, dass Donald schuldig ist. Hat er recht?~~

6. ~~Mr Perkins. MOTIV: Noch keins. GELEGENHEIT: Wohnt im Maudlin, allerdings nicht in Haus neun – jedoch hat er Schlüssel. ALIBI: Noch keins. ANMERKUNGEN: Könnte er all die vorherigen Fallen vorbereitet haben? Scheint sehr unwahrscheinlich. Wir müssen sein Alibi in Erfahrung bringen.~~ AUSGESCHLOSSEN! Seine Frau und der kranke Student, Walter Cookridge, geben ihm ein Alibi. Allerdings hat er etwas Wichtiges gehört, nämlich dass Chummy gegen 0 Uhr 45 über die Dächer des Maudlin geklettert ist.

7. ~~Amanda Price. (War in der Mordnacht nicht in Haus neun, behauptet aber, man habe sie mitten in der Nacht angerufen. Stimmt das – und falls nicht, warum sollte sie lügen?) Inzwischen glauben wir, dass sie definitiv lügt und in Wahrheit zur Tatzeit in Haus neun war. Spuren von Matsch und Schmutz auf ihrem Mantel lassen darauf schließen, dass sie über die Mauer des Don-Garten und das Regenrohr hinauf in Haus neun geklettert sein könnte. Damit hätte sie Mittel und Gelegenheit gehabt, die Falle vorzubereiten, obendrein hat sie ein Motiv: Sie hat für Geld Chummys Aufsätze geschrieben und es gehasst. Außerdem hat sie vor kurzem herausgefunden, dass jemand aus Haus neun von dem Betrug wusste. Sie verhält sich verdächtig, und~~

~~falls sie klettert, könnte sie sämtliche Fallen gestellt haben. Wir müssen sie als eine Hauptverdächtige in Erwägung ziehen.~~
AUSGESCHLOSSEN! Sie war im Maudlin, aber sie hat Chummy nicht ermordet – und die Hinweise, die wir gefunden haben, kombiniert mit Harriets Aussage und den fehlenden Spuren im Schnee, beweisen, dass sie Donald nicht getötet haben kann.

6

Als wir der Tür zu Michaels Apartment einen sanften Stoß versetzten, war ich ein reines Nervenbündel – wäre sie verschlossen? Doch sie schwang ganz leicht und leise auf. Im Innern war es still und dunkel. Daisy schaltete das elektrische Licht an, das ein Wohnzimmer, genau wie das von Bertie, erleuchtete: ein Sofa vor einem Kamin, ein Fenster zur Linken und einen Schreibtisch zur Rechten. Das Fenster schaute auf den Don-Garten, und Daisy ging hinüber, um neugierig nach draußen zu spähen.

»Der Schnee hat alles zugedeckt«, stellte sie fest. »So ein Mist!«

Ich sah mich im Zimmer um. Es war ziemlich unordentlich – das heißt, ordentlich war es eigentlich schon, nur sehr schmutzig. Sämtliche Oberflächen waren von Staubflocken und Schmutzflecken bedeckt. Auf dem Boden entdeckte ich den Teil eines Abrisses: *B-O-C-K* las ich. Ich stieß Daisy an, die es aufhob und die Augen verengte. Sie steckte es in ihre Tasche. Allerdings war ich nicht sicher, ob es eine Spur war oder lediglich ein Stück weggeworfenes Papier. Es hatte ganz den Anschein, als hätte dieses Zimmer für Moss niedrigste Priorität. Zudem war es kein bisschen festlich – hier drin hätte man von Weihnachten nichts mitbekommen. Es gab kein Lametta, keine grünen Zweige und kein einziges Geschenk. Michael war wirklich arm – kein Wunder, dass er im Maudlin wohnte.

Über dem Schreibtisch befand sich ein Stapel Bücher, alle sehr akademisch, und einige gerahmte Bilder von kleinen kurzhaarigen Menschen mit Stupsnasen, die vermutlich Michaels Familie darstellten. Während ich sie betrachtete, staunte ich, wie ähnlich sich alle auf Bildern zu sehen schienen. Mir erzählt man andauernd, dass sämtliche Chinesen gleich aussehen, aber für mich sehen sich Engländer genauso ähnlich.

Ich blätterte die Papiere auf dem Schreibtisch durch und stieß auf etwas, was mein Herz in der Brust hüpfen ließ.

»Daisy! Schau mal, das ist einer der Aufsätze, die Amanda für Chummy geschrieben hat! Also muss *Michael* derjenige sein, der wusste, was vor sich geht!«

Mit einem Satz war Daisy bei mir. »Wie seltsam! Du hast recht. Aber wenn Michael die Aufsätze gefunden hat, warum hat er sie noch nicht dem Master gemeldet? Warum sind sie hier?«

»Vielleicht wollte er bis nach den Ferien warten?«, schlug ich vor. Aber etwas daran klang selbst in meinen eigenen Ohren nicht schlüssig. Michael war so vernünftig und erwachsen. Warum sollte er so etwas zurückhalten?

»Du glaubst doch nicht etwa, dass er Chummy erpresst hat, oder?«, fragte ich unsicher.

»Geld braucht er jedenfalls«, meinte Daisy und deutete im Raum umher. »Schau dich doch um: Alles alt oder zweite

Wahl! Das könnte es sein. Wenn er Chummy allerdings erpressen wollte, hätte er umso *weniger* Grund, ihn zu töten – oder Donald. Ihr Tod bringt ihm keinen Gewinn, oder? Oh, vielleicht konnte er es einfach nicht ertragen, dass sie sich nicht benommen haben, wie es sich für gute Maudlin-Studenten gehört! Weißt du noch, wie er Bertie angeschrien hat?«

»Daisy, das ist unwahrscheinlich!« Ich hob die Augenbrauen und ging die Bücher durch. Plötzlich erstarrte ich. »Psst!«, zischte ich. »Draußen ist jemand …«

Gemeinsam lauschten wir und hörten das unverkennbare Poltern von Wachtmeister Cross, der die Treppe herunter und hinaus in den Schnee trabte. Offensichtlich hatte er seine Befragungen abgeschlossen! Alle würden zurück in ihr Apartment gehen. Wir mussten uns beeilen!

Daisy wandte sich vom Schreibtisch ab und stöberte im Kamin. Ihre Hände und Arme wurden bis zum Ellbogen schwarz, sogar ihre Nase war voll Ruß. Wie eine junge Dame sah sie nun wirklich nicht mehr aus.

»Hier könnte etwas sein«, erklärte sie. »Feuerstellen sind ausgezeichnete Verstecke, habe ich gehört.«

»Tante Eustacia wird dich umbringen, wenn du so verrußt zurückkommst«, sagte ich. »Beeil dich, Daisy – er könnte jeden Moment da sein!«

»Tante Eustacia schnüffelt genauso gern herum wie ich«, sagte Daisy. »Vergiss das nicht. Außerdem wird jeder direkt zur Mitternachtsandacht gehen – macht Bertie zu Hause auch immer.« Sie klang vollkommen ruhig. »Nichts, nichts … warte! Was ist das hier?«

Sie setzte sich auf. In den Händen hielt sie ein kleines Buch. Auf den ersten Blick sah es vollkommen schwarz aus, doch als sie darüber wischte, kamen auf dem Einband verblichene Goldbuchstaben zum Vorschein.

»Eine Bibel!«, stellte ich fest.

»Komisch«, meinte Daisy. »Warum sollte jemand eine Bibel im Kamin verstecken, noch dazu an Weihnachten?«

»Vielleicht hat Michael die Religion aufgegeben?«, überlegte ich. »Immerhin ist er an der Universität.«

»Hazel, keiner wendet sich von der Church of England ab«, sagte Daisy und sah mich mit hochgezogenen Brauen an. »Das wäre wie … Ach, ich kann es nicht erklären, man *tut* es einfach nicht.«

»Tja, du musst es ja wissen«, sagte ich.

»Muss ich. Mal überlegen. Warum sollte Michael das hier verstecken?« Sie öffnete das Buch und blätterte darin. »Nein, ganz normal. Nichts reingeschrieben, keine fehlenden Seiten.«

»Schau doch mal vorne«, sagte ich. »Vielleicht ist sie gestohlen.«

Daisy hob die Brauen noch höher. »Wenn du meinst«, sagte sie. Dann veränderte sich ihre Miene. »Hazel! Sie *ist* gestohlen! Sieh dir das an, wie komisch! Die Bibel gehört *Chummy und Donald*! Auf der Titelseite stehen ihre Namen, handgeschrieben. Schau: *Melling!* Es ist eine dieser speziellen Familienbibeln mit einem Stammbaum vorne drin – auf Fallingford haben wir auch eine. Guck, hier stehen Chummy und Donald, und ihre Eltern. Und –« Sie verstummte.

Mir war, als würden klamme Finger über meinen Rücken fahren. »Und?«, fragte ich nach.

»Ihr Großvater hatte einen Bruder«, sagte Daisy. »Einen jüngeren. Er heiratete eine gewisse Sophia Lamb, und die beiden hatten einen gemeinsamen Sohn, Henry Melling. *Er* heiratete jemanden namens Amy Butler, und *die beiden* bekamen im Mai 1905 einen Sohn, den sie Henry Michael Melling nannten. Kurz nachdem dieser Henry Michael Melling geboren wurde, ließen sie sich scheiden. Schau, das war 1905. Hazel, wie alt schätzt du Michael?«

»Dreißig«, antwortete ich.

»Was, wenn …? Was, wenn Amy Butler nach der Scheidung wieder ihren Mädchennamen annahm? Sicher hätte sie ihren Sohn auch nicht beim Vornamen ihres Ex-Mannes nennen wollen, also hat sie möglicherweise seinen zweiten Namen verwendet.«

»*Michael Butler*«, hauchte ich. »Wenn er es ist … ist er mit Chummy und Donald verwandt!«

Mit einem Schlag begriff ich, was mir schon lange hätte auffallen müssen. Familie spielte in diesem Fall eine ebenso große Rolle wie das Klettern, schon die ganze Zeit. Mir fielen Daisys Worte ein: *Wenn man ehrlich ist, gibt es für Familien im ganzen Jahr keine schlimmere Zeit.* Und Tante Eustacia, die erzählte, wie ein Fideikommiss *die ganze Verwandtschaft irre macht, weil jeder sich ausmalt, was passieren müsste, damit er an das Geld kommt.* Und Michael selbst, der meinte, *Weihnachten ist für Familien die schlimmste Zeit überhaupt. Da bin ich direkt erleichtert, dass ich mit meiner Mutter allein bin – keiner sonst, mit dem man streiten könnte.*

»Hazel, schau dir diesen Stammbaum an – es gibt keine weiteren lebenden Verwandten. Nachdem Chummy und Donald nun tot sind, geht alles an diese eine Person, diesen Henry Michael Melling. Wir glaubten, Michael habe kein Motiv. Aber das hier verschafft ihm ein blendendes Motiv! Wir wissen, wie reich Donald geworden wäre, hätte er seinen einundzwanzigsten Geburtstag erlebt. Nun hat er ihn um wenige *Stunden* verpasst, genau wie sein Bruder Chummy. Das bedeutet, dass Donald seine Mine nicht kaufen konnte und Chummy konnte ebenfalls nichts von dem Geld ausgeben. *Alles* erbt Henry Melling. Und wenn Henry Melling Michael Butler ist ... Junge, das erklärt den ganzen Fall!

Haben wir nicht immer wieder gesagt, wie merkwürdig *unpräzise* die Streiche oder Mordversuche eigentlich waren? Donald und Chummy gingen zusammen klettern. Als der Steinbrocken fiel, waren *beide* in der Nähe. *Beide* tranken von den Misteln. *Beide* hätten in den Teich gestoßen werden können – in ihren schwarzen Roben und Kappen waren sie zum Verwechseln ähnlich. Und obwohl Chummy die Treppe hinabstürzte, obwohl Chummy aus seinem Zimmer gelockt wurde, war nicht auszuschließen, dass auch Donald mitten in der Nacht aus dem Zimmer kommt, etwa um aufs Klo zu gehen, und stürzt. Weil Chummy zuerst gestorben ist, sind wir davon ausgegangen, dass er das eigentliche Ziel war und wir uns bei Donald getäuscht hatten – aber wenn es von Anfang an *beide* waren, ist alles so viel logischer! Es spielte keine Rolle, wer zuerst tot ist, wichtig war nur, dass *beide* starben, und zwar noch vor dem ersten Weihnachtstag. Wahrscheinlich hat Michael die Blausäure besorgt, nachdem die Misteln und der Teich versagt hatten – schließlich konnten nicht beide Zwillinge die Treppe hinabstürzen! Weißt du noch, als wir Michael am Montag in der Stadt gesehen haben? Da muss er das Gift gekauft haben, und auch den Kuchen! Während unserer Weihnachtseinkäufe am Montag habe ich in Cambridge nach Apotheken Ausschau gehalten – nur für alle Fälle, wenn du verstehst. Ein Detektiv weiß nie, was einmal wichtig werden könnte.«

»Und?«

»In der Straße Rose Crescent gibt es eine Apotheke, die *Bocking* heißt«, berichtete Daisy. »Mit der Lizenz, Gift zu verkaufen. Passt das nicht zu dem Zettel, den wir gerade gefunden haben? Zurück zu der Bibel. Nehmen wir an, Michael hat sie gefunden, als er über die Aufsätze gestolpert ist, die Amanda für Chummy geschrieben hat – selbstverständlich befand sie sich in Chummys Zimmer. Michael begreift, wer er ist und was er tun muss, um an das Erbe zu kommen. Natürlich kann er die Bibel nicht vernichten, weil er sie später noch brauchen wird, um seine Herkunft zu beweisen. Doch er begreift auch, wie gefährlich sie ihm werden könnte, sollte man sie finden. Würde er Chummy verpfeifen, könnte Chummy die fehlende Bibel mit den fehlenden Aufsätzen in Verbindung bringen und verstehen, wer Michael ist. Also versteckt Michael sie hier. Das ergibt Sinn!« Sie klatschte mir die Bibel in die Hand.

»Aber Daisy«, sagte ich, während ich das Buch vor Aufregung fest umklammerte. »Wir haben noch immer ein Problem. Michael klettert nicht! Wie sollte er da an Chummys Fenster gekommen sein? Und es ist ausgeschlossen, dass er unbehelligt die ganze Treppe hochgestiegen ist! Das funktioniert nicht, Daisy. Es muss eine falsche Fährte sein.«

»Mist!«, rief Daisy und setzte sich auf die Fersen. »Ach, so ein Mist! Und das so kurz vor dem Ziel! Du hast recht, Hazel. Diese Tatsache können wir nicht ignorieren. Die Falle muss von einem Kletterer gestellt worden sein. Und Michael klettert nicht. Zumindest …«

»Verzeihung«, ertönte eine Stimme. »Was machen Sie in meinem Zimmer?«

7

Entsetzt wirbelten wir herum. Es war Michael Butler. So wie er auf der Schwelle stand, wirkte er verdattert, aber nicht besonders gefährlich. Sein Haar war ungekämmt und er trug einen Hausrock. Auf seiner Nasenspitze war sogar ein kleiner Tintenfleck … auf seiner kurzen Nase. Eine Stupsnase, wie die von Donald. Sein Haar war nur wenige Schattierungen heller als das von Chummy. Ich hatte gesagt, dass die Engländer für mich alle gleich aussehen, aber jetzt erst begriff ich, dass ich ohne es zu merken über die Wahrheit gestolpert war.

Wenn Michael mit Chummy und Donald verwandt war, würde er all ihr Geld erben. Es war die Art von Motiv, die mehr Sinn ergab als alles andere. Geld spielt eine Rolle. Auch wenn ich das nicht verstanden habe, als ich noch klein war. Seit Daisy und ich Detektive sind, habe ich es viele Male glasklar erlebt. Keins zu haben, bringt einen dazu, es unbedingt zu wollen, und etwas davon zu haben, lässt einen nach mehr und mehr gieren. Michael war nicht reich – sein Zimmer zeigte das deutlich.

Aber konnte man die eigene Familie ermorden, um es zu werden? Ich dachte an meine kleinen Halbschwestern. Ich glaube, meine Mutter erwartet von mir, dass ich sie hasse, weil sie nur zur Hälfte von meinem Blut sind, aber in Wahrheit zählt das *Halb-* nicht. Sie sind meine Schwestern, die einzigen, die ich habe, und ich könnte sie nicht mehr lieben, als ich es tue. Aber wenn ich aufgewachsen wäre, ohne sie je kennenzulernen? Vielleicht wären sie mir dann weniger wichtig. Und wenn es nicht ich wäre, sondern Michael Butler, der die Studenten in seiner Obhut so lieblos behandelte und der Menschen anbrüllte, wenn sie ihm auf der Straße vors Rad liefen?

Dieser Denkprozess, auch wenn man lange braucht, um alles aufzuschreiben, spielte sich innerhalb der wenigen Sekunden ab, die Michael brauchte, um die Türschwelle zu verlassen und auf uns zu zu treten.

»Was machen Sie in meinem Zimmer?«, fragte er. Seine Stimme war ruhig und tadelnd. Wir waren ungezogene Kinder und würden gleich fortgeschickt werden.

Doch dann entdeckte er die Bibel in meiner Hand und sein Gesichtsausdruck veränderte sich.

»Woher haben Sie die?«, wollte er wissen. »Haben Sie hier herumgeschnüffelt? Hat Bertie Sie angestiftet?«

»Bertie hat uns zu gar nichts angestiftet!«, platzte Daisy heraus, bevor sie sich auf die Zunge beißen konnte. »Wir haben den Kaminrost sauber gemacht und sie dabei gefunden. Hier sollte eine Frau nach dem Rechten sehen, sauber kann man dieses Zimmer wirklich nicht nennen.«

Michael wandte sich mir zu. »Geben Sie her. Na los! Ich brauche niemanden, der mir hinterherräumt.«

»Und ob Sie den brauchen!«, sagte Daisy und versuchte, Zeit zu gewinnen. »Sehen Sie sich um! Überall nur Staub und Dreck. Auf dem Sofa, dem Kaminrost, dem Fensterbrett. Sogar auf Ihrem Mantel!«

Als sie das sagte, machte etwas in meinem Kopf *klick*. Mir fielen die Schrammen auf, die Alexander auf dem Fenstersims im Zimmer von James Monmouth gefunden hatte. Mir fiel ein, wie schmutzig Schuhe und Mäntel beim Klettern wurden – wie schmutzig Amandas Mantel gewesen war. Und dann betrachtete ich Michael. Für einen Erwachsenen war dreißig nicht alt. Genug Kraft zum Klettern sollte er allemal noch haben. Und was hatte er am Tag vor dem Mord an Chummy gesagt? *Wenigstens ist am fünfundzwanzigsten alles vorbei.* In diesem Augenblick wusste ich, egal, wie möglich oder unmöglich es schien, dass Michael der Mörder war. Es konnte nicht anders sein. Sämtliche Beweise waren hier versammelt.

»Daisy!«, sagte ich panisch und wich vor Michael zurück.

»Hazel«, erwiderte Daisy. »Schnell!«

Ich wusste genau, was sie meinte. Ich drehte mich um und warf ihr die Bibel zu. Auch wenn ich in Hochform bin, ist Werfen nicht gerade meine Stärke – die Sachen haben die unschöne Eigenart, hoch in die Luft zu fliegen, um wenige Meter neben mir auf den Boden zu klatschen. Bisher habe ich noch alle meine Sportlehrerinnen zur Verzweiflung getrieben. Doch diesmal erreichte mein Wurf sein Ziel: Die Bibel schoss aus meinen Händen in die von Daisy.

Sobald sich ihre Finger darum schlossen, war sie schon in Bewegung. Sie rannte zwei Schritte aufs Fenster zu und sprang auf den Sims. Nachdem wir vorhin in den Garten gespäht hatten, hatten wir es offen gelassen, wofür ich nun mehr als dankbar war.

Kurz balancierte Daisy auf dem Sims, bevor sie einen Satz nach vorn machte und mit einem dumpfen Laut im Schnee des Professorengartens landete.

»Hey!«, rief Michael. »Wo wollen Sie hin?«

Er schob sich an mir vorbei zum Fenster, während ich ein Stück zurückwich.

»Sie klettert am Rohr nach oben«, sagte ich. »Sie wird die Bibel aufs Dach des Maudlin werfen. Sie bekommen sie nie!«

Es war geraten, aber es gehörte auch nicht viel Fantasie dazu. Ich kannte Daisy und wusste, was sie tun würde.

»Nein!«, rief Michael – und schnell wie der Blitz war er ebenfalls auf dem Sims, sprang aus dem Fenster und griff nach dem Rohr.

Er *konnte* klettern.

8

Mit klopfendem Herzen eilte ich zum Fenster und reckte den Hals ins Freie. Daisy hat mich zum Wohl der Detektei jahrelang in Gefahr gebracht (zumindest fühlt es sich so an), doch ausnahmsweise einmal hatte sie beschlossen, mich zu schonen, indem sie sich selbst dem Risiko aussetzte. Und ich wünschte sehnlichst, sie hätte es nicht getan.

Ich sah, wie sie sich flink wie ein Äffchen mit Knien und Fingern am Regenrohr hochzog. Sie ist gut und schnell – leider stand Michael ihr in nichts nach. Im Gegenteil: Seine Arme waren kräftiger, sodass er aufholte. Die wenigen Sekunden Vorsprung, die sie hatte, schrumpften schnell. Das Rohr schepperte und dröhnte – nichts anderes als das hatte Amanda in der Nacht von Chummys Tod gehört. Michael mochte damals vorsichtig hochgeklettert sein, doch als er in aller Eile zurück in James' Zimmer hastete, nachdem er Chummy überrascht hatte, war er bestimmt zu schnell gewesen, um leise zu sein. Noch so eine Sache, die mir früher hätte klar sein sollen.

»Komm zurück!«, zischte Michael. »Hierher!«

Er war so leise, dass es mich schauderte. Er wollte nicht gehört werden und das bedeutete, dass er hoffte, Daisy zu erwischen, ohne dass jemand etwas davon bemerkte. Ich wünschte mir, Daisy würde schreien, doch sie gab keinen

Laut von sich – da erst fiel mir auf, dass sie die Bibel mit den Zähnen festhielt.

Also brüllte ich.

»SCHNELL!«, rief ich. »BEEILUNG, DAISY! ER HOLT AUF!«

Ich hatte grässliche Angst, nicht laut genug zu sein. Wie in einem Albtraum klang meine Stimme viel leiser als sonst – doch dann streckte jemand knapp über mir den Kopf aus dem Fenster. Es war Bertie.

»Na so was!«, rief er mir zu. »Was ist los?«

Ich zeigte mit dem Finger. »Daisy!«, keuchte ich. »Michael!«

Erklären konnte ich nicht. Ich wollte die Treppe hinauf und zu ihnen rennen, doch gleichzeitig widerstrebte es mir, mich vom Fleck zu rühren und Daisy aus den Augen zu lassen. Michael streckte die Hand aus und griff nach Daisys Fuß. Er griff ins Leere, doch dann versuchte er es erneut.

»Hey!«, rief Bertie. »Vorsichtig! Was …?! Butler, was treiben Sie denn da? Vorsicht, das ist meine Schwester!«

Es muss furchtbar merkwürdig für ihn gewesen sein, Michael Butler beim Klettern zu erleben – für uns wäre es in etwa so, als würde eines unserer Fräulein plötzlich Handstand machen. Chummy musste etwas Ähnliches gefühlt haben, als er aus dem Fenster blickte und Michael entdeckte: totales Entsetzen und Verblüffung. Nachdem er feststellen musste, dass sein Fenster klemmte, war er außer sich vor Wut aus dem Zimmer gestürmt. Nicht nur, dass Michael über die Aufsätze Bescheid wusste, nun schaute er auch noch durch sein Fenster! Bestimmt wollte Chummy ihm eine Lektion erteilen – mit einer Falle hat er sicher nicht gerechnet.

»BERTIE!«, rief ich und endlich verschaffte sich meine Furcht Gehör. Bertie sah zu mir und begriff.

»KÜRBISKOPF!«, brüllte er. Beinahe hätte auch er sich aus dem Fenster geschwungen, doch dann änderte er seine Meinung. Ich verstand ihn: Womöglich hätte das Regenrohr keine drei Leute getragen. Es ächzte schon jetzt bedenklich.

Michael hieb erneut nach Daisy. Diesmal erwischte er ihren Fuß. Als sie nach ihm trat, ließ er fluchend wieder los. Über drei Viertel des Wegs nach oben hatten sie hinter sich, ihre Schemen verloren sich bereits in der Dunkelheit. Nur Daisys weiße Strümpfe konnte ich noch ausmachen. Dann blitzte auch ihr weißer Rock auf – vermutlich hatte Daisy sich in diesem Moment mit Schwung einige weitere Zentimeter hochgewuchtet und außer Reichweite gebracht. Jedenfalls tobte Michael auf einmal vor Wut und verlor alle Beherrschung.

»KOMM HER!«, brüllte er und schlug wie irre mit beiden Armen nach ihr, hielt sich nur noch mit den Beinen am Regenrohr fest.

Erneut traten Daisys Socken aus, fest – sie hing nur noch mit den Händen am Rohr, anders konnte es gar nicht sein, und kurz neigte sie sich gefährlich weit zur Seite, wäre fast abgestürzt.

»Es reicht!«, schrie Bertie, lehnte sich aus seinem Fenster und schlug nach Michael.

Michael Butler stieß einen erstickten, wortlosen Schrei aus. Seine Arme kippten nach hinten über – und wie ein Stein fiel er in die Tiefe.

TEIL ACHT

Friede auf Erden

1

Er verursachte nicht viel Lärm, als er auf dem Boden aufkam. Der Schnee hüllte ihn ein wie eine Decke. Ich sprang aus dem offenen Fenster in den Garten.

Während sich die Kälte an meinen Beinen hochhangelte, stolperte ich vorwärts, bis ich Fuß fasste und losrannte – unerträglich langsam, wie in einem schlechten Traum. Der Schnee verklumpte an meinen Schuhen, schwer wie Matsch. Obwohl Schnee immer so leicht und hübsch aussieht, fühlte er sich im Dunkel der Nacht ganz und gar nicht so an.

Ich erreichte Michael als Erste. Er war vornüber gefallen und auf dem Bauch gelandet, wobei er die Sträucher entlang der Hauswand verpasst hatte – er lag in einem flachen breiten Haufen Schnee. Sein Bein stand in einem widerlichen Winkel ab. Er erinnerte mich an die Schneeengel, die Daisy und Bertie letztes Jahr gemacht hatten, als es auf Fallingford am zweiten Weihnachtsfeiertag geschneit hatte.

»Mr Butler?«, flüsterte ich. »Mr Butler?«

Ich streckte die Hand aus und war mit einem Mal wieder auf der Deepdean, in der Turnhalle. Damals hatte ich den Abend finster gefunden, doch dieser hier war schwärzer. Sollte Michael tot sein, was würde das für Daisy und Bertie bedeuten? Würde man ihnen die Schuld geben?

Doch dann stöhnte Michael Butler. »Hilfe!«, jammerte er. »Mein Bein!«

»Nicht bewegen!«, sagte ich. »Gleich kommt jemand. Alles wird gut.«

Ich wusste zwar nicht, *wer* kommen sollte, aber ich hoffte einfach, dass jemand unterwegs wäre. Es war schrecklich komisch und verquer, im Schnee zu sitzen und einen Mörder zu trösten, doch ich wusste nicht, was ich sonst tun sollte.

Plötzlich spürte ich eine Hand auf der Schulter. Es war Bertie, und neben ihm stand Daisy.

»Ich hoffe, es tut weh!«, fauchte Bertie Michael böse an, während er Daisy fest an sich drückte. »Sie haben um ein Haar meine Schwester getötet, Sie Schuft!«

»Ich bin bestens klargekommen!«, sagte Daisy. »Bertie, hör auf, zu übertreiben. Au!«

Ich entdeckte an ihrem Bein einen Kratzer, von dem Blut in ihren Strumpf tropfte. »Bist du auch wirklich in Ordnung?«, flüsterte ich.

Daisy schaute zu Bertie und beugte sich dann zu mir. »Er hat mich fast erwischt«, flüsterte sie zurück. »Hazel, schön war das nicht. Aber erzählt das nicht Bertie. Er macht sich immer so schnell Sorgen.«

»Reden Sie!«, fuhr Bertie Michael an. »Was *sollte* das?«

»Er hat Chummy und Donald getötet!«, erklärte Daisy. »Er steckte hinter all den Anschlägen, weil er ihr Geld erben wollte. Er ist mit ihnen *verwandt* – aber das war geheim!«

»Was?« Bertie wirbelte zu uns herum und riss die Augen auf. »Das ist nicht euer Ernst!«

»Und ob!«, sagte Daisy. »Eigentlich ist Hazel zuerst darauf gekommen. Was komisch ist, denn für gewöhnlich schlägt mich keiner im Ermitteln. Sagen Sie, Michael – oder Henry oder wie Sie heißen – wussten Sie schon immer, wer Sie sind oder haben Sie es sich erst zusammengereimt, als Sie die Bibel fanden?«

Michael stöhnte erneut, doch diesmal hatte ich den Eindruck, als wäre es nur gespielt.

»Antworten Sie!«, verlangte Bertie. »Sonst spendiere ich Ihnen einen Tritt.«

»Nein!«, sagte Michael. »Ich werde überhaupt nichts sagen.«

»Ich glaube nicht, dass er es wusste«, meinte Daisy. »Ich glaube, es hat ihn selbst überrascht. Aber sobald er darauf gekommen war ... nun, wahrscheinlich hat Chummy ihn auf die Idee mit den Streichen gebracht.« Daisy erholte sich zusehends, wurde wieder die Alte. »Er hoffte, ungeschoren davonzukommen, wenn beide Todesfälle wie Unfälle wirkten – ein Treppensturz und eine Lebensmittelvergiftung. Doch er hat nicht mit uns gerechnet! Wir haben den Ast, den Gift-Abriss und die Bibel. *Wir haben ihn!*«

»Hallo? Geht es euch gut?«, rief jemand und kurz darauf kamen keuchend George und Alexander angerannt.

»Was ist passiert?«, wollte George wissen. »Sagt schon, was macht Michael auf dem Boden?«

»Er ist gestürzt«, erklärte Daisy. »Er hat mich gejagt. Er kann klettern – *er* ist der Mörder!«

»Und warum sitzt *Hazel* im Schnee?«, fragte Alexander. »Na komm ...«

Ich spürte Arme um meine Schultern, dann wurde ich schnell auf die Füße gezogen. Dankbar vergrub ich mein Gesicht in Alexanders Mantel. *Ich liebe Alexander*, fuhr es mir durch den Kopf, obwohl ich es gar nicht wollte. Vor Scham wäre ich fast ertrunken. Wie dumm von mir, da ich ja wusste, dass er meine Gefühle nie erwidern würde. Was für ein dämlicher, Hazel-typischer Gedanke! Ich fühlte die Tränen aus meinen Augen quellen und die gute Wolle seines Mantels verschmieren. Es war mir schrecklich peinlich. Zum Glück war es so dunkel. Doch es hatte einen Moment gegeben, in dem ich schon glaubte, Daisy würde sterben. Und das hätte ich nicht ertragen können.

Um mich herum riefen die Leute durcheinander. Moss und Mr Perkins waren gekommen, auch Alfred. Und jemand musste Wachtmeister Cross zurückgeholt haben, denn er war mit dem Arzt zur Stelle, der eingetroffen war, um Donalds Leiche zu untersuchen.

Dann führte man mich fort, durch den Schnee, bis ich plötzlich an einem viel helleren Ort war und eine Tasse Tee in den Händen hielt. Jemand sagte: »Hazel? Hazel?«

2

Blinzelnd blickte ich auf. Ich war in Berties Zimmer und hockte vor einem prasselnden Feuer auf dem Sofa. Die Lampen leuchteten und die Kerzen am Weihnachtsbaum brannten. Sie brachten das Lametta zum Funkeln, dessen einzelne Ärmchen sanft flatterten wie Fell oder Federn. Alles sah wundervoll festlich aus. Ein Blick zur Uhr, die auf dem Kaminsims dahintickte, verriet mir, dass es ein Uhr morgens war. *Der erste Weihnachtsfeiertag*, fiel mir ein. Weihnachten in Cambridge, mit Schnee auf der Erde – und zwei Morden im Maudlin.

Links und rechts von mir saßen Alexander und George und vor mir kniete Daisy, die konzentriert in mein Gesicht blickte.

»Hazel!«, wiederholte sie. »Reiß dich zusammen! Du bist vollkommen in Ordnung. Jetzt komm. Willst du nicht allen erzählen, wie wir den Fall gelöst haben?«

»Geht es Michael gut?«, fragte ich belegt.

»Absolut«, antwortete George. »Abgesehen von einem gebrochenen Bein und angeknacksten Rippen. Man hat ihn ins Krankenhaus gebracht, allerdings bewacht ihn einer von Wachtmeister Cross' Polizisten. Er entwischt nicht!«

Im Zimmer waren noch ziemlich viele andere Leute, wie mir jetzt bewusst wurde. Da war Bertie, der am Kaminsims lehnte, und Amanda, die in Berties Schreibtischstuhl kauerte. Amanda mochte schroff und verbittert sein, trotzdem hatte sie versucht, ins Maudlin zu kommen, als sie glaubte, Bertie wäre in Gefahr. Für ihn hätte sie Kopf und Kragen riskiert, und das machte sie zu einem guten Menschen. Alfred lungerte auf der anderen Seite des Sofas, und neben dem lodernden Feuer (Moss, der es entzündet hatte, kniete noch daneben) stand Wachtmeister Cross.

Sein rundes rotes Gesicht war zu einer gequälten Miene verzogen, während er seinen Dienstnotizblock umklammerte, als würde er allein ihn bei Unwetter über Wasser halten.

»Ich hatte es noch nie mit einem Mordfall zu tun«, sagte er in den Raum hinein. »Auf dem Revier ist es schon zu einem Witz geworden. Nie zur rechten Zeit am rechten Ort«, wiederholte er.

Ich dachte bei mir, egal welches Talent der Wachtmeister da zu haben schien, Daisy und ich hatten das genaue Gegenteil davon. Keinen Ort schien es zu geben, an dem uns keine Leiche erwartete.

»Tja, jetzt holen Sie wohl auf«, sagte Alfred.

Ich musterte ihn und überlegte, ob er wusste, wie knapp er einer Anklage entgangen war. Dann bemerkte ich das Zucken um seine Mundwinkel und begriff, dass es ihm sehr wohl bewusst war. Ich hoffte, dass es ihm nun besser gehen würde, nachdem kein Chummy mehr da war, um ihn zu piesacken.

»Ich verstehe es nicht«, sagte Wachtmeister Cross und schaute einen nach dem anderen an. »Ich *verstehe* es nicht. Was ist passiert? Wie konnte Mr Butler ebenfalls verletzt werden? Warum ist er mitten in der Nacht am Haus hochgeklettert?«

Daisy öffnete den Mund. Genau wie Bertie.

»Er wollte fliehen«, kam ich ihnen zuvor. »Ich glaube, er wollte übers Dach entkommen. Doch in der Kälte muss er abgerutscht sein. Es ist glatt, das wissen Sie ja.«

Eine Pause entstand.

»Ja«, sagte Daisy schließlich. »Hazel und ich waren in seinem Zimmer, weil wir Verstecken gespielt haben, um uns von allem abzulenken, wissen Sie? Aber beim Verstecken haben wir etwas wirklich Merkwürdiges gefunden: ein Stück Zettel von einer Apotheke und eine Bibel, in dem der Name von Mr Butler stand, aber auch der von Chummy und Donald. Sie waren miteinander verwandt! Als wir sie uns näher ansehen wollten, kam Michael herein. Er hat sich schrecklich aufgeregt. Dann hat er Hazel die Bibel abgenommen und ist aus dem Fenster gehechtet.«

»*Verwandt?*«, wiederholte Wachtmeister Cross.

»Ja!«, bestätigte Daisy. »Michael ist ein Cousin zweiten Grades.«

Sie sagte es in aller Unschuld – es klang wirklich beinahe so, als wäre sie rein zufällig über diesen Umstand gestolpert. Obwohl wir inzwischen älter sind, ist Daisy noch immer unschlagbar darin, wie ein dummes kleines Mädchen zu erscheinen.

Wachtmeister Cross runzelte die Stirn. Eine Weile herrschte Stille.

»Himmel!«, sagte George. »Michael hat Chummy und Donald getötet, damit er ihr Geld erben kann!«

Wachtmeister Cross öffnete den Mund, während allmählich Begreifen in sein Gesicht trat. Daisy und George zwinkerten sich kaum merklich zu.

»Er hat Chummy die Falle gestellt!«, kam Alexander zu Hilfe. »Er muss sämtliche Fallen präpariert haben – die gefährlichen, meine ich. Wir wussten nicht, dass er klettern kann. Aber er muss den Angeldraht gespannt haben, nachdem Chummy an dem Abend weggegangen war, indem er am Rohr hochgeklettert ist. *Deshalb* hat niemand Schritte im Treppenhaus gehört! Natürlich!«

Moss keuchte. »Ich wusste doch, ich habe nichts im Haus gehört! Nur auf dem Treppenabsatz. Das konnte ich nicht begreifen – ich nahm an, dass es nur Mr Donald gewesen sein konnte. Oh, der arme Junge!«

Er tat mir schrecklich leid. Er hatte Donald wirklich gern gehabt.

»Und auf demselben Weg konnte er auch ins Obergeschoss klettern, um Donald gestern Nachmittag den Kuchen vor die Tür zu stellen, nachdem alle anderen weg waren«, fuhr Alexander fort. »Als es dunkel wurde, damit ihn keiner sah.«

»Ich habe gehört, dass man ziemlich leicht an Blausäure kommt«, sagte Daisy. »Äh. Also, nicht dass ich das aus eigener Erfahrung wüsste. Aber man muss wohl nur in eine Apotheke und behaupten, man müsste Wespen vergiften. Ich wette, wenn Sie sämtliche Apotheken in Cambridge abklappern, erkennt einer der Apotheker Michael wieder. Zufällig habe ich neulich eine gesehen, die zu dem Zettel passt, den wir gefunden haben. Wie hieß sie noch gleich, Hazel? *Bocking?*«

»Miss Wells«, sagte Wachtmeister Cross. »Ich versichere Ihnen, dass ich sämtliche Cambridger Apotheken abklappern werde, sobald es hell wird, auch *wenn* es der erste Weihnachtsfeiertag ist. Wären Sie so freundlich, mir den Zettel auszuhändigen?«

»Was wird nun aus Michael?«, fragte ich.

»Sollten die Beweise tatsächlich gegen ihn sprechen, muss er sich vor Gericht verantworten«, antwortete Wachtmeister Cross. »Keine Sorge, Miss Wong. Wir kriegen unseren Täter. Wissen Sie, ich frage mich ... Ich dachte immer, die anderen Polizisten würden sich über mich lustig machen, weil ich noch nie mit einem Toten zu tun hatte. Aber vielleicht waren sie nur neidisch. Diese Mordangelegenheit ... es ist nicht besonders schön, oder?«

»Nein«, gab ich ihm recht und fühlte mich alles andere als erwachsen. »Ist es nicht.«

3

In der Begleitung von Moss verließ Wachtmeister Cross das Apartment. Wir übrigen saßen herum und starrten in die Flammen des Kamins und die Kerzen am Weihnachtsbaum. Erst nach langem Schweigen fingen wir zu reden an.

»Na dann«, sagte Bertie. »Butler kann also klettern. Hätte ich mir eigentlich denken können. Einige der Dons gehörten in ihrer Studentenzeit zu den Nachtkletterern. Er wirkte nur immer so erwachsen!«

»Streng genommen sind Daisy und Hazel darauf gekommen«, berichtete George. Alexander lächelte mich an und allein bei seinem Anblick wurde mir innerlich ganz heiß.

»Wir alle gemeinsam!«, sagte ich. »Wir haben zusammengearbeitet.«

»*Zusammengearbeitet?*«, wiederholte Bertie. »Kürbiskopf! Habt ihr schon wieder Spielchen gespielt?«

»Was denn sonst?«, meinte Daisy. »Schnitzeljagd und so was. Es ist ja schließlich Weihnachten!«

»Du bist eine Nervensäge«, meinte Bertie. »Du solltest keine Spielchen spielen, Kürbiskopf. Nicht mit dem Tod. Das ist … es ist nicht lustig.« Er beugte sich zu ihr, sodass sich ihre Schultern berührten, und fuhr ihr sanft über die Hand. »Aber ich freue mich, dass es dir gut geht«, sagte er. »Hab dir ja gesagt, dass ich auf euch aufpasse, stimmt's?«

»Ich brauche keinen Aufpasser!«, empörte Daisy sich. »Du bist albern, Schielie.« Sie nahm seine Hand und drückte sie. Die beiden schienen sich näher zu stehen als je zuvor. Für manche Familien war Weihnachten eben doch eine schöne Zeit.

»Dann hat Michael die dämlichen Streiche gespielt?«, wollte Amanda wissen. Sie sah müde aus, aber weniger verärgert. Die Spannung schien ein Stück weit aus ihren Schultern gewichen zu sein. Erst jetzt merkte ich, wie nervös es sie bisher gemacht hatte, in Chummys Tod verwickelt zu sein. »Ich hätte geschworen, dass Chummy dahinter steckt!«

»*Ja!*«, antwortete Daisy und wandte sich von Bertie ab. »Er hat alles eingefädelt – zumindest all die gefährlichen *Unfälle* der letzten paar Wochen gehen auf sein Konto. Uns ist aufgefallen, dass eine einzige Zielperson keinen Sinn ergibt. Aber wenn man davon ausgeht, dass es dem Täter egal war, wen er sonst noch verletzt, ist es logisch. Chummy hat Donald schon das ganze Trimester über harmlose Streiche gespielt, bestimmt hatte Michael daher die Idee. Natürlich weiß ich nicht alles, aber ich ziehe meine Schlüsse.

Angefangen hat alles mit dem Kletterunfall, richtig? Nun, Bertie meinte, es sei eine bekannte Strecke gewesen. Vielleicht hat Michael gehört, wie Chummy und Donald darüber geredet haben – er musste lediglich vorausgehen und den Stein lockern. Wen von beiden es treffen würde, spielte für ihn keine Rolle. Und falls ein Unbeteiligter sich verletzen sollte … tja, das war ihm egal. Er ist wirklich nicht sehr nett!

Als nächstes kam der Eimer auf der Tür. Michael ist am Regenrohr bis in den obersten Stock geklettert und hat die Falle in Donalds Apartment präpariert. Ein Kinderspiel für einen Kletterer.«

»Dasselbe gilt für die Misteln«, meldete George sich zu Wort. »Daisy Wells, du heimst sämtliche Lorbeeren ein! Michael klettert hoch, schleicht sich in Donalds Zimmer, nimmt einige Beeren von den aufgehängten Zweigen und zerdrückt sie in einer Portweinkaraffe. Er geht davon aus, dass Donald irgendwann davon trinkt – und falls nicht er, dann Chummy. Er wollte, dass einem von ihnen so schlecht und schwindelig wird, dass er nicht schreien oder sich wehren würde, wenn er ihn in den Teich stößt. Zumindest hat er dafür gesorgt, dass wir Jüngeren nicht von dem Portwein tranken. Durch und durch schlecht ist er also nicht.«

»Psst«, schimpfte Daisy. »Du störst meine Auflösung. Als Chummy auf der Party allen von dem giftigen Portwein einschenken wollte, beschloss Michael, ebenfalls davon zu trinken, um keinen Verdacht zu erregen.«

Ich fühlte mich schlecht. Ich dachte daran, was Michael alles aufs Spiel gesetzt hatte – und was er verloren hatte.

»Dann der Teich«, fuhr Daisy fort. »Er hat sich im Dunkeln auf die Lauer gelegt, bis Donald vorbeikam. Wäre Chummy schneller gewesen, wäre eben er im Teich gelandet. Es war *egal.*

Womit wir bei der Treppe wären. Ich glaube, zu diesem Zeitpunkt war Michael allmählich verzweifelt. Nichts hatte funktioniert. Keiner hatte sich auch nur ernsthaft verletzt. Das Gute daran war, dass jeder davon ausging, dass es sich nur um dumme Streiche handelt. Das Schlechte war, dass Chummy und Donald noch lebten. Und er musste beide noch vor dem ersten Weihnachtsfeiertag aus dem Weg geschafft haben, wenn er sicherstellen wollte, das *ganze* Geld zu kriegen.

Er muss die Sache mit der Angelschnur im Voraus geplant haben. Das Zimmer im Stock darunter wurde renoviert. Er nutzte einen Moment, als die Bauarbeiter Lärm verursachten, um den Nagel in die Leiste zu hämmern. Dann war alles soweit bereit und er brauchte nur noch einen geeigneten Augenblick abwarten.

In der Tatnacht hörte er den Streit zwischen Donald und Chummy – das wissen wir, weil er dazukam, um sie zurechtzuweisen. Er hörte, wie Chummy aus dem Fenster stieg – ob er überhaupt mitbekam, dass Moss in seiner Kammer eingesperrt wurde, ist unsicher. Jedenfalls war die Gelegenheit perfekt. Um im Treppenhaus keinen Lärm zu verursachen, kletterte er übers Regenrohr in Chummys Zimmer und spannte über die Stufe den Angeldraht. Als Kletterer hatte er natürlich welchen parat. Kinderspiel. Dann ist er das Rohr wieder runter in das leere Zimmer, wo er sich auf die Lauer legte, um absolut sicherzugehen, dass er Chummy bei der Heimkehr nicht verpasst. Denk an das, was Amanda uns erzählt hat, Hazel – als sie ankam, brannten im Haus *sämtliche* Lichter.«

»Ja!«, sagte ich. »Das war mir auch aufgefallen! In dem leeren Zimmer hätte es dunkel sein müssen. Und laut Michaels Aussage, hatte er zu diesem Zeitpunkt längst geschlafen, bei ihm hätte also ebenfalls kein Licht brennen dürfen.«

»Nur hat er nicht geschlafen!« Daisy nickte. »Er war in dem leeren Apartment. Dort wartete er, bis Chummy heimkam und das Fenster schloss. Er folgte ihm über das Regenrohr, klemmte den Ast ins Fenster, sodass man es nicht mehr öffnen konnte, und klopfte anschließend an die Scheibe. Als Chummy Michael sah, war er außer sich vor Schreck. Ich frage mich, ob er überhaupt wusste, dass Michael die Aufsätze genommen hatte. Jedenfalls war er wütend. Er ging ans Fenster, um es zu öffnen, was aber natürlich unmöglich war. Also machte Chummy schrecklich aufgebracht kehrt und hastete aus der Tür, um nach unten zu Michael zu rennen – dabei stolperte er über den Draht und stürzte.«

»*Das reicht*«, sagte Bertie und stand auf. »Können wir das Thema wechseln? Auch wenn ihr es anscheinend vergessen habt, es ist Weihnachten. Wir haben ein Fest zu feiern!«

»Von mir aus«, meinte Daisy. »Aber nur, weil du uns so nett bittest.«

Wieder einmal fiel mir auf, wie seltsam die Engländer sind. Egal, wie schlimm die Lage ist, sie finden immer einen Weg, sie herunterzuspielen.

4

Dann kam der Master des Maudlin, begleitet von Tante Eustacia, die wie ein Racheengel hinter ihm hereilte. Nachdem so viel passiert war, würde er sich bestimmt nicht mehr an das Hausverbot erinnern – hoffte ich. Und selbst eine wütende Tante Eustacia war mir in diesem Augenblick recht, wenigstens strahlte sie Sicherheit, Klarheit und Reinheit aus. Am liebsten hätte ich die Arme um sie geschlungen, aber natürlich tat ich das nicht. Alexander, George und Harold wurden anschließend über Weihnachten gemeinsam mit Bertie und Alfred ins St. John's geschickt. Das Maudlin-College schloss bis zum nächsten Trimester – die Party von Chummy und Donald wurde abgesagt und alle Studenten wurden fortgeschickt. Amanda, Daisy und ich begaben uns zurück ins St. Lucy's, worüber ich unfassbar erleichtert war.

Kaum angekommen, rief Tante Eustacia uns in ihr von Büchern bevölkertes Büro und wollte von uns jedes einzelne Detail über den Fall erfahren. Sie wollte wirklich alles wissen: Was wir getan hatten, warum und wie. Wir taten unser Bestes, das Geheimnis der Detektei zu bewahren, doch sie hatte so ihre Art, an die Wahrheit zu kommen, wann immer wir versuchten, ihren Fragen auszuweichen. Und ich hatte das ungute Gefühl, dass sie die Geschichte am Ende tatsächlich vollständig begriffen hatte. Immerhin ist sie Daisys Großtante.

»Wir *mussten* etwas unternehmen!«, betonte Daisy immer wieder. »Es geschah direkt vor unseren Augen! Wir konnten es nicht einfach ignorieren!«

»Hmm«, sagte Tante Eustacia. »Derartige Dinge scheinen dir zur Gewohnheit zu werden. Was habt ihr Mädchen nur an euch? Wirklich, Daisy, wenn deine Eltern …«

Daisy wurde blass.

»Nun«, sagte Tante Eustacia. »Das soll nicht unsere Sorge sein, was? Ihr beide scheint mir größtenteils unversehrt, was ein Wunder ist. Und schließlich wollen wir noch immer Weihnachten feiern. Nur solltet ihr vorher etwas schlafen – ihr wart die halbe Nacht auf den Beinen. Ich sehe Hazel gähnen.«

Ich ging nur zu gerne, doch als wir in König Henrys Apartment waren, stellte ich fest, dass ich nicht einschlafen konnte, so aufgekratzt war ich. Daisy und ich redeten noch mindestens eine Stunde lang über den Fall.

»Es ist komisch!«, sagte Daisy. »Ich weiß, es ist Weihnachten, aber es fühlt sich einfach nicht so an.«

»Ich weiß.« Ich runzelte unwillkürlich die Stirn. Zwei Leichen waren nicht gerade festlich.

»Oh, Watson! Diese Fälle gehen dir wirklich an die Substanz, was?«

»Es geht mir gut«, sagte ich. »Inzwischen sollte ich mich daran gewöhnt haben.«

»Aber das ist ja das Beste an dir, Hazel«, sagte Daisy. »Dir ist alles wichtig. Du machst dir um jeden Gedanken. Manchmal ist es schrecklich nervtötend – zum Beispiel wie du von Alexander besessen bist …«

Ich spürte, wie mein Gesicht heiß wurde. »Sag … sag ihm nichts, versprochen?«, flüsterte ich. »Er wird mich nur auslachen. Außerdem mag er *dich*.«

»Warum um alles in der Welt sollte er lachen?«, fragte Daisy ehrlich überrascht. »Du bist *Hazel*. Du bist der beste Mensch, den ich kenne. Sag ich das nicht immer wieder? Er sollte sich geehrt fühlen. Warum er nicht aufhört, mit mir seine Zeit zu vertun, ist mir sowieso ein Rätsel. Ich versuche schon die ganze Zeit, ihn abzuweisen, indem ich unhöflich zu ihm bin. Weißt du, was es mit der Liebe auf sich haben soll, begreife ich einfach nicht. Was bitte mag er an mir? Und was hat *er* an sich, dass du so magst? Stört es dich denn gar nicht, dass seine Ärmel dauernd zu kurz sind?«

»Nein«, sagte ich und wäre am liebsten im Erdboden versunken, so peinlich war es mir. »Ich weiß nicht! Lass uns über etwas anderes reden.«

»Na schön.« Daisy seufzte. »Manchmal habe ich den Eindruck, ich werde die Menschheit nie verstehen.«

5

Am ersten Weihnachtsfeiertag wachte ich am späten Vormittag auf, als es draußen bereits strahlend hell war. Daisy hockte auf meinem Bett und futterte eine Schokoladenorange, wobei ihre goldenen Locken wie Wellen ihr Gesicht umspielten.

»Fröhliche Weihnachten, Hazel!«, sagte sie. »Hier, probier mal.«

Ich nahm ein Stück und ließ die klebrige Süße in meinem Mund zergehen.

»Fröhliche Weihnachten!«, sagte ich, während ich mich in unserem Schlafzimmer umschaute. Es gab nur einen kleinen Stechpalmenzweig, der ans Fußende von Daisys Bett gebunden war. Sehr weihnachtlich war die Atmosphäre hier nicht. Ich hatte mein Geschenk für Daisy sorgfältig eingepackt und im Wohnzimmer verstaut, nachdem Daisy letzte Nacht ins Bett gegangen war. Ich hoffte, es wäre genug.

Dann fiel mir etwas auf.

»Daisy. Woher hast du die Schokolade?«

»Na, aus dem Wohnzimmer natürlich«, antwortete sie und biss gelassen in ein zweites Stück. »Offenbar war heute Nacht der Weihnachtsmann – oder zumindest Onkel Felix – hier.«

Ich stand auf und eilte mit nackten Füßen im Nachthemd ins Wohnzimmer – wo mich ein absolut wundervolles Bild erwartete.

Das Feuer prasselte fröhlich und vor dem Kaminschirm standen zwei Strümpfe, die nur so überquollen. Ich sah Schokoladentafeln und Karamellbonbons, Schachteln mit Sirup und Mandarinen in Silberfolie. Daneben stapelten sich mit Seidenpapier und Schleifen wunderschön verpackte Geschenke. Der Raum war festlich geschmückt mit grünen, duftenden Zweigen und auf dem Tischchen neben dem Sofa war Frühstück angerichtet: Muffins und Weißbrot, das darauf wartete, getoastet zu werden, und noch dampfende Eier mit Speck.

Es war wie verzaubert.

»Oh!«, hauchte ich. »Wie wundervoll!«

»Fröhliche Weihnachten, Hazel«, sagte Daisy, die lächelnd hinter mich trat. Dann stürzten wir uns gemeinsam auf die Geschenke.

»Du zuerst«, sagte Daisy und reichte mir ein viereckiges Päckchen. Als ich es öffnete, fand ich darin ein Notizbuch mit Goldschnitt und einem herrlichen Ledereinband. »Für den nächsten Fall«, sagte sie stolz.

Ich gab ihr mein selbst gebasteltes Fingerabdruck-Set. »Du bist clever, Hazel!«, sagte Daisy erfreut, als sie es öffnete. »Jetzt können wir wie richtige Detektive vorgehen!«

Die nächsten beiden Päckchen waren mit *Für Daisy und Hazel von Lucy* beschrieben.

»Miss Livedon!«, sagte Daisy. »Das heißt … bald wird sie Mrs Mountfitchet sein. Im Ernst, wie kann ein einzelner Mensch so viele verschiedene Namen haben?«

In beiden waren Tirolerhüte, und zwar richtig schicke Erwachsenenhüte. Meiner war rot und der von Daisy blau.

»Hier ist noch was drin«, meinte Daisy. »Oh!«

Es waren Polizei-Handbücher, echte. *Damit ihr die gängigen Vorschriften lernen könnt*, hatte Miss Livedon daraufgeschrieben.

Es folgten zwei Rätselbücher. Auf beiden stand: *Alles Liebe von George und Alexander.* Ich öffnete meins zuerst und freute mich riesig, doch dann sah ich, dass Daisy haargenau das Gleiche bekommen hatte.

Bertie hatte mir eine Schachtel Pralinen geschenkt und Daisy bekam eine ganze Ladung Knobelrätsel und Spiele. Auf einigen war zu lesen: *Von Mrs D* und *Von Chapman* – aber die krakelige Handschrift war immer die von Bertie, auf die weder Daisy noch ich hereinfiel. Mein Vater hatte mehrere große Pakete geschickt: ledergebundene Ratgeber für Daisy und mich (er ist davon überzeugt, dass Daisy guten Rat gebrauchen kann), außerdem für jeden von uns einen Kuchen von Fortnum's. An meinem hing ein Anhänger, auf den er geschrieben hatte: *Fröhliche Weihnachten! Dein richtiges Geschenk wartet zu Hause auf dich.* Das gab mir Rätsel auf – aber immerhin warteten noch mehr Geschenke!

Hetty hatte zwei kleine Notizbücher geschickt, handbestickt, mit kleinen Nachrichten darin. *Ich vermisse euch zwei*, schrieb sie. *Kommt uns bald wieder besuchen!*

Schließlich öffneten wir die Geschenke von Onkel Felix. Ich bekam eine Reihe wunderschöner in Leder gebundener Dickens-Romane (»Bah«, sagte Daisy. »Furchtbare Wälzer. Ich weiß wirklich nicht, wie man lange genug still sitzen kann, um so viel zu lesen, Hazel! Aber wenn sie dir gefallen …«) und drei prächtige Zwanzig-Schilling-Notizbücher.

Daisy betrachtete sie schweigend, bevor sie ihr eigenes Päckchen öffnete. Sie bekam mehrere Krimis von Margery Allingham und eine große Holzkiste, die sich als Detektiv-Ausrüstung entpuppte, und zwar eine richtige mit kleinen Fläschchen und Pinseln zum Nehmen von Fingerabdrücken und mit kleinen Töpfchen, in denen man Beweise sammeln konnte.

»Oh«, staunte ich. »Die ist großartig.«

»Wie deine Bücher«, meinte Daisy.

»Die werde ich erst benutzen, wenn das von dir voll ist!«, sagte ich. »Deins gefällt mir nämlich viel besser.«

»Tja«, sagte Daisy. »Die Ausrüstung von Onkel Felix ist viel schöner als die von dir. Aber – du weißt schon, ich glaube, deine ist mir auch lieber. Lässt sich leichter transportieren.«

Ich brach in schallendes Gelächter aus. Daisy kann mich nicht einmal dann belügen, wenn sie sich Mühe gibt.

»Frohe Weihnachten«, sagte ich zu ihr.

»Dir auch frohe Weihnachten«, sagte Daisy. »Detektei Wells & Wong für immer.«

Nachdem wir uns angezogen hatten, gingen wir in Tante Eustacias Büro, wo wir auf Onkel Felix stießen. Er kam mir größer und attraktiver denn je vor, mit seinem Monokel im Auge und dem schick zurückgekämmten goldblonden Haar. Bei ihm war Miss Livedon, die schon wieder ganz anders aussah. Diese Miss Livedon hier strahlte vor Glück, und auf einmal wurde mir klar, was Onkel Felix in ihr sehen musste. Sie trug einen winzigen Diamanten am Finger, der bei jeder Bewegung funkelte. Als ich ihn betrachtete, fühlte ich mich ganz komisch. Nicht nur Daisy und ich veränderten uns. Sogar die Erwachsenen.

»Daisy, Hazel.« Miss Livedon nickte uns grüßend zu. Onkel Felix sagte zwinkernd: »Ich hoffe, die Geschenke haben euch gefallen.«

»Oh ja! Vielen Dank!«, sagten wir im Chor.

»Bestimmt hat Tante Eustacia euch bereits von den Veränderungen in unseren Verhältnissen erzählt«, sagte Onkel

Felix. »Wir haben eine große Bitte an euch. Würdet ihr unsere Brautjungfern sein? Selbstverständlich entspricht das nicht euren üblichen Kriminalstandards, aber ich hoffe, ihr werdet den Fall dennoch genießen.«

»Wahrscheinlich können wir uns dafür freinehmen«, meinte Daisy. »Obwohl du mir *früher* hättest Bescheid sagen sollen!«

»Was denn, du bist nicht von selbst darauf gekommen?«, fragte Onkel Felix.

»Ich schon«, sagte ich. »Zumindest ... überrascht es mich nicht.«

»Dann sollte Hazel erste Brautjungfer sein«, meinte Onkel Felix.

»Wir *teilen* uns den Posten«, sagte Daisy und funkelte ihn an.

»Übrigens«, fuhr er fort, »auf dem Weg hierher haben wir auf dem hiesigen Revier vorbeigeschaut. Wollten das Neueste über die Scherereien erfahren, die ihr hier am Maudlin hattet. Mit der Idee wegen diesem Bocking scheinst du richtiggelegen zu haben, Daisy. Wachtmeister Cross hat ihn gleich heute Morgen gebeten, ihm aufzusperren, und im Giftbuch einen Charles Melling gefunden. Selbstverständlich ist der Name falsch – aber anhand einer Fotografie hat der Apotheker Butler sofort erkannt. Hatte behauptet, ein Wespennest zerstören zu wollen. Dass Butler seinen Namen verschleiert hat, beweist seine böse Absicht und dass er über sein Verwandtschaftsverhältnis Bescheid wusste. Damit ist er leicht überführt.«

»Also wirklich, Daisy!«, sagte Tante Eustacia. »In wie viele solcher Fälle warst du bisher schon verwickelt? Das erscheint mir nicht gesund.«

»Aber ich bin so gesund wie nur was.« Daisy faltete sittsam die Hände. »Das ist alles bloßer Zufall, Tante E. Hazel und ich können nichts dafür, dass wir ständig in Abenteuer geraten.«

»Abenteuer!«, wiederholte Tante Eustacia. »So was! Ach, wenigstens ist alles vorbei. Nun lauft und macht euch für den Gottesdienst bereit, Mädchen. Wir gehen in die Spätvormittagsandacht. Aber vorher will ich noch die Verlobte deines Onkels ausquetschen, ohne dass Kinder anwesend sind.«

»Wenigstens ist sie ehrlich«, sagte Daisy später zu mir.

»Sie ist genau wie du!«, meinte ich und hätte um ein Haar über Daisys verärgerte Miene gelacht.

6

Nach der Kirche erwartete uns ein besonderer Leckerbissen: Wir wurden zum Weihnachtsessen ins St. John's gebeten. Tante Eustacia führte uns durch Cambridge, wie eine Königin in Purpur gekleidet. Hinter ihr ging Onkel Felix mit Miss Livedon am Arm. Immer wieder sahen sie sich an und lächelten. Ich glaube, wohin sie liefen, bemerkten sie kaum. Danach kamen Amanda und ihre Freundin Harriet. Amanda wirkte viel fröhlicher und erleichterter, als ich sie bisher erlebt hatte. Die grauenhaften Aufsätze war sie los, und ich freute mich für sie. Bestimmt würde es ihr von jetzt an besser gehen. Daisy und ich bildeten die Nachhut – beide trugen wir stolz unsere neuen Hüte. Der von Daisy passte bestens zu ihrem Mantel mit dem Pelzkragen. Endlich, dachte ich, sahen wir wie richtige Erwachsene aus.

Wir liefen durch das verschneite Cambridge, dessen Glocken in nie endenden Klangwogen den Weihnachtstag verkündeten. Dort lag die Kapelle des King's College, die inzwischen beinahe vertraut wirkte, dort das Senatshaus mit seinen Gargoyles und Schnörkeln, und da St. John's selbst. Alexander hatte mit Bertie den Weihnachtsgottesdienst in der St. John's Kapelle besucht, doch Harold und George waren nicht dabei gewesen. Nun waren sie alle ans Tor des Pförtnerhäuschens gekommen, um uns abzuholen. Als ich sie sah, fing mein Herz an, wie wild zu klopfen.

Armer Bertie!, dachte ich, als ich ihn sah. Es musste schwer für ihn sein. Er war nach Cambridge gekommen, um Fallingford hinter sich zu lassen, und jetzt war hier genau das Gleiche passiert.

Doch dann wandte Harold sich zu Bertie um und Bertie lächelte ihn an – und ich begriff etwas, was ich vermutlich von Anfang an hätte sehen müssen.

»*Menschen!*«, sagte Daisy schicksalsergeben, als man uns über den Hof zum Speisesaal führte. »Ehrlich! Sogar Bertie hat's erwischt.«

In diesem Moment entschied ich, dass Bertie letztlich doch zurechtkommen würde.

Dann drehte sich Daisy – zu George. »Begleite mich, wenn ich bitten darf«, sagte sie und hielt ihm die Hand hin.

»Selbstverständlich.« George verneigte sich und zwinkerte ihr zu. Sie ergriff seinen dargebotenen Arm und gemeinsam liefen sie los, während Alexander und ich allein zurückblieben. Ich bemerkte, wie er Daisy hinterherblickte, dann schaute er mich an. »Darf ich?«, bot er an.

Er streckte mir den Arm hin und ich legte meine Hand darauf, genau wie Daisy es getan hatte. Es fühlte sich furchtbar komisch an – und auch nicht gerade bequem –, trotzdem fand ich es großartig.

»Hazel«, sagte Alexander. »George meinte … ach, egal. Daisy … du kennst sie. Glaubst du, sie könnte je -?«

»Nein«, unterbrach ich ihn und sah zu ihm hoch. Er wirkte so traurig, dass mir das Herz wehtat. »Niemals. Ich kenne Daisy.«

»Tja.« Alexander seufzte. »Manche Dinge sollen wohl einfach nicht sein. Das wird schon wieder, was?« Er drückte meinen Arm und ich erwiderte die Geste. Plötzlich wurde mir klar, dass Alexander und ich eine weitere Gemeinsamkeit hatten. Es war alles andere als perfekt, aber das spielte keine Rolle.

Gemeinsam liefen wir ins St. John's College und folgten den übrigen durch den schneebedeckten Hof zum Speisesaal. Ich hörte den Lärm vom Abendessen, lange bevor wir durch das Haupttor schritten – das Scheppern von Tellern, die abgeräumt oder serviert wurden –, und als mir der Duft der Köstlichkeiten in die Nase stieg, lief mir das Wasser im Mund zusammen.

Als man uns die Türen öffnete, betraten wir eine Szene wie aus einem Gemälde: eine Festhalle, die sogar noch prächtiger und reicher geschmückt war als die des Maudlin. Alles bestand aus Stein und Buntglas, in der Ecke stand ein mächtiger Weihnachtsbaum, geschmückt und hell erleuchtet. Auf den langen Holztafeln glitzerten wie Kastanien die Truthähne, standen Schüsseln voll Preiselbeersoße, Berge von Kartoffeln, Farce und gegrilltem Gemüse. An jedem Platz lag ein Knallbonbon und immer mehr Studenten in feierlichen Kappen und Roben strömten in den Raum. Tante Eustacia saß gemeinsam mit Onkel Felix und Miss Livedon bei den Professoren des St. John's an der Hohen Tafel.

»Geht es dir auch wirklich gut, Hazel?«, wisperte Alexander mir zu, als wir zu unseren Plätzen neben Daisy und George gingen.

»Ja!«, flüsterte ich zurück. »Mir geht's gut.«

Und das stimmte. Dieses Weihnachten in Cambridge war das schönste, das ich je hatte.

Nach dem Essen durften wir den Abend mit den Jungen verbringen. Daisy und George hatten eine prächtige Zeit. George hatte ein Buch mit echten Verbrechen dabei, die er Daisy vorlas, sodass sie besprechen konnten, wie sie selbst im jeweiligen Fall vorgegangen wären. Es dauerte nicht lang, da hatten sie die Maybrick-Giftmorde auseinandergenommen und bewiesen, dass Franz Müller unschuldig war. Ich sah Daisy an, wie sehr es sie freute, jemanden gefunden zu haben, der so strikt logisch dachte wie sie selbst – aber verliebt war sie deswegen kein Stück.

Alexander und ich spielten derweil ein Leiterspiel. Nach unserem Gespräch hatte ich irgendwie enorme Schwierigkeiten, Alexander ins Gesicht zu sehen. Dauernd spürte ich Daisys Blick auf uns. Ich kam zu dem Schluss, dass ich es hasste, verliebt zu sein. Es war viel zu grässlich und unangenehm.

»Hast du Spaß, Hazel?«, fragte Alexander nach einer Weile.

»Ja.« Ich wurde rot. »Warum?«

»Du benimmst dich in letzter Zeit so komisch«, sagte er. »Seit dem Orientexpress hast du dich verändert. Du kannst mich doch noch leiden, oder? Ich hätte Verständnis, wenn … also, falls du mir nicht mehr schreiben möchtest …«

»Natürlich kann ich dich leiden!«, sagte ich und wünschte nichts sehnlicher, als dass Alexander nicht so ehrlich und offen wäre. »Ich mag dich wirklich sehr.«

»Ich dich auch!«, sagte Alexander fröhlich, wobei sein amerikanischer Akzent stärker auffiel als sonst. »Du bist ein klasse Kumpel, Hazel. Ich bin so froh, dass wir befreundet sein können. Einige der Kerle an der Schule führen sich deswegen total dämlich auf, aber ich weiß, dass es ganz und gar nicht so ist.«

Mein Mund war ganz trocken geworden. »Nein!«, quiekte ich. »Kein bisschen.«

Daisy sah zu mir und hob die Augenbrauen. Dann unterhielt sie sich wieder mit George.

Und das wäre beinahe alles, abgesehen von einer Sache. Am zweiten Weihnachtsfeiertag tauchten in ganz Cambridge Poster auf. Sie waren von Hand geschrieben und schienen über Nacht verteilt worden zu sein. Darauf stand:

DIE JUNIOR PINKERTONS
VERKÜNDEN HIERMIT
dass sie NICHT die beste Detektei in Cambridge sind.
Diese Ehre gebührt einer ANDEREN DETEKTEI,
deren scharfer Verstand
EINEN HÖCHST WICHGTIGEN FALL GELÖST HAT.
Die Junior Pinkertons GEBEN SICH GESCHLAGEN
und bitten in aller Demut um REVANCHE.
ALLER GUTEN DINGE SIND DREI?

Als wir das sahen, mussten wir lachen. Ein besseres Weihnachtsgeschenk konnte ich mir nicht vorstellen.

»Siehst du?«, meinte Daisy, während sie eins von der Wand schälte und siegreich hochhielt. »Ich hab dir gleich gesagt, dass wir besser sind.«

Daisys Cambridge-Führer

Wieder einmal hat Hazel mich gebeten, einige der Worte, die sie benutzt hat, zu erklären. Ausnahmsweise einmal muss ich zugeben, dass ich ihr recht gebe – in Cambridge gibt es furchtbar viel Jargon und selbst ich musste den einen oder anderen Ausdruck erst üben. Ein paar Deepdean-Wörter habe ich ebenfalls mit eingefügt, obwohl wirklich jeder, der damit noch nichts anfangen kann, ein hoffnungsloser Fall ist.

- **ausplaudern** – wenn man ein Geheimnis erzählt, obwohl man es für sich behalten sollte. Nur Petzen plaudern aus – ich würde so etwas nie tun.
- **Backs** – Das ist der Teil von Cambridge, der direkt am Fluss liegt. Gemeint ist die Fläche hinter (»back« auf Englisch) den Colleges, während die Front Richtung Stadt schaut.
- **Bedder** – So nennt man in Cambridge jemanden, der sich um die Unterkünfte der Studenten kümmert, ähnlich wie ein Hausmädchen. Natürlich hat man in Cambridge dafür einen komischen Namen.
- **Blaustrumpf** – So nennt man studierte Frauen, die auf die Universität gehen, anstatt zu heiraten. Obwohl ich nicht vorhabe, zu heiraten, bin ich kein Blaustrumpf. Ich bin Detektivin.
- **Bobby** – Umgangssprache, britischer Polizist im untersten Dienstgrad

- **Butterstube** – eine Art kleiner Laden am College, wo man Essen und Getränke kaufen kann
- **Cam** – So heißt der Fluss, der durch Cambridge fließt.
- **Chelseaschnecke** – ein herrlich süßes Gebäck mit Rosinen und klebrigem Sirup. In der Fitzbillies-Teestube in Cambridge ist das eine Spezialität, die sich famos für eine Süße Pause eignet.
- **College** – so eine Art Universitäts-Internat, wo man gleichzeitig wohnt und studiert
- **Dekantierkaraffe** – eine Glaskanne mit Verschluss, in der man Wein aufheben kann, sobald man ihn aus seiner Flasche gegossen hat. Erwachsene behaupten, dass der Wein dann besser schmeckt, aber ich bin mir da nicht so sicher.
- **Don** – So nennt man in Cambridge die Professoren oder Lehrer. Sie sind eigentlich auch nur wie unsere Fräulein, nur eben für Universitätsstudenten.
- **famos** – ein anderes Wort für »ausgezeichnet« oder »toll«
- **Fideikommiss** – ein Weg, auf dem man Geld ganz ohne ein Testament erbt: Es geht automatisch an den ältesten lebenden Mann einer Familie. Eine sehr unfaire Sache.
- **fliegen** – wenn man der Schule oder Universität verwiesen wird und nicht wieder zurück darf
- **Fräulein** – unser spezielles Deepdean-Wort für »Lehrerin«
- **Giftbuch** – jede Apotheke hat eines. Wenn man tödliches Gift kauft, muss man seinen Namen in das Giftbuch eintragen, damit man leichter gefunden wird, falls man beschließt, jemanden damit zu töten.
- **Hohe Tafel** – großer und erhöhter Tisch in Speisesälen von Colleges, an dem die Professoren und ihre Gäste sitzen

– **Kamel** – ein Idiot. Jemand, der der Detektei Wells & Wong unwürdig ist.
– **Livree** – ein anderes Wort für »Uniform«, und zwar eine der höchst offiziellen Sorte
– **Master** – ein besonderes Wort für den Leiter eines College in Cambridge
– **miesepetrig** – wenn man schlecht gelaunt und langweilig ist. Ich bin niemals miesepetrig.
– **Pförtner** – derjenige, der am Eingang eines College sitzt und beobachtet, wer kommt und wer geht
– **Schatzmeister** – die Person am College, die sich ums Geld kümmert. Das ist wie ein normaler Kassenwart, nur akademischer.
– **Shrimp** – die kleinsten Mädchen an der Schule, die streng genommen fast noch Babys sind
– **Süße Pause** – die haben wir an jedem Schultag um elf Uhr vormittags. Wir bekommen Kekse oder Gebäck und dürfen für exakt zehn Minuten im Freien herumtoben. Die besten Süßen Pausen sind samstags, wenn es Zermatschte-Fliegen-Kekse gibt.
– **Schwärmerei:** So nennt man es, wenn man sich in jemanden verliebt hat, aber ganz höflich und auf keine romantische Art. Aus irgendeinem Grund tut jeder so, als wäre es vollkommen in Ordnung, für ein anderes Mädchen zu schwärmen, aber nicht in Ordnung, sich zu verlieben. Rein logisch betrachtet, sehe ich keinen großen Unterschied.
– **vagabundieren** – sich in der Gegend herumtreiben (etwas, was Hazel und ich besonders gern tun)
– **verprassen** – wenn man sein ganzes Geld auf einmal ausgibt, noch dazu meistens für etwas Dämliches

– **Wohnheim** – das Haus, in dem wir während des Schuljahrs untergebracht sind, da wir ja nicht nach Hause können

Anmerkung der Autorin und Danksagung

Ich wuchs in den 1990er Jahren in Oxford am Pembroke College auf (mein Vater war dort Master). Für ein Kind war das ein wunderbarer und sehr seltsamer Ort, und ich bin all den Studenten und Angestellten, die sich um mich gekümmert haben, ungeheuer dankbar. Ich könnte unmöglich ein Buch übers College schreiben, ohne an sie und daran zu denken und ganz schön viel von der Geografie dort zu borgen.

Das Maudlin und das St. Lucy's habe ich recht spontan in die Cambridger Landschaft eingebaut. Ich entschuldige mich bei den Einwohnern Cambridges dafür, das Queen's College rausgeworfen, eine Brücke verrutscht und den Großteil der Mill Lane neu zugeordnet zu haben. Zum Ausgleich sind das Fitzbillies, Heffers und der Marktplatz vollkommen real und genau an der Stelle, an der sie 2016 wirklich waren – man kann sie alle besuchen, was man meiner Meinung nach auch tun sollte.

In diesem Buch war ich historisch ziemlich korrekt. Lametta und Schokoladenorangen wurden beide 1935 erfunden, ebenso wie Weihnachtsknallbonbons. Auch die Nachtkletterer sind absolut echt – ich habe ein geniales Buch mit dem Titel *The Night Climbers of Cambridge* von Wipplesnaith (kein richtiger Name) gelesen, aus dem ich die meisten meiner Details habe. Ich glaube, er hätte sich gut mit Bertie verstanden.

Für Alfreds Hintergrund stehe ich in der Schuld von Dr. Deanne Lee Rudgard. Ich danke Alex Strick von Inclusive Minds, der mich mit Habeeba Mulla bekannt gemacht hat – sie hat dafür gesorgt, dass George und Harold ordentlich dargestellt wurden. Die Fakten rund um das Leben von Harold und George entstammen Shompa Lahiris großartigem Buch *Indians in Britain* (*Inder in Großbritannien*, Anm. d. Red.). Habt ihr gewusst, dass es 1927 an britischen Universitäten 1800 indische Studenten gab und 1936 ein Londoner Arzt namens Mangaldas Mehta für seine medizinischen Leistungen zum Ritter geschlagen wurde? Georges Vater habe ich nach ihm benannt. George selbst allerdings hat seinen Namen von einem weniger schönen Ereignis der britischen Geschichte: 1903 wurde der britisch-indische George Edalji wegen eines Verbrechens verhaftet, das er nicht begangen hatte. Einer derjenigen, die dabei halfen, dass er wieder freigelassen wurde, war Arthur Conan Doyle (ihr kennt ihn vielleicht besser als den Autor von *Sherlock Holmes*).

Je mehr ich mich mit Geschichte auseinandersetze, desto bewusster wird mir, dass Immigration nichts Neues ist und vor allem auch nichts Schlechtes. Alfred, Hazel, Alexander, Harold und George gehören genauso zum England der 1930er wie Daisy und Bertie, und ich würde kein historisches Buch schreiben wollen, das diese Realität nicht widerspiegelt.

Genau genommen ist die größte Erfindung in diesem Buch (abgesehen vom Mord selbst) das Wetter. 1935 herrschte in Cambridge ein extrem milder Winter ohne das kleinste bisschen Schnee. Doch ich konnte einfach kein Weihnachtsbuch ohne Schnee schreiben. Nennt es künstlerische Freiheit.

Aber jetzt zum Teil, an dem ich anderen danke: Meinen Verlegern bei Puffin, die wieder einmal fantastische Arbeit geleistet haben – mag sein, dass nur mein Name auf dem Buchdeckel steht, aber mein Team hat es ebenso miterschaffen wie ich. Danke an meine Lektorin, Natalie Doherty, die mir unfassbar schlaue und durchdachte Anmerkungen machte und generell wundervoll ist. Danke an meine Presseagentin, Harriet Venn, die ein brillanter und außergewöhnlich organisierter Mensch ist. Danke auch an Annie Moore, Tom Rawlinson, Francesca Dow, Annie Eaton, Sue Cook und dem Rest der Grafik-, Verkaufs-, Marketing- und Presseteams. Und natürlich danke an meine Illustratorin, Nina Tara, für ein neues wundervolles Cover und die Karten!

Danke an meine Agentin, Gemma Cooper, die mich und die Bücher unermüdlich unterstützt – du kämpfst nun schon seit drei Jahren für sie und mich, und ich bin für deine Freundlichkeit und Betreuung ewig dankbar.

Danke meiner Familie, vor allem meiner Mutter, Kathie Booth Stevens, die immer da ist, wenn ich sie brauche, und die ich sehr liebe.

Danke meinen Freunden, die sich um mich kümmern, während ich schreibe. Es gibt zu viele von euch, um alle aufzuzählen, aber allen voran: Non Pratt, Louie Stowell und Karen Lawler, Katherine Woodfine und der Rest des Crime Club, auch Katy, Mo, Ruth, Sibeal, Beth, Harriet und die anderen von Team Cooper. Danke an Charlie Morris und Wei Ming Kam, die mir dringend notwendigen Rat für Entwürfe gegeben hat und einfach großartig ist.

Danke an meinen Komplizen, David Maybury. Ich bin so froh, dass ich dich habe. Wenn ich könnte, würde ich dir eine ganze Bibliothek widmen.

Und letztlich danke an euch, meine Fans. Ihr seid es, für die ich schreibe, und zu wissen, dass ihr meine Bücher liebt, ist das absolut Wundervollste am Schriftstellerdasein. Detektei Wells & Wong für immer!

Robin Stevens
London, Juni 2016

Robin Stevens

Mord ist nichts für junge Damen

Der erste Fall für Wells & Wong

ISBN 978-3-86873-904-6

Robin Stevens

Mord erster Klasse

Der dritte Fall für Wells & Wong

ISBN 978-3-95728-053-4

Robin Stevens

Teestunde mit Todesfall

Der zweite Fall für Wells & Wong

ISBN 978-3-86873-908-4

Robin Stevens

Feuerwerk mit Todesfolge

Der vierte Fall für Wells & Wong

ISBN 978-3-95728-054-1

Robin Stevens

Tödliches Spiel in Honkong

Der sechste Fall für Wells & Wong

ISBN 978-3-95728-227-9

Robin Stevens

Eine Prise Mord

Der achte Fall für Wells & Wong

ISBN 978-3-95728-363-4

Robin Stevens

Mord hinter den Kulissen

Der siebte Fall für Wells & Wong

ISBN 978-3-95728-302-3

Robin Stevens

Der Tod setzt Segel

Der neunte Fall für Wells & Wong

ISBN 978-3-95728-479-2